Jack Vance

LILY STREET

Traduit de l'anglais (États-Unis)
par Jacqueline Lenclud

Texte révisé et harmonisé
par Patrick Dusoulier

Jack Vance chez Spatterlight

L'Autobiographie
Mon nom est Vance, Jack Vance (2017) *

Les Mystères
Déjà parus :
– 2016 –
L'homme en cage *
Les Îles de la mort *
Sombre Océan *
Drôles de gens *
– 2017 –
Un plat qui se mange froid
Charmants Voisins
&
Triple meurtre à Riverview *
Le Masque de chair *
Méchante Fille
Lily Street

À paraître en 2017 :
L'Île aux Oiseaux *

* Première parution en français.

Jack Vance

Lily Street

Amstelveen

Pays-Bas

www.jackvance.com

Jack Vance

LILY STREET

.

Chapitre I

Neil Hubbard

Le vendredi 3 juin, à 8 heures et demie du matin, Neil Hubbard quitta Bayview Highlands au volant de sa Volkswagen et arriva à Oakland un peu avant 9 heures. À 9 heures pile, il s'engagea dans le parking situé derrière le bâtiment des services sociaux du comté d'Alameda et se gara à l'emplacement marqué d'un panneau DIRECTEUR. Il descendit de sa voiture et fit le tour de l'immeuble pour rejoindre l'entrée principale. C'était un homme d'une stature imposante, avec un long buste sur des jambes assez courtes. Il avait un visage rond et placide, des traits petits et rapprochés. Son crâne poli était surmonté d'un coussin de cheveux blonds. Il monta au premier étage, entra dans la grande salle et parcourut l'allée centrale en saluant au passage les employés qui étaient déjà au travail.

Dans la zone de réception, il s'arrêta un instant devant le bureau où sa secrétaire, Miss Coyne, était occupée à ouvrir le courrier. Hubbard se pencha vers elle en feignant l'étonnement :

— Est-ce une nouvelle coiffure que je vois là ?

— Oh, oui, fit Miss Coyne. J'ai pensé que je pourrais essayer quelque chose de différent, histoire de changer un peu. J'aime bien expérimenter.

— Les psychologues disent que c'est le signe d'un esprit en éveil, déclara Hubbard. (Il s'étira, inspira, souffla.) Quelle merveilleuse matinée ! Du soleil, un air frais, pas le moindre soupçon de smog !

— Oui, il fait un temps magnifique, dehors. Bien trop beau pour rester enfermé.

Hubbard fit une suggestion facétieuse :

— Prenons un jour de congé et… allons à la pêche tous les deux. On n'est jeune qu'une fois. Qu'en dites-vous ?

Miss Coyne se mit à rire :

— Voyons, Mr Hubbard, vous savez bien que c'est impossible.

— Vous avez sans doute raison, dit-il avec philosophie. Comme d'habitude.

Le téléphone sonna et Miss Coyne répondit :

— Bureau du directeur… Oui, il est là. (Elle leva les yeux vers son patron.) J'ai la police en ligne, monsieur. C'est l'inpecteur Morrissey.

Hubbard prit l'écouteur :

— Hubbard à l'appareil.

Il écouta, fronça les sourcils, et au bout d'un moment, il se lissa une mèche rebelle.

— Je ne suis pas sûr de bien comprendre… Attendez deux secondes, inspecteur. (Il se rendit dans son bureau et décrocha le combiné.) Vous pouvez répéter ?

L'inspecteur Morrissey recommença son exposé des faits.

— Pourquoi n'allez-vous pas simplement arrêter ce type ? demanda Hubbard.

Morrissey expliqua.

Toujours intrigué, Hubbard s'exclama avec un certain agacement :

— Je ne vois pas comment ce Bigg, ou je ne sais quoi…

Morrissey l'interrompit.

— Il est vrai que la situation est particulière, dit Hubbard d'un air pensif. (Il s'essaya à un peu d'humour :) J'imagine que vous avez regardé dans l'annuaire téléphonique ?

Le ton de Morrissey se fit plus sec. Hubbard pinça les lèvres et leva les yeux au ciel.

— Je trouve cela préoccupant, naturellement. Très préoccupant. Mais n'oubliez pas que j'ai une longue expérience de ces affaires. Plus rien ne peut me surprendre.

Morrissey continua de parler. Hubbard écoutait en se frottant les cheveux, qui finirent par se dresser en une sorte de houppe.

— Je suis cent pour cent d'accord avec vous. Cela donne une mauvaise image à nos services. Enfin, par association… Quel nom avez-vous dit, déjà ? Biggs ? … Ah ! C'est différent. Je n'avais pas bien compris… Je vais en parler au responsable de ce secteur… Très bien, inspecteur, je vous rappellerai.

Hubbard raccrocha et poussa un soupir de contrariété. Il jeta un coup d'œil à son calendrier et consulta une liste glissée sous la plaque en verre de son bureau. Il passa le doigt le long d'une ligne et s'arrêta sur un nom : Paul Gunther.

En fronçant les sourcils, il appuya sur un bouton de l'interphone :

— Envoyez-moi Paul Gunther.

Une minute s'écoula, deux minutes. Hubbard attendait en plissant le front et en se pinçant le menton. Les informations de Morrissey étaient déconcertantes. Plus il y réfléchissait, moins ça lui plaisait. La bonne qualité des relations publiques ne pouvait être prise à la légère. Si le moindre soupçon de scandale venait à souffler sur son département… Il jeta un coup d'œil agacé vers la porte. Où diable était Gunther ? Il tendit la main vers son interphone, mais Paul Gunther fit son entrée juste à ce moment-là : un jeune homme de vingt-cinq ans aux cheveux noirs, de taille et poids moyens, aux traits réguliers à part un coin de la bouche légèrement crispé. Il portait un costume de gabardine bleu foncé, une chemise blanche et une cravate en satin vert bouteille – un ensemble que Hubbard, avec sa veste de tweed beige et son vieux pantalon de flanelle marron, trouva d'une élégance excessive.

Hubbard indiqua un fauteuil à Paul, qui s'assit dans une attitude respectueusement attentive. Hubbard leva les yeux au plafond et s'adressa à lui sans le regarder.

— Vous avez une certaine Mrs Alberta Baker sur votre liste ?

— Tout à fait, dit Paul. C'est une de nos meilleures clientes. Elle habite dans Tenth Street. Quatre enfants de quatre pères différents, elle touche le maximum.

Hubbard baissa les yeux :

— Et Mr Baker ?

— Il est en prison, à ce que dit Mrs Baker. Au Wyoming, ou peut-être au Texas. Elle n'en est pas très sûre.

— Un indice quelconque qui pourrait faire penser qu'elle fraude ?

Paul haussa les épaules :

— Rien de flagrant. Elle s'habille assez bien. J'ai vu des cannettes de bière et des os de côtelettes. Aucun doute qu'il y a un petit ami dans les parages.

Hubbard grommela :

— Bon, ça ne nous regarde pas à moins qu'il ne l'entretienne – ce qui n'est manifestement pas le cas.

— Ah ? fit Paul en haussant les sourcils.

Hubbard se pencha vers lui.

— Voici la situation. Je viens de recevoir un coup de fil de la police. Mrs Baker se plaint d'être l'objet d'un chantage. Avez-vous déjà entendu parler de « Mr Big » ?

Paul hocha la tête.

— Juste une ou deux allusions en passant, rien de précis. C'est sans doute un petit voyou sans envergure, comme il y en a tant.

— Eh bien, ce Mr Big montre une certaine ingéniosité. Il nous implique dans son petit commerce. D'après Mrs Baker, il l'a menacée d'envoyer aux services sociaux la preuve qu'elle vit avec un homme. Elle sera condamnée pour fraude, envoyée en prison et ne touchera plus aucune allocation… à moins qu'elle ne verse à Mr Big dix dollars par semaine.

Paul réfléchit un instant.

— Dix dollars par semaine, ça ne va pas bien loin…

— Imaginez qu'il en soutire autant à une vingtaine ou une trentaine d'individus… en plus des autres trafics auxquels il peut se livrer.

— Mrs Baker est un oiseau rare, dit Paul. Elle semble avoir la conscience tranquille. Je ne manquerai pas de la féliciter.

Hubbard fit un geste d'impatience.

— Là n'est pas la question. Je veux que cette affaire soit tirée au clair. On ne peut pas imaginer pire pour les relations publiques. (Il se redressa dans son fauteuil.) L'inspecteur Morrissey estime – à juste titre, à mon avis – que si la police commence à interroger nos administrés, elle n'aboutira à rien. Il fait appel à notre esprit de coopération, et naturellement, nous l'aiderons de notre mieux. Voici ce que j'attends de vous. Au cours de vos visites, renseignez-vous discrètement. Pas de questions trop directes ni trop insistantes. Demandez s'ils ont entendu parler de Mr Big, s'il les a approchés. Nous voulons juste nous faire une meilleure idée de la situation. Vous me suivez ?

— Je suis sur vos talons, répondit Paul. Pratiquement au coude à coude. En fait…

— En fait quoi ? demanda Hubbard.

Paul fit un geste vague.

— Rien d'important… J'imagine que nous voulons traîner Mr Big devant les tribunaux ?

— Il me semble qu'il enfreint la loi, répondit Hubbard avec une politesse insultante. Notre politique se fonde sur une approbation de la légalité.

Paul se leva.

— J'arriverai peut-être à dénicher quelque chose. J'ai deux ou trois idées.

— Surtout, dit Hubbard, gardez en tête que nous ne sommes pas des apprentis détectives. Morrissey veut simplement que nous procédions à quelques investigations d'ordre général.

— Investigations, oui, détections, non. Bien compris.

Paul fit un petit signe amical de la main et sortit du bureau.

— Ce garçon se donne vraiment des airs supérieurs, marmonna Hubbard.

Il consulta de nouveau son tableau protégé par une plaque de verre et dit dans l'interphone :

— Demandez à Thorgeson de venir me voir.

* * *

Le mardi 7 juin dans l'après-midi, Miss Coyne prévint Hubbard par l'interphone que Mr McAteel l'appelait sur la ligne 3. Le directeur, qui était en train de lire une des nombreuses circulaires officielles, demanda qui était ce Mr McAteel.

— Mr McAteel a une agence immobilière dans San Pablo Avenue.

— Je ne sais pas ce qu'il cherche à me vendre, mais je ne suis pas intéressé.

— Je ne crois pas qu'il veuille vendre quoi que ce soit. Il voulait parler à Mr Gunther – en fait, il a déjà appelé hier –, mais comme il n'est pas là, il a demandé à vous parler.

Hubbard fit une moue pensive.

— Vous dites que Gunther n'est pas au bureau ? Il n'est pas venu du tout ?

— Non, monsieur.

— A-t-il téléphoné pour dire qu'il était malade, quelque chose comme ça ?

— Je ne sais pas, Mr Hubbard. Je vais me renseigner.

— Hum… Bon, passez-moi Mr McAteel.

Une voix irritée résonna à ses oreilles avec des inflexions plaintives :

— Mr Hubbard ?

— Lui-même.

— Steve McAteel, de l'Agence immobilière McAteel. C'est au sujet d'un de vos collaborateurs, Gunther. Je sais bien que je ne devrais pas vous déranger, mais j'ai essayé de le contacter à plusieurs reprises, sans succès…

— De quoi s'agit-il ?

— En fait, c'est une affaire qui ne vous concerne pas vraiment…

— Alors, dans ce cas… dit Hubbard avec impatience.

— Non, non, je veux simplement dire que c'est à Gunther que je souhaite parler, et que vos services ne sont pas impliqués – du moins, pas à ma connaissance.

— Si je savais de quoi vous parlez, cela me permettrait peut-être de vous répondre intelligemment.

— Ma foi, ce n'est pas une bien grosse affaire, dit McAteel. Disons simplement que j'ai subi une certaine contrariété, un manque de considération de la part de Gunther. Il est venu à notre agence dimanche matin…

— Dimanche matin ?

— Oui, nous sommes ouverts le dimanche. Il est arrivé vers 10 heures et nous a dit qu'il était intéressé par une de nos annonces, une maison dans Lily Street. Je ne l'ai pas vu personnellement, il a été reçu par mon commercial Jeff Pettigrew. Gunther et lui sont de vieux amis. Pettigrew lui a proposé de la lui faire visiter, mais Gunther a dit qu'il préférait la voir seul, et il a pris les clés. Ce n'est pas notre façon habituelle de procéder, mais bon, cette maison est en vente depuis des années.

— Je ne vois toujours pas où est le problème.

McAteel prit un ton défensif :

— Gunther était censé nous rapporter les clés le jour même, mais nous sommes maintenant mardi, et il n'est toujours pas passé.

J'aimerais savoir ce qu'il en est, mais je n'arrive pas à mettre la main dessus.

— Vous avez essayé de l'appeler chez lui ?

— Je ne connais pas son adresse personnelle, et Pettigrew non plus. J'ai pensé que vous pourriez peut-être m'aider…

— C'est strictement contraire à nos règlements, déclara Hubbard enfin en terrain sûr. Mais je vais l'appeler moi-même, et je vous tiendrai informé.

— Ça me convient tout à fait, Mr Hubbard. J'attendrai votre coup de fil.

Hubbard demanda à la standardiste si elle avait des nouvelles de Paul Gunther.

— Aucune, Mr Hubbard.

— Appelez-moi son domicile.

— Bien, monsieur. J'ai son numéro dans l'index. (Quelques instants plus tard, elle rappela Hubbard :) Mrs Gunther, la mère de Paul, est en ligne.

— Allô ? Qui est à l'appareil ? demanda une voix de contralto à l'accent distingué.

Hubbard se présenta, puis il demanda à parler à Paul.

— Ah, mais je suis navrée ! Paul n'habite plus chez moi. Il s'est trouvé un logement, qu'il occupe maintenant depuis quelques mois.

— Peut-être pourriez-vous me donner son numéro de téléphone ?

— Il n'a pas le téléphone, Mr Hubbard. Je ne sais pas pourquoi, mais il a décidé de s'en passer.

— Ah… fit Hubbard. Mais vous avez son adresse ?

— Un instant, je vous prie, j'ai dû la noter quelque part… Ah, voilà : 1417 Orange Street, à Oakland.

— 1417 Orange Street. Merci, Mrs Gunther.

— Peut-être puis-je vous aider ? Paul discute de toutes ses affaires avec moi.

— J'ai bien peur que non, Mrs Gunther. Merci beaucoup.

Hubbard raccrocha et attendit un moment, puis il appela de nouveau la standardiste.

— Passez-moi Mervin Gray, du service des Investigations…

— Allô, fit une voix très calme. Gray à l'appareil.

— C'est Hubbard, Mervin. Je voudrais que vous alliez faire un tour au 1417 Orange Street. Bien noté ? C'est le domicile de Paul Gunther, un de nos assistants sociaux du service d'aide aux familles. S'il n'est pas chez lui, essayez de savoir où nous pouvons le trouver.

Gray rappela une heure plus tard :

— Mr Hubbard ? Êtes-vous sûr de m'avoir fourni le bon numéro ?

— Évidemment que j'en suis sûr ! Quel est le problème ?

— Le 1417 Orange Street n'existe pas. Il y a un 1413 et un 1419, mais rien entre les deux.

— Mais enfin, dit Hubbard, il y a bien quelqu'un qui sait où il habite ?

— De quoi s'agit-il ? demanda Gray.

Hubbard s'éclaircit la voix :

— C'est une situation un peu compliquée. Revenez au bureau – ou rentrez directement chez vous si vous préférez, il est presque 5 heures.

— Entendu.

Hubbard se renfonça dans son fauteuil. Au bout d'un moment, il se redressa et sortit de son tiroir un sachet de figues séchées. Il en choisit deux, remit le sachet en place et commença à mâchonner pensivement. Il parvint enfin à une décision et décrocha son téléphone pour appeler le QG de la police, où on le mit en relation avec l'inspecteur Morrissey.

— Je m'inquiète sans doute pour rien, dit Hubbard, mais voici les faits : j'ai demandé à l'un de mes collaborateurs, Paul Gunther, de se renseigner sur ce « Mr Big ». Gunther m'a laissé entendre qu'il pourrait être en mesure de recueillir des informations – mais il n'a pas voulu me dire où ni comment. Cela se passait vendredi dernier. Depuis, Gunther ne s'est pas présenté au bureau, et il ne nous a pas non plus téléphoné.

— Est-il coutumier du fait ?

— Gunther peut se montrer assez irresponsable, mais à ma connaissance, il a toujours respecté ses horaires de travail.

— Cela ne veut peut-être pas dire grand-chose. Le plus probable est que…

— Ce n'est pas tout.

Hubbard lui raconta sa conversation avec Steve McAteel, et l'impossibilité dans laquelle s'était trouvé Mervin Gray de découvrir le 1417 Orange Street.

— Je trouve tout cela assez étrange, conclut-il.

— Hum… fit Morrissey. Bon, je vais mettre le lieutenant George Shaw sur cette affaire. Vous voulez bien lui exposer ce que vous venez de me dire ?

— Oui, certainement.

Le lieutenant Shaw vint au bout du fil, et Hubbard lui répéta ses informations. Comme Morrissey, Shaw se montra réservé.

— Mais d'un autre côté, comme on dit, mieux vaut prévenir que guérir… Vous n'avez pu obtenir aucune information chez sa mère ?

— Je ne crois pas qu'elle sache quoi que ce soit. Ou bien il lui a délibérément donné une fausse adresse, ou bien elle s'est trompée.

— Eh bien, je vais jeter un coup d'œil à tout ça demain matin, à moins que d'ici-là Gunther ne soit revenu à son bureau.

— Auquel cas je ne manquerai pas de vous prévenir aussitôt.

Hubbard raccrocha et resta assis l'air songeur, les mains posées bien à plat sur son bureau. Miss Coyne passa le nez à la porte.

— Vous n'avez plus besoin de moi, Mr Hubbard ?

— Non, ce sera tout, Miss Coyne.

— Bonsoir, Mr Hubbard.

— Bonsoir.

Il écouta les bruits familiers des bureaux qui se vidaient. Au bout d'un moment, il se leva et sortit. Presque tout le monde était parti, Il ne restait que quelques employés encore au travail, et le crépitement de leurs machines à écrire résonnait étrangement dans la grande salle. Hubbard suivit l'allée centrale et s'arrêta à côté du bureau de Gunther, qui était entièrement dégagé à part deux lettres glissées dans un coin du sous-main.

Hubbard s'assit et examina le contenu des tiroirs, sans rien y trouver d'intéressant. Il fit la moue, un peu découragé. Son attention se reporta sur les lettres. Il tendit le bras pour rapprocher les enveloppes du centre du sous-main. La première comportait l'adresse de l'expéditeur, rédigée d'une écriture féminine : « 888 Flores Way, Piedmont ». La seconde, plus grande et plus lourde, était adressée à G. Paul Gunther et portait l'en-tête de la Bank of America. Sans bouger la tête, Hubbard s'assura que personne ne l'observait.

Il se leva et retourna dans son bureau où il s'assit avec un grand soupir de satisfaction. Il posa les lettres et, muni d'un coupe-papier, entreprit de soulever délicatement le rabat des enveloppes.

Comme il s'y attendait plus ou moins, la lettre de la banque contenait un relevé de compte mensuel. L'autre avait un contenu beaucoup plus chargé d'émotions. :

27 mars

Paul,

    Il est maintenant deux heures du matin. Je suis seule, et je m'interroge avec inquiétude sur moi-même. Quel genre de personne suis-je ? Le genre de personne qu'on est n'a pas d'importance. J'ai lu quelque part l'histoire d'un artiste incapable de peindre parce qu'il passait son temps à se regarder dans la glace en se demandant : « Qui suis-je ? » Je suis dans le même état d'esprit. Qui suis-je ? Je sais que cette question n'a pas de sens pour toi, ni la réponse. Mais pour moi, elle est d'une importance capitale.

    Tu dois sans doute éprouver du ressentiment, considérer que je t'ai abandonné. Tu as peut-être raison, mais il faut se rappeler – ce n'est pas à toi que je le dis, mais à moi-même – que je n'ai jamais pris aucun engagement. Tu dois le reconnaître, même si, à tes yeux, cela doit sembler un détail totalement dénué d'importance. Parce que je suis certaine de ne jamais atteindre ce niveau sublime d'existence où tu te situes. Tu es sans aucun doute parvenu à la même conclusion. En fait, je pense que nous avons tenté d'assembler un puzzle avec des pièces provenant d'une demi-douzaine de boîtes différentes.

    Je sais qu'il est tard, et je sais aussi que de telles circonstances sont propices aux grandes révélations intérieures – et peut-être aux vérités les plus profondes. Mais je t'écris avec toute l'objectivité dont je suis capable. Jusqu'ici, je n'ai écrit que ce que je pouvais penser, raisonner, rationnaliser. Ce sera à toi d'imaginer ce que j'aurais à dire si j'écrivais ce que je ressens.

Bien à toi,
Barbara

Étrange, songea Hubbard. Une lettre provocante. Il puisa trois figues séchées dans son tiroir et les mastiqua tout en examinant le relevé bancaire.

— Hum… fit-il. Vraiment très intéressant.

Il remit les lettres dans leurs enveloppes et les recolla avec soin, puis il téléphona chez lui.

— Eunice, je serai un peu en retard ce soir. Au moins une heure… Non, non, pas du tout… Oui, absolument – je prendrai une bonne salade en rentrant…

D'un pas alerte, Hubbard quitta les locaux.

CHAPITRE II

Jeff Pettigrew

Le mercredi 8 juin à dix heures du matin, le lieutenant de police George Shaw roulait au volant d'une voiture banalisée le long de San Pablo Avenue, une artère qui part du centre-ville d'Oakland et qui remonte au nord à travers toute une série de petites communautés le long de la baie.

L'Agence immobilière McAteel était située sur la partie qui borde West Oakland, un quartier peuplé en majorité de Noirs. Shaw se gara et descendit sur le trottoir. C'était un homme d'une trentaine d'années, trapu et musclé, aux cheveux blond cendré et au visage avenant.

Il entra dans l'agence McAteel. Une secrétaire-réceptionniste leva les yeux.

— Monsieur ?

Shaw se présenta.

— Je voudrais parler à Mr McAteel.

— Il s'attend à votre visite ? demanda-t-elle prudemment.

— Cela m'étonnerait.

La secrétaire se leva et disparut dans un couloir. Elle revint peu après et fit signe au policier :

— Par ici, je vous prie.

McAteel avait le teint bronzé et portait un élégant costume léger en soie beige. Il devait avoir dans les cinquante ans. Il était grand, avec l'allure dégingandée d'un singe rhésus, et pratiquement chauve, à l'exception d'une couronne de cheveux gris au-dessus des oreilles. Il se redressa à moitié pour saluer courtoisement Shaw et lui désigna un fauteuil.

— Asseyez-vous, lieutenant. Qu'est-ce que j'ai bien pu faire, encore ? Cigarette ?

— Non, merci. (Shaw sortit sa blague à tabac et bourra sa pipe.) Je viens vous voir au sujet de Paul Gunther.

— Ah, oui, fit McAteel. Gunther. J'espère que ce garçon n'a pas d'ennuis ?

— Non, non. Vous ne l'avez pas vu récemment ?

— Non, pas depuis plusieurs jours.

— Il a apparemment disparu de la circulation. Il ne s'est pas présenté à son travail depuis lundi. Personne ne sait où il habite, et nous nous demandons ce qui a bien pu lui arriver.

— Je crois comprendre que des gens disparaissent tous les jours, dit McAteel. Sans laisser aucune trace.

— Il ne faut pas se hâter de conclure. Pour ce que j'en sais, il est peut-être en ce moment même cloué au lit avec une mauvaise grippe. Mais comme je vous l'ai dit, personne ne connaît son adresse.

McAteel secoua la tête, comme émerveillé par les infinies variations du comportement humain.

— Vous avez vérifié auprès des hôpitaux, j'imagine ?

— Oui, sans succès. (Shaw alluma sa pipe.) On m'a dit qu'un de vos employés est un ami de Gunther, c'est exact ?

— Oui, tout à fait. Vous êtes sans doute au courant de cette histoire de maison dans Lily Street ?

— Hubbard m'a dit ce qu'il en savait.

— Je ferais mieux de faire venir Pettigrew, dit McAteel en se levant. Juste un instant, je vous prie.

Il quitta la pièce. Shaw tendit l'oreille et crut entendre une porte se refermer doucement. Il attendit en fumant tranquillement sa pipe.

McAteel revint, accompagné d'un grand jeune homme blond, bien bâti mais avec tout juste un soupçon de mollesse dans les membres et dans le tracé de la mâchoire. McAteel le présenta :

— Voici mon assistant, garde du corps, vendeur en chef et homme à tout faire, Jeff Pettigrew. C'est également mon neveu. Il est diplômé d'une école de commerce, et il va accomplir de grandes choses pour nous.

Shaw l'examina posément. Pettigrew était plutôt joli garçon, dans le genre un peu mièvre, avec des yeux ronds et bleus assez globuleux.

— Eh bien, Jeff, dit-il, Mr McAteel a dû vous expliquer l'objet de ma visite ?

— Oui. Vous enquêtez sur Paul Gunther.

Shaw hocha la tête.

— Connaissez-vous son adresse, ou son numéro de téléphone ?

— Non, désolé. Nous ne nous connaissions pas suffisamment bien.

— Je vois… Avez-vous une idée de quelqu'un qui pourrait nous renseigner ?

Jeff réfléchit, puis il fronça les sourcils et dit d'une voix posée :

— Non, personne.

— Dans ce cas, dit Shaw, je vais devoir m'adresser ailleurs.

Jeff hocha poliment la tête :

— Je suis vraiment navré de ne pas pouvoir vous aider.

— En ce qui concerne cette maison dans Lily Street, Gunther vous a-t-il dit pourquoi il s'y intéressait ?

Jeff haussa les épaules.

— J'imagine qu'il aimerait la retaper pour la revendre – s'il arrive à l'avoir pour pas trop cher.

— Il envisage donc sérieusement de l'acheter ?

— Gunther est un type étrange, dit Jeff. On ne peut pas toujours savoir ce qu'il a en tête.

— Je vois. (Shaw réfléchit un instant.) Je pense que nous ferions bien d'aller y jeter un coup d'œil.

Jeff hocha la tête sans enthousiasme. Il ouvrit un tiroir et commença à fouiller d'un air maussade dans une boîte pleine de clés.

— J'espère que je vais trouver un moyen d'y entrer…

— Vous n'avez donc pas de double ?

Jeff releva brusquement la tête et fixa froidement Shaw de ses yeux bleus.

— Apparemment, elles n'ont pas été remises à leur place. (Il continua de fouiller un moment.) Ah, celles-là devraient nous permettre d'entrer par l'arrière. C'est une vieille serrure ordinaire.

Shaw se tourna vers McAteel :

— Merci de votre coopération.

— Il n'y a pas de quoi, lieutenant. J'espère que tout va s'éclaircir. « L'Affaire de la disparition de l'assistant social », hein ?

Shaw sourit poliment.

— Quelque chose comme ça.

Dans la voiture, Jeff Pettigrew se détendit un peu.

— Alors comme ça, Paul a disparu.

— Pas officiellement. En fait – ma foi, nous ne savons tout simplement pas ce qui s'est passé.

Jeff lui jeta un rapide coup d'œil en coin.

— Est-ce que l'argent de quelqu'un aurait disparu en même temps ?

— Non, dit Shaw. Absolument rien de ce genre. À propos, on m'a dit que c'est un ami à vous ?

— Pas exactement un ami. Je le rencontre de temps en temps, à des soirées, des choses comme ça.

— Quel genre d'homme est-ce ?

Pettigrew hésita. La pression des mots contenus augmenta, ses lèvres se mirent à trembler, et un flot de paroles jaillit soudain.

— Si vous voulez mon avis, Gunther est un gars bidon. Il essaie d'être quelque chose qu'il n'est pas, il essaie de s'introduire là où on ne veut pas de lui. Vous comprenez ce que je veux dire ?

— Non, pas tout à fait. Vous voulez dire que c'est un arriviste ?

Jeff Pettigrew hocha la tête.

— Oui, on peut le dire comme ça. Il veut vivre comme un millionnaire avec un salaire d'assistant social. Il veut jouer les grands seigneurs, mais il refuse de payer l'addition.

— Vous n'avez pas l'air de faire partie de ses admirateurs.

— Non, pas vraiment.

— Apparemment, il a une bonne opinion de vous. C'est à vous qu'il s'est adressé pour cette maison de Lily Street.

Jeff éclata de rire.

— Nous avons l'exclusivité de cette vente. Il ne peut pas aller ailleurs.

— Je vois… Ça fait longtemps que vous le connaissez ?

Jeff réfléchit et eut un léger haussement d'épaules.

— Six mois, à peu près.

* * *

Jeff et Paul Gunther s'étaient rencontrés à une soirée, et une jolie fille du nom de Barbara Tavistock avait joué le rôle de catalyseur. Cela se passait le 5 février dans une de ces vieilles demeures de bardeaux marron qu'on trouve à Berkeley, autour de l'université.

Paul arriva vers dix heures et demie, une pinte de bourbon à la main, et fut accueilli par un jeune homme maigrichon en blue-jean.

— Entrez donc, qui que vous soyez.

Paul se présenta.

— C'est Fergus qui m'a dit de venir.

— Je suis Ira Slavinsky, et j'habite aussi ici. (Il asséna à Paul une grande tape entre les omoplates :) Allez-y. On n'est pas à cheval sur les cérémonies, ici. En fait, c'est même plutôt débraillé. Je ne vais pas me donner le mal de vous présenter. L'escalier de secours est à droite, les cabinets à gauche, et la cuisine droit devant.

Paul s'avança dans le vestibule qui donnait sur un grand salon lambrissé de bois de séquoia verni. Le mobilier était typiquement d'avant-garde : deux canapés-lits recouverts de cotonnade ; un phonographe avec un grand haut-parleur ; des fauteuils de toile ; des bibliothèques remplies de livres de poche. Sur le manteau de la cheminée était posée une reproduction de la Vénus de Willendorf. Sur les murs, toute une variété de peintures à l'huile étonnantes et chaotiques. Au plafond était suspendu un énorme poisson en papier japonais contenant une guirlande de Noël illuminée.

Une vingtaine de personnes y étaient installées, tandis que d'autres allaient et venaient dans le couloir. Paul se rendit dans la cuisine où il déboucha sa bouteille de bourbon, puis il prit des glaçons dans le réfrigérateur et se remplit un verre. Il se baissa pour cacher sa bouteille derrière le réfrigérateur, mais l'espace était déjà occupé par une autre bouteille plus grande. Après avoir trouvé une cachette derrière un plat dans le vaisselier, Paul retourna au salon.

Il trouva une place sur l'un des canapés, et après s'être confortablement adossé aux coussins, il se mit à observer les autres invités. C'était dans l'ensemble un groupe assez ordinaire. Chacun était venu pour regarder, boire et se distraire. Chacun espérait vivre une aventure, à condition que cela n'implique pas du danger, de l'inconfort, des dépenses, une gueule de bois ou un scandale. Peu de chances de trouver l'aventure ici… Où donc étaient les belles femmes audacieuses, les hommes de caractère, les musiciens talentueux ? Personne n'était même suffisamment insultant pour être amusant.

Mais la soirée ne faisait que commencer.

Il pouvait mettre un nom sur quelques visages : Charles Bickerstaff, un petit physicien au visage grêlé, obsédé par les mesures de sécurité gouvernementales qu'il désapprouvait fortement ; une grande fille brune qui s'appelait Nausicaa ; une Grecque aux cheveux de lin nommée Iphigenia ; Bill et Mary Jones, qui gagnaient une maigre pitance en posant pour les étudiants des Beaux-arts. À côté de Paul était assis un jeune Noir, un beau garçon vêtu d'un costume d'été beige, qu'il lui sembla avoir déjà vu dans d'autres circonstances. Aucune des filles n'était spécialement attirante, mais… encore une fois, la soirée ne faisait que commencer. Un jour, quelque part, le miracle se produirait. Cette certitude faisait partie intégrante de la doctrine d'existence à laquelle adhérait Paul. Un jour, quelque part, la rencontre de deux regards étonnés, une intuition mutuelle… Paul ne savait rien d'elle, sauf qu'elle serait rayonnante de vitalité, svelte, jeune et joyeuse, chaste jusque-là, et soudain prête à toutes les folies.

Paul entama la conversation avec le jeune Noir. Il s'appelait Ted Therbow et enseignait l'économie dans un cours du soir. Dans la journée, il travaillait dans une station-service et mettait de l'argent de côté afin d'émigrer en France. Amusé, Paul lui demanda :

— Qu'est-ce que vous pouvez bien espérer d'un tel projet ?

— Ne soyez pas naïf, répondit Ted Therbow — qui ajouta avec une certaine ironie : J'aime le bon vin.

Paul éclata de rire, et Ted Therbow sourit à son tour.

— Je vous ai déjà vu quelque part, dit Therbow, mais je n'arrive pas à me souvenir où.

— À l'école ? Au lycée de Berkeley ? À l'université ?

— Non. Je vous ai peut-être vendu de l'essence.

— C'est possible. Où se trouve votre station ?

— Au coin de Ninth Street et de Van Buren, dans West Oakland.

— Je travaille dans ce quartier, dit Paul. Je suis employé aux services sociaux.

— C'est un bon job. Moi, j'essaie de rentrer dans les services de

Rénovation urbaine. J'ai passé l'examen mardi dernier. Il y a des tas de taudis à abattre, dans ce secteur.

— Vous cherchez à me mettre au chômage ?

Ted Therbow fit un large sourire qui découvrit des dents d'une blancheur éclatante.

— Oui, absolument. Vous n'êtes pas un remède, vous n'êtes qu'un pansement. Éliminez ces taudis, donnez aux gamins une chance équitable de réussir dans la vie, et là, il n'y aura plus tous ces voyous et ces délinquants dont on entend parler.

Paul le regarda attentivement par-dessus le bord de son verre.

— Est-ce que ce sont les taudis qui font les voyous, ou les voyous qui font les taudis ?

Voyant que Ted Therbow commençait à se retrancher derrière un masque d'impassibilité, Paul s'empressa d'ajouter :

— Je ne parle pas spécifiquement des Noirs. Quelle que soit leur couleur de peau, tous les gens créent des taudis, quand ils sont pauvres et sans instruction.

Ted Therbow resta figé.

— Sur ma liste, j'ai de tout, poursuivit Paul. Des paysans de l'Oklahoma, des Mexicains, des Noirs, des Siciliens, des Hindous, et même une famille d'Esquimaux. Je ne vois pas beaucoup de différences entre eux.

Ted Therbow se radoucit un peu.

— Partout il y a des gens ignorants, et des gens intelligents qui les exploitent.

— Je ne le nie pas, dit Paul. Des usuriers, des propriétaires, des vendeurs de voitures, sans parler des escrocs qui ont grandi sur place.

Ted Therbow commençait à se désintéresser de la discussion.

— Vous avez plus d'expérience que moi dans ce domaine.

— Oui, j'y suis plongé jusqu'au cou. Vous seriez étonné des choses que je peux voir.

— J'imagine… Tout le monde cherche à gruger les gens de l'Assistance sociale.

— Je me contente de faire mon boulot, il faut prendre ça avec philosophie. (Paul vida son verre.) J'ai besoin de refaire le plein.

Quand il revint, Ted Therbow n'était plus là, et leurs places étaient prises. Un certain nombre d'autres invités étaient arrivés, et le salon était bondé. Il y avait tellement de monde dans le couloir qu'il était presque impossible d'accéder à la cuisine.

Une femme en vert clair, chancelant sur des chaussures à semelles compensées, heurta Paul au passage. Il tendit le bras pour la soutenir. Elle avait un corps tiède et souple. Paul la retint un peu plus longtemps que nécessaire.

— Excusez-moi, dit-elle. Je suis vraiment navrée.

— Il n'y a pas de quoi. Tout le plaisir est pour moi.

Elle fronça le nez, et Paul la regarda s'éloigner. La trentaine, une assez jolie silhouette, un visage un peu niais. Rien de sensationnel. Elle lui lança un regard par-dessus son épaule, fit une petite moue coquette. Paul se contenta d'incliner poliment la tête. Il termina son verre. Après une pinte de bourbon, il pourrait bien la trouver intéressante…

Un troisième bourbon on the rocks suivit le chemin des deux précédents. De retour au salon avec son quatrième, il vit trois couples en train de danser au son du phonographe. Il les observa un moment, presque prêt à inviter la femme en vert. Il la regarda du coin de l'œil : elle était en train de parler à Ted Therbow, qui semblait s'ennuyer. Quand elle sourit, Paul vit qu'elle avait de très petites dents séparées par des portions de gencive rose. Il décida d'attendre encore un peu.

Le bourbon commençait à faire son effet. Des visages surgissaient de l'ombre, dont les traits étaient des signes importants que Paul s'efforçait d'interpréter. Il devait exister une clé permettant d'accéder aux secrets de la personnalité. Quel pouvoir pour celui qui la découvrirait ! Paul rectifia. Un avantage, oui, mais pas un pouvoir. Il n'avait aucun goût pour le pouvoir. La Destinée, qu'il savait être son seul véritable adversaire, avait le monopole du vrai pouvoir. Toute autre forme était illusoire. Paul préférait le détachement, et jouir de ses plaisirs subtils avec calme et intensité. Il se voyait comme une citadelle, sereine et sûre, se déplaçant parmi les complexités du monde, n'apprenant que ce qu'il avait envie d'apprendre, avec un plaisir aussi proche que possible de son imagination… Un énorme éclat de rire se fit entendre dans la cuisine. Paul se fraya un passage dans le couloir pour aller voir ce qui se passait. Il y trouva plusieurs invités adossés à l'évier, en train d'échanger des histoires salaces. Il les écouta avec détachement. Il considérait ce genre d'activité comme représentative des efforts pitoyables de personnalités médiocres. Charlie Bickerstaft, qui était à présent en train de pérorer, en semblait un exemple parfaitement représentatif.

Il prit sa bouteille, remplit à nouveau son verre, et fronça le sourcil en voyant le niveau du bourbon. Il n'en restait plus qu'un tiers ? Avait-il bu autant que ça ? Il ne pouvait en être sûr. Agaçant… Avec un regard soupçonneux en direction de Charlie Bickerstaft, il cacha sa bouteille dans un autre endroit avant de retourner au salon. Comme il n'y avait toujours aucune place pour s'asseoir, il resta debout sur le seuil. Sa conscience avait maintenant atteint un niveau supérieur, et son sens du moment présent était affûté comme un rasoir. Chaque instant était chargé d'une signification unique et capitale… Un jeune homme au teint pâle, vêtu d'un pantalon de flanelle grise informe et d'un pull bleu foncé par-dessus un tee-shirt, était adossé au mur à côté de lui. Paul l'observa, en se demandant quelle pouvait être sa fonction dans un univers dominé par ces deux entités jumelles qu'étaient Paul Gunther et la Destinée. Ce garçon avait l'air sous-alimenté et pas très propre. Ses joues étaient creuses, ses yeux brillants, son nez effilé comme un bec d'oiseau. Son crâne était surmonté d'un chaume de cheveux bruns en bataille. Était-ce un ascète ? Un artiste ? Un poète ?

Paul se mit à déclamer :

> « Jeté dans cet Univers sans savoir pourquoi,
> Ni d'où je viens, telle l'Eau s'écoulant bon gré mal gré :
> Et emporté au-delà, comme le Vent sur la Lande dévastée,
> Je ne sais vers où, soufflant bon gré mal gré. »

Le jeune homme au visage famélique lui lança un regard méfiant :
— C'est de vous ?
— Absolument, dit Paul. En voici un autre :

> « Qui, sans rien demander, s'est hâté ici d'où ?
> Et puis, sans rien demander, s'est hâté où de là !
> Buvons coupe après coupe pour noyer
> Le souvenir de cette impertinence ! »

— C'est très joli, dit le jeune homme au visage mince, mais est-ce que vous arrivez à en vivre ?

— Non, dit Paul, on ne gagne pas d'argent avec la poésie, et ça ne vaut pas la peine de courir après l'argent sauf si c'est de l'argent facile. Vous connaissez un moyen facile de devenir riche rapidement ?

— Acheter quand c'est bas et revendre quand c'est haut, voilà comment on fait en général.

Howard Fergus, un des deux maîtres de maison, les rejoignit et s'adressa au jeune homme :

— Qu'est-ce que tu fais là ? Je croyais que tu travaillais la nuit ?

— La lune s'est mise en travers de mon étoile. Où est Alex ?

— Va voir dans la cuisine, il y est peut-être.

Paul regarda s'éloigner la mince silhouette. Dans l'ensemble, un type qui vous laissait une impression inconfortable, insatisfaisante, déconcertante. Il se tourna vers Fergus :

— Qui est-ce ?

— Jim Connor. C'est un astronome.

— Ah… Il observe une étoile ?

— Une de celles qui explosent. Elle est maintenant cinquante millions de fois plus brillante que le soleil, ou à peu près.

Fergus s'en alla. Paul resta appuyé au chambranle de la porte. Il haussa les épaules et chassa Connor de ses pensées. Il leva son verre. Quel liquide merveilleux, le whiskey. L'élixir des rêves. Non, pas des rêves. Le whiskey aiguisait les sens, ralentissait le temps.

— Pardon, dit Fergus en le poussant pour pouvoir entrer dans le salon avec un récipient où brûlait de l'encens.

Les sens, songea Paul. Sens et sensations… Il ferma les yeux et but une gorgée de bourbon. La saveur du chêne et du grain mûr. L'humidité de l'eau s'écoulant sur sa langue. Sensation : les pieds des danseurs martelant le sol, le tournis de sa tête embrumée. Sons : babillages, murmures, un rire rauque dans la cuisine. Toutes proches, deux conversations. Grâce à une merveilleuse faculté, il pouvait percevoir tantôt l'une tantôt l'autre, mais pas les deux en même temps. Odeurs : il inspira profondément. Effluves d'encens, fumée de cigarettes, relents de vin, de bière. L'odeur de la vie, de la respiration humaine… Un soudain accès de révulsion claustrophobique : Je suis enfermé, coincé au milieu d'un troupeau d'humains... Il se rassura aussitôt : Je suis humain, moi aussi...

Il retourna dans la cuisine et voulut prendre sa bouteille dans sa cachette : sa main ne rencontra que le vide. La bouteille avait disparu. Il regarda autour de lui et la vit posée à côté de l'évier, vide. Paul soupira et jeta un coup d'œil derrière le réfrigérateur : un flacon d'Old Life Insurance encore plein aux deux tiers. Il s'en versa généreusement deux doigts. À l'autre bout de la cuisine, Jim Connor était assis et mâchonnait un bout de fromage. Paul fronça les sourcils. Il y avait entre eux un problème en suspens, une question non entièrement résolue. C'était comme si Connor avait gagné le premier round d'une rencontre très subtile, simplement parce qu'il n'avait pas su déceler la qualité tout à fait unique de la personnalité de Paul. Il s'approcha de Connor, qui leva les yeux en continuant de remuer ses fines mâchoires.

— Supposons que dans votre télescope, vous voyiez une grosse étoile se dirigeant tout droit vers la Terre, dit Paul. Que feriez-vous ?

Connor enfourna un autre morceau de fromage.

— Des étoiles, j'en vois toutes les nuits, par douzaines. Le temps qu'elles arrivent ici, nous n'y serons plus.

— Mais imaginez que la fin du monde soit imminente ?

Connor haussa les épaules :

— Je me mettrais à la danse classique, dans un ballet, quelque chose de sérieux. L'astronomie est un sujet frivole. Tous les astronomes sont frivoles. Je suis frivole. Dans ce monde, les gens les plus sérieux semblent être les joueurs de base-ball. (Il regarda le verre de Paul :) Où est la bibine ?

— Il y a une bouteille derrière le frigo.

Connor alla s'en verser trois doigts, y ajouta un glaçon, et avec un petit salut de la tête, il sortit pour aller s'installer sur la terrasse à l'arrière de la maison. Paul entendit le bruit de ses pas dans l'escalier.

Paul retourna dans le salon. Ted Therbow dansait avec la femme en vert, dont Paul examina la silhouette – tout à fait présentable vue de dos. Mais il n'arrivait pas à effacer de sa mémoire les gencives rosâtres. Et puis... la soirée ne faisait que commencer. Derrière lui, la porte d'entrée s'ouvrit et Ira Slavinsky beugla :

— Entrez, entrez ! (Un murmure.) Oui, absolument ! … Jeff, je suis Ira. Vous connaissez probablement tout le monde ici.

Paul tourna la tête. Jeff était grand et blond, avec un beau visage à part des yeux bleus tout ronds. Il portait une veste pied-de-poule et un pantalon de flanelle grise aussi bien coupé et élégant que celui de Jim Connor était sale et fripé. Derrière lui se tenait une jeune femme brune vêtue de noir, dont les yeux balayaient la pièce avec une innocente lueur d'excitation.

Quand ils entrèrent dans le salon, Paul regarda le visage de la jeune fille en se penchant légèrement en avant. Le miracle… Le regard de la fille croisa le sien un bref instant, et passa à autre chose. Un demi-miracle, en tout cas.

Slavinsky conduisit les nouveaux arrivants à l'autre bout de la pièce. Il se mit à parler à Jeff tandis que la jeune fille continuait d'observer les invités. Son regard revint se poser sur Paul, mais alors même que leurs yeux se rencontraient, Jeff lui dit quelque chose et elle se tourna vers Ira Slavinsky.

Paul resta parfaitement immobile. Il regarda la main gauche de la fille : pas d'alliance. Elle devait avoir dix-neuf ou vingt ans. Un peu plus grande que la moyenne, elle était mince et souple. Ses cheveux, coupés court, étaient d'un beau noir lustré. Dans son visage, Paul vit tout ce qu'il avait besoin de savoir. Il étouffait presque d'un puissant désir qui n'avait rien de physique. Elle était superbe, parfaite. Elle représentait quelque chose que les mots ne pouvaient exprimer, des émotions qui n'avaient pas encore de nom. Ne sentait-elle pas sa présence, la pression de son esprit ? Jeff la conduisit jusqu'à un fauteuil, puis il lui demanda ce qu'elle voulait boire et alla dans la cuisine.

Paul esquissa un pas vers elle, puis il s'arrêta. Il avait peur. Et si elle était du genre à glousser, à mâcher du chewing-gum… ? Et si elle sentait mauvais… ? Il vida son verre et le posa.

Il traversa la pièce en ne voyant que la fille. Tout le reste était flou.

Elle le remarqua et le regarda s'approcher. Quand il se pencha vers elle, elle leva les yeux avec un demi-sourire d'un charme indescriptible.

— J'aimerais vous parler, dit Paul. Nous allons devoir danser, ou sinon, nous serons interrompus.

Elle parut très légèrement surprise. Elle hésita un instant en jetant un coup d'œil vers la cuisine.

— Il y a vraiment beaucoup de monde, dit-elle.

Puis elle se leva, et ils se mirent à danser au milieu du bruit et de l'agitation.

Elle n'avait pas gloussé, elle ne mâchait pas de chewing-gum, et elle avait la fraîcheur embaumée d'une prairie. Paul retint le flot de paroles qui lui montait aux lèvres. Elle les trouverait incompréhensibles, et sa fougue l'effaroucherait. Il se mit à lui parler. Ses mots allaient pénétrer dans ses oreilles, et il s'efforçait de les charger d'un sens bien plus profond que leur signification littérale.

— Je m'appelle Paul Gunther. Et vous ?

Dans une certaine mesure, il avait réussi. Elle s'écarta légèrement pour le dévisager.

— Barbara Tavistock.

— Vous n'êtes ni mariée ni fiancée ?

— Non. (Elle l'examina encore plus attentivement.) Pourquoi me posez-vous cette question ?

— Si je vous le disais, vous pourriez me trouver bizarre. Ou pire encore, me croire saoul.

Il avait capté son intérêt. Elle n'était pas effarouchée par l'intensité avec laquelle il s'exprimait. Elle avait une certaine façon d'incliner la tête qui pouvait indiquer chez elle une même intensité contenue.

— Bon, dit Paul, alors voilà. Je suis tombé éperdument amoureux de vous. Dès que je vous ai vue entrer.

Elle réfléchit un court instant.

— C'est flatteur. Sauf si ça vous arrive fréquemment.

Paul secoua la tête.

— Ce genre de chose ne m'est encore jamais arrivé, dit-elle. Je ne sais pas très bien quoi vous dire.

— Peut-être êtes-vous tombée éperdument amoureuse de moi ?

— Non, fit-elle. Je vous connais à peine. En fait, je ne vous connais pas du tout. Et vous avez vraiment beaucoup bu.

Paul refoula son ressentiment. Ainsi donc, ce n'était pas encore le miracle…

— C'est vrai, j'ai bu, aucun doute là-dessus. Et pourquoi ? Parce que cela me clarifie l'esprit. Je peux comprendre l'incompréhensible, voir derrière le voile les yeux brillants de la Destinée.

Barbara fit une moue dubitative. Fais attention, songea Paul. Il n'y a pas de miracle. Elle ne peut pas en un instant rejeter les valeurs de son éducation et accepter les tiennes.

Il dit d'un ton léger :

— Malheureusement, j'aurai tout oublié demain matin.

Elle fut rassurée. Jeff revint de la cuisine avec un whisky-soda dans chaque main. Il fronça les sourcils en voyant qu'elle dansait, et brandit son verre en guise de signal. Barbara hocha la tête.

— Qui est-ce ? demanda Paul.

— Jeff Pettigrew. Il travaille dans l'immobilier. Et vous, qu'est-ce que vous faites ?

On sentait déjà une certaine intimité dans leur conversation.

— Je suis assistant social, mais c'est sans importance. Fondamentalement – eh bien, je crois à la Vie avec un grand V. Je veux faire de chaque instant quelque chose de significatif. Et comme ça, quand je mourrai, je pourrai me dire que j'ai tiré le meilleur parti possible de cette existence.

Barbara lui lança un petit regard en coin. Elle hésita, et dit enfin :

— Je ressens la même chose.

Paul sentit l'excitation monter en lui. Leurs esprits se rejoignaient ! Le miracle, total et complet ! Il dit d'une voix étouffée :

— Partons d'ici. Allons quelque part où nous pourrons nous parler !

Mais il sut aussitôt qu'il avait commis une erreur. Barbara sourit poliment.

— Même si je le voulais, je ne pourrais pas. Je suis venue avec Jeff Pettigrew.

La musique s'arrêta. Barbara lui dit :

— C'était très intéressant de parler avec vous.

Le miracle avait volé en éclats. Il en avait trop dit, trop vite, trop tôt. Il s'inclina cérémonieusement :

— Merci pour cette danse.

Il retourna dans la cuisine, en écartant de son passage les gens ivres et ceux qui ne l'étaient qu'à moitié. La bouteille derrière le réfrigérateur était à présent vide, mais il y avait un grand cruchon de vin rouge. Paul s'en versa un verre et but rapidement une gorgée, en maudissant sa bêtise, puis il s'assit à la table en faisant abstraction des voix et du bruit autour de lui.

Il se mit à contempler les profondeurs écarlates du vin en inclinant le verre pour en faire osciller la surface. À l'évidence, le miracle allait avoir besoin d'un petit coup de main. Il avait réussi une amorce, qu'il lui fallait maintenant consolider, ou sinon, Barbara Tavistock l'effacerait de son esprit en ne voyant en lui qu'un ivrogne impétueux.

Il se leva en titubant. Tout d'abord, poser une ou deux questions à Ira Slavinsky, qu'il pourrait convaincre de faire des présentations en bonne et due forme.

Paul sortit dans le couloir. L'air était fétide. Des corps sans visage étaient appuyés contre le mur, plongés dans des conversations ou des échanges amoureux.

Il se fraya un chemin jusqu'au salon. La piste de danse était à présent déserte, et l'on jouait de la musique douce. Le paroxysme de la soirée était passé. Les invités étaient détendus, alanguis, ivres. Paul aperçut brièvement Jeff Pettigrew qui quittait l'appartement. La porte se referma sur lui. Paul balaya la pièce du regard : aucun signe de Barbara. D'un pas hésitant, il sortit sur la terrasse d'où il vit Jeff Pettigrew et Barbara traverser la rue pour rejoindre une Chevrolet dernier modèle. Ils restèrent un instant sur le trottoir avant d'y monter. Ils étaient à moitié cachés dans l'ombre des érables. Paul se dit qu'ils étaient en train de s'embrasser.

Il eut soudain la gorge serrée et sentit le sang lui monter à la tête : honte, rage, humiliation, chagrin.

Il retourna rapidement à l'intérieur. Elle n'avait pas attendu pour le revoir. Et le miracle, dans tout ça ? Paul ricana. Il s'était conduit comme un imbécile, mais il n'avait pas dit son dernier mot. Il l'aurait, elle serait à lui, et elle souffrirait autant qu'elle l'avait fait souffrir. Il se lança à la recherche de la femme en vert, mais elle était partie. Aucune trace non plus de Ted Therbow.

Paul retourna dans la cuisine où il se versa encore un verre de vin. Il l'emporta au salon où il se trouva une place sur un canapé, à côté de l'astronome Jim Connor. Celui-ci ferma les yeux quand Paul se tourna vers lui pour engager la conversation. Les mots lui restèrent dans la gorge. Il se releva péniblement, resta quelques secondes à foudroyer du regard la forme placide, puis il tourna les talons et quitta la maison.

Dans sa voiture, il se laissa tomber sur le siège et agrippa le volant.

Et maintenant, où aller, et pour faire quoi ? Nulle part, et rien. Paul jura entre ses dents. Il s'interrompit soudain et éclata d'un rire amer. Quel imbécile il faisait… Faible, indécis, irréfléchi, hystérique. Il se tourna pour attraper sa sacoche posée sur la banquette arrière, et il l'ouvrit. Au milieu des dossiers, rapports, formulaires et brochures, il prit un carnet relié de cuir noir.

Il alluma le plafonnier, et lentement, presque avec réticence, il l'ouvrit. Il le feuilleta jusqu'à ce que, dans les dernières pages, il tombe sur ces mots écrits en grosses lettres :

CREDO ET PROFESSION DE FOI.

* * *

Sept ans plus tôt, alors qu'il avait dix-sept ans, il s'était réveillé au milieu de la nuit, et là, allongé dans le noir, tout était devenu clair pour lui : la signification du temps, de l'univers, de son existence et de sa destinée. Une révélation tout à la fois merveilleuse et terrifiante. Les jambes tremblantes, il était allé à son bureau et avait griffonné fébrilement la Profession de Foi. Ses pensées volaient plus vite que ses doigts, et il écrivait rongé d'angoisse à l'idée que l'illumination puisse s'estomper et qu'il se retrouve à contempler une page à moitié remplie seulement.

Le lendemain, il n'osa pas se relire. Il plia le feuillet de la « Profession de Foi » et le rangea en lieu sûr, à l'abri de la curiosité maternelle. Ce n'est qu'un mois plus tard, encore une fois vers minuit, qu'il le ressortit de sa cachette. Il le lut rapidement, et ce fut comme un immense coup de gong : là était la Vérité. Il le relut plus lentement, puis il le recopia et en déduisit un certain nombre de corollaires qu'il ajouta sous la rubrique « Articles ».

Au cours des années qui suivirent, Paul relut rarement la « Profession de Foi », pour toutes sortes de raisons. Mais ce soir-là, il la relut avec une exaltation renouvelée : rien ne pouvait le décourager, rien ne pouvait le détourner de ses objectifs !

Des phares brillèrent dans son rétroviseur. Une voiture s'arrêta de l'autre côté de la rue, une Chevrolet bleu ciel. Jeff Pettigrew et Barbara en descendirent. Ils retournèrent dans la maison, un sac en papier à la main. Apparemment, ils ne s'étaient éclipsés que pour aller acheter de l'alcool.

Paul éclata de rire – un rire de joie et de triomphe. Tel était son pouvoir. Comme le Credo avait magnifiquement forcé la main de la Destinée ! Il traversa la rue et s'assura qu'il n'y avait personne en vue. Il ouvrit la portière de la Chevrolet et passa la main sous le tableau de bord pour ouvrir le capot.

* * *

Tandis qu'il roulait dans Lily Street avec le lieutenant Shaw à son côté, Jeff Pettigrew résuma ses relations avec Paul en quelques phrases :

— En fait, je ne connais pas très bien Gunther. Je l'ai rencontré dans des soirées. Il s'est amouraché de la fille avec qui je sortais, et nous avons eu quelques démêlés à cause de ça. Quand il a découvert que je travaillais dans son secteur, nous avons déjeuné ensemble deux ou trois fois.

Il s'arrêta devant une affreuse maison grisâtre, isolée au coin de la rue à côté d'un terrain vague. Un écriteau planté dans la terre desséchée du jardin indiquait :

À VENDRE
Agence McAteel

— Cette maison ne paie vraiment pas de mine, dit Shaw. Elle est mise en vente à combien ?

— Eh bien, le propriétaire en demande trente-cinq mille cinq cents, mais il serait prêt à descendre à trente mille. Ça fait un bout de temps qu'elle est sur le marché.

Le policier considéra la maison d'un œil dubitatif.

— Qu'est-ce que Gunther ferait d'un endroit pareil ?

— Oh, ce n'est pas si terrible que ça, dit vivement Jeff. En mettant un peu d'argent pour la moderniser – refaire la cuisine et la salle de bain, retapisser les murs –, on pourrait réaliser un joli bénéfice. J'imagine que c'est ce que Gunther avait en tête. En fait, il m'en a parlé dans ce sens.

Shaw grommela :

— Allons jeter un coup d'œil à l'intérieur.

— Il va falloir passer par-derrière.

Dans un couloir central, au pied de l'escalier menant à l'étage, ils trouvèrent Paul Gunther étendu sur le dos les bras en croix, une large plaie béante à la gorge. Le sang avait coulé sur le lino et s'était coagulé en une grande flaque de peinture rouge.

— Pas joli à voir, dit Shaw. (Il se retourna vers Jeff Pettigrew qui se tenait en retrait, le visage blanc comme un linge.) Allez téléphoner au QG, et demandez à parler à l'inspecteur Morrissey. J'attendrai ici.

CHAPITRE III

Lillian Gunther

Neil Hubbard habitait à Bayview Highlands, une nouvelle zone résidentielle située à une trentaine de kilomètres au sud d'Oakland. S'il quittait son bureau à 17 heures, il se trouvait presque aussitôt coincé dans les embouteillages et arrivait à 18 heures chez lui. S'il attendait 17 h 30, la circulation s'améliorait et il était quand même chez lui à 18 heures. C'est pourquoi, à cinq heures cinq, Hubbard se trouvait encore dans son bureau en train de feuilleter un catalogue publié par la *Gloriana Health-Tone Equipment Company* de Santa Monica. Cela faisait quelques mois qu'il envisageait l'achat d'une machine à ramer, dont plusieurs modèles figuraient dans ce catalogue. Il les examinait tous soigneusement, mais son attention se reportait sans cesse sur le modèle le plus cher : le « Suprême ». Il se demandait si le coût était justifié par les différentes options incorporées : étriers réglables, cadre en alliage de nickel, siège en chêne massif, compteur, poignées hémisphériques, ressorts en acier suédois de première qualité. Hubbard pinça les lèvres. Le modèle d'un prix intermédiaire, le « Deluxe », bien que d'un aspect moins impressionnant, remplissait sans doute tout aussi bien son rôle. Quant au « Standard », le premier prix, il ne semblait pas du tout convenir, même dans l'illustration, et Hubbard ne s'y était pas attardé. Il fit la grimace devant le prix du « Suprême » et passa à la page détaillant les extenseurs muraux. Il n'avait évidemment pas besoin d'acheter ce genre d'appareil. Avec deux poulies, des contrepoids et dix mètres de corde, il pouvait s'en fabriquer un lui-même… Il revint aux machines à ramer. Le « Suprême » : un bel équipement à l'allure professionnelle…

Le téléphone sonna, et il décrocha.

— Hubbard à l'appareil.

— Lieutenant Shaw. Nous avons retrouvé votre employé, Gunther.

— Tiens donc ! Où était-il passé ?

— Il a eu des ennuis. Je suis au regret de vous informer qu'il est mort.

— Seigneur ! … Est-ce qu'il… Où est-il ?

— Pouvez-vous attendre encore un peu ? J'aimerais venir vous poser quelques questions.

— Certainement, dit Hubbard d'une voix étouffée. Oui, bien sûr.

Quand Shaw arriva en compagnie du sergent William Gaston, Hubbard se tenait à côté du bureau de Gunther, examinant d'un air hésitant le contenu du tiroir du haut. La grande salle était presque vide. Il ne restait plus que cinq ou six employés occupés à taper à la machine ou à dicter au magnétophone.

Hubbard leur fit signe et Shaw s'approcha.

— Mr Hubbard ?

Hubbard inclina la tête et lui serra mollement la main. Shaw regarda le bureau d'un œil interrogateur.

— C'est celui de… ?

— Oui, c'est le bureau de Gunther. Et voici ses dossiers.

Shaw fronça les sourcils en voyant le tiroir ouvert.

— Vous n'avez touché à rien ?

— Oh, non, bien sûr. (Hubbard secoua la tête.) Je ne sais même pas pourquoi je suis venu ici. Cette affaire est si soudaine, si tragique… (Il fit un petit geste d'impuissance.) Que s'est-il passé, exactement ?

— Je ne sais pas, dit Shaw. Nous avons trouvé Gunther dans une maison inoccupée, la gorge tranchée. Il semble qu'il s'y soit rendu de son plein gré. Qui, pourquoi, comment – nous n'en savons rien.

Hubbard se mordilla la lèvre.

— Cette histoire de Mr Big – vous pensez que c'est à cause de ça qu'il lui est arrivé malheur ?

— Je ne sais pas. C'est fort possible.

Shaw prit les deux lettres posées sur le bord du bureau et les ouvrit. La première enveloppe contenait un relevé bancaire et un certain nombre de chèques encaissés. Le relevé de compte faisait état d'un solde de

924,86 dollars. Shaw feuilleta rapidement la liasse de chèques et les remit dans l'enveloppe avec le relevé de compte. Quant à la lettre personnelle, il la lut sans faire de commentaire. Il reposa les deux lettres sur le bureau.

— Avec votre autorisation, le sergent Gaston va examiner ses papiers.

— Oui, naturellement, dit Hubbard. Je suis sûr que vous ne trouverez rien d'autre que des documents de nature professionnelle, mais allez-y, je vous en prie. (Il demanda d'un ton hésitant :) La mère de Paul a sans doute été prévenue ?

— Pas encore. Sitôt sorti d'ici, j'irai lui rendre visite. Elle habite à Berkeley, m'avez-vous dit ?

— Je vais vous donner son adresse, dit Hubbard. (Il ajouta d'une voix morne :) Je devrais sans doute vous accompagner...

Shaw fut étonné.

— Seulement si vous vous y sentez obligé.

— C'est le moins que je puisse faire, marmonna Hubbard. C'est mon devoir... en partie ma responsabilité. Quelle lamentable affaire... (Il secoua violemment la tête :) Bon, c'est sans doute idiot de ma part de prendre les choses à cœur comme ça.

Shaw garda le silence. Hubbard tourna les talons et retourna à son bureau. Il indiqua un fauteuil à Shaw et s'installa.

— Je commence tout juste à saisir les implications de cette affaire, dit-il avec amertume. La publicité, la notoriété... (Il remit dans un tiroir le catalogue de Gloriana Health-Tone.) Nous nous donnons beaucoup de mal pour maintenir une bonne image aux yeux du public. Vous seriez étonné de l'importance que cela revêt pour notre travail. Et voilà que maintenant...

Les mots lui manquèrent.

— La police a le même problème. (Shaw sortit son calepin.) Depuis combien de temps Gunther travaillait-il chez vous ?

Hubbard se frotta pensivement le menton.

— Environ trois ans. Demain, je pourrai vous le dire plus précisément, si c'est important. Je dois vous avouer que je ne peux pas vous dire grand-chose sur Gunther. Nous avons plus d'une centaine d'employés, et il y a un turn-over considérable. Je n'ai tout simplement pas le temps de bien les connaître individuellement. Cela étant...

Il hésita.

— Oui ? fit Shaw.

Hubbard eut un petit sourire embarrassé.

— Ce n'est pas grand-chose. J'allais dire que je pouvais difficilement ne pas le remarquer. Gunther m'a agacé plus d'une fois par son attitude à mon égard ainsi que pour son travail. Je qualifierais cela de… condescendance. Une sorte de mépris amusé.

— Si c'était le cas, pourquoi continuait-il de faire ce travail ?

Hubbard ajusta la position d'un crayon pour qu'il soit parallèle au bord du bureau.

— Nous avons toutes sortes de gens qui travaillent ici. À la base, un diplôme universitaire est exigé, et nous avons un certain nombre de personnes à qui d'autres genres de travail ne conviendraient pas. Je n'irais pas jusqu'à les qualifier de marginaux – le mot serait trop fort –, mais disons qu'ils n'aiment pas les tâches routinières, ou qu'ils sont incapables de faire un métier où il faut gagner de l'argent pour un patron. Notre activité comporte un certain degré de liberté, ce qui ne nous empêche pas d'opérer avec efficacité, compte tenu des circonstances. En ce qui concerne Paul Gunther, je doute qu'il se soit consacré corps et âme à ce travail d'assistant social. Je crois qu'il appréciait tout simplement la flexibilité de son emploi.

— Je vois. Combien gagnait-il ?

— Huit cent trente dollars par mois, dit Hubbard. Strictement en accord avec notre grille de salaires.

— Revenons-en à vendredi dernier, quand nous vous avons informé de cette situation concernant « Mr Big ». Si je comprends bien, vous avez fait venir Gunther, et il vous a déclaré qu'il possédait une source d'informations à ce sujet, c'est bien cela ?

— Hum… « Déclaré » est un bien grand mot. Disons qu'il me l'a plutôt laissé entendre.

— Vous souvenez-vous de ses termes exacts ?

— Non. Je crois qu'il m'a dit qu'il poserait la question autour de lui, et que cela pourrait l'amener à apprendre quelque chose d'intéressant. Son attitude en disait plus que ses paroles.

— Je vois. Est-il possible de savoir où Gunther est allé vendredi, à qui il a rendu visite ?

Hubbard réfléchit.

— Ces informations devraient figurer dans son agenda, qui se trouve normalement dans sa sacoche. (Il tapota des doigts sur le bureau.) Quand a-t-il été tué ? A-t-on déjà pu le déterminer ?

— Dimanche dernier, peut-être dans la soirée, d'après nos premières estimations.

— Je vois… Il y a donc peu de chances qu'il ait emporté sa sacoche avec lui. Et pour ce qui est de l'adresse de son domicile…

Hubbard conclut par un geste vague.

— Avait-il des collègues suffisamment proches pour savoir où il habitait ? demanda Shaw.

— C'est très possible.

— Bon, ma foi, ça peut attendre demain. Pour l'instant, je ferais bien d'aller rendre visite à sa mère. (Shaw fit la grimace :) C'est toujours la partie la plus pénible dans ces affaires.

Hubbard dit d'une petite voix :

— Je ferais mieux d'y aller avec vous. C'est mon devoir, pour employer un terme passé de mode.

— Ce n'est pas nécessaire, Mr Hubbard, à moins que vous n'en ayez envie.

— Dieu sait que je n'en ai pas envie du tout… (Hubbard hésita un instant, puis il se leva.) Bon, je vais vous accompagner.

— Comme vous voudrez.

Shaw retourna voir Gaston, qui s'était installé au bureau de Gunther.

— Quand vous partirez, lui dit-il, emportez ces deux lettres. À part ça, quelque chose d'intéressant ?

Gaston secoua la tête.

— Non, rien du tout.

— Demain matin, avant toute chose, revenez ici et tâchez de trouver des amis de Gunther, s'il en avait. Quelqu'un doit connaître son adresse personnelle. Ce n'est pas Orange Street. Essayez de trouver mieux.

* * *

Avec Hubbard tassé sur son siège à côté de lui, Shaw prit la direction du nord en longeant la baie aux eaux gris-vert. Le soleil, bas à l'horizon, baignait d'une lumière dorée les tours de San Francisco et faisait miroiter les fenêtres des maisons perchées sur les collines d'Oakland.

— Parlez-moi un peu de Gunther. Quel genre d'homme était-ce ?

Hubbard réfléchit et secoua la tête.

— En réalité, c'est difficile à dire. Il ne se refusait rien, et j'imagine qu'il dépensait tout son argent en filles, en alcool et en voitures. Il n'était pas spécialement populaire au bureau – encore cet air condescendant qu'il avait. Je n'avais pas à me plaindre de son travail, et ses clients semblaient l'apprécier. (C'est sur un ton caustique qu'il ajouta :) Avec le genre de vie libre et facile qu'il menait, il ne devait pas être trop critique de l'usage qu'ils faisaient de leur argent… Il arrive que certains de nos agents en fassent un peu trop dans l'autre sens : chez leurs clients, ils font des remarques sur l'ivrognerie, la saleté ambiante, ce genre de choses. Mais pas Paul Gunther.

— C'était le genre d'homme à qui des Noirs pourraient se confier ?

— Vous pensez à cette affaire de « Mr Big » ? Je pense que oui. Naturellement, c'est un sujet délicat, et jamais ils ne reconnaîtraient ouvertement avoir commis une fraude.

— Oui, ça me paraît raisonnable.

Shaw quitta l'autoroute et s'engagea dans University Avenue qui menait au centre de Berkeley. Dans Oxford Street, il tourna à gauche pour entrer dans la partie résidentielle située au nord du campus.

Lillian Gunther habitait au 600 Halcyon Way, un immeuble du nom de Yvanette Arms : un bâtiment central flanqué de deux ailes donnant sur un magnifique jardin. Shaw se gara et descendit de voiture avec une sombre détermination. Hubbard tira sur sa veste et rectifia son nœud de cravate avant de le rejoindre. Ils franchirent une grille en fer forgé donnant sur le jardin et suivirent une allée qui serpentait jusqu'à l'entrée principale. Shaw examina la rangée de plaques et appuya sur un bouton. Un bourdonnement, et la porte s'ouvrit. Ils entrèrent.

L'appartement de Mrs Gunther, le numéro 303, était situé en façade. Shaw sonna et la porte s'ouvrit presque aussitôt. Une petite femme d'une cinquantaine d'années, au nez retroussé, leur lança :

— Ouste ! Allez-vous-en ! Nous ne voulons voir personne aujourd'hui !

Shaw la fixa, interloqué. Il leva sa grosse main juste à temps pour empêcher la porte de lui claquer au nez.

— Un instant, je vous prie. Êtes-vous Mrs Gunther ?

La tête toute ronde fit signe que non, les yeux noirs lancèrent des éclairs.

— Mrs Gunther vient juste de recevoir une terrible nouvelle, et elle ne veut voir personne.

— Je suis de la police, madame. Puis-je vous demander de quelle terrible nouvelle il s'agit ?

— On vient de trouver son fils mort. Elle est allée s'allonger. Et maintenant, si vous voulez bien…

Shaw demanda sèchement :

— Comment Mrs Gunther a-t-elle appris la mort de son fils ?

— Je n'en sais rien du tout. Et maintenant, s'il vous plaît…

— Je suis navré, madame, mais il faut que je parle un instant à Mrs Gunther.

L'échange se poursuivit à voix basse. La femme insistait sur le fait que Mrs Gunther ne voulait voir personne, et Shaw répétait que, à son grand regret, il fallait néanmoins qu'il lui parle. Quand la femme menaça d'appeler la police, Shaw lui rappela qu'en fait, la police, c'était lui, et que cela ne servirait donc à rien. Finalement, du fond de l'appartement, une voix triste et faible se fit entendre :

— Oh, Miriam, ça ne fait rien. Laissez-les entrer.

En s'efforçant de ne pas faire trop de bruit, Shaw et Hubbard entrèrent dans le salon. Les rideaux étaient tirés, ne laissant passer qu'un peu de la lumière dorée de cette fin d'après-midi. La moquette était beige et les murs marron clair. Le mobilier, en courbes douces, était impersonnel. Au-dessus de la cheminée en marbre blanc, séparées par un miroir, étaient curieusement accrochées deux majestueuses têtes de cerf. Mrs Gunther, en déshabillé vert clair, était étendue sur le canapé. Même dans son chagrin, elle avait de la prestance, et son aspect était particulièrement soigné. Elle était grande et svelte, avec des cheveux soyeux d'un blanc un peu mauve et des traits finement ciselés. Une vraie dame au sens que l'on donnait autrefois à ce mot, songea Neil Hubbard.

Elle se redressa et s'assit. Son visage et ses yeux étaient rouges, et sa bouche crispée par le chagrin. Shaw s'excusa de leur intrusion et exprima sa profonde sympathie.

— Comment peut-on être aussi horrible ? s'exclama Mrs Gunther d'une voix rauque. Faire une chose pareille à Garnett !

Shaw la regarda d'un air étonné.

— Garnett ?

Mrs Gunther se passa la main sur les yeux :

— Il faut que vous m'excusiez. Je vais essayer de recouvrer mon calme.

— C'est une affaire tragique, dit Shaw. Nous faisons tout notre possible pour arrêter le criminel, et je sais que vous voulez nous aider.

Mrs Gunther hocha énergiquement la tête, et dit d'une voix tremblante d'émotion :

— Je ferais n'importe quoi, absolument n'importe quoi pour punir un monstre pareil !

— Je suis heureux de vous l'entendre dire. Vous pouvez énormément nous aider en répondant à quelques questions.

Mrs Gunther baissa la tête en poussant un soupir de lassitude.

— Bien sûr. Posez-moi toutes les questions que vous voudrez, je ferai de mon mieux pour y répondre.

— D'abord, comment avez-vous appris la mort de votre fils ?

Mrs Gunther répéta la question, en articulant chaque mot comme s'il lui laissait un goût amer dans la bouche :

— Comment j'ai appris la mort de Garnett ? C'est une jeune fille qui m'a téléphoné, une de ses amies. Elle semblait très agitée. Elle venait d'entendre parler de cette chose horrible. (Mrs Gunther se mit à gémir doucement.) Elle voulait s'assurer que ce n'était qu'une fausse rumeur…

Shaw hocha la tête.

— Connaissez-vous le nom de cette jeune fille ?

Mrs Gunther secoua la tête d'un air indifférent.

— Garnett m'en a parlé une ou deux fois, Barbara quelque chose… Tapscott ? Oui, je crois bien…

— Tavistock, murmura Miriam.

— Ah, oui, Tavistock, c'est ça. Barbara Tavistock.

Hubbard observa Shaw pour voir comment il réagissait à ce nom de « Barbara », mais le policier se contenta de demander :

— Vous a-t-elle dit de qui elle tenait cette information ?

— Je crois que c'est un ami qui le lui a dit. Elle ne m'a pas donné son nom. Naturellement, j'ai aussitôt appelé la police, qui m'a confirmé la nouvelle.

— Je vois. Mr Hubbard, que voici, est le directeur des services sociaux. C'est le supérieur de Paul…

— Je tiens moi aussi à vous exprimer mes condoléances, Mrs Gunther. Paul – heu, je veux dire Garnett – va terriblement nous manquer à tous.

— Merci.

Shaw reprit la parole :

— Je crois que vous avez fourni à Mr Hubbard l'adresse de Paul : le 1417 Orange Street, si je me souviens bien.

— Oui, effectivement.

Hubbard secoua la tête.

— Quelqu'un a dû faire une erreur, Mrs Gunther. Cette adresse n'existe pas.

Mrs Gunther fronça les sourcils d'un air étonné.

— C'est pourtant bien l'adresse qu'il m'a donnée. Il l'a écrite lui-même. (Elle se tourna vers la petite femme toute ronde.) Miriam, ma chérie, auriez-vous la gentillesse de m'apporter mon agenda en cuir rouge ?

Quand elle l'eut en main, elle fouilla parmi toute une masse d'enveloppes, de lettres, de cartes, d'imprimés et de papiers pliés.

— Ah, oui. La voilà.

Elle montra une enveloppe sur laquelle on lisait en effet : « 1417 Orange Street ».

— Puis-je y jeter un coup d'œil ? demanda Shaw.

Il l'examina, et vit qu'au dos de l'enveloppe, quelqu'un avait écrit : « Garnett–1417 Orange Street, Oakland ».

— Garnett est Paul, bien sûr ?

— Son nom complet est Garnett Paul Gunther. Je l'ai toujours appelé « Garnett ».

— C'est son écriture ?

— Oui, il l'a écrite lui-même.

— Hum… fit Shaw. Il a commis une erreur. Ou peut-être voulait-il garder secrète sa véritable adresse.

— Mais c'est absurde ! s'écria Mrs Gunther. Pourquoi m'aurait-il caché quelque chose ? Après tout, je suis sa mère !

— A-t-il jamais mentionné un détail qui pourrait constituer un indice pour localiser son domicile ? Une boutique ? Un nom de rue ? Un cinéma ? Quelque chose comme ça ?

— Je crains bien que non. Mais dites-moi, je vous en supplie, quel est le rapport avec la mort de Garnett ? Je ne comprends pas !

— Nous cherchons à reconstituer ses déplacements vendredi dernier. Ces informations doivent normalement figurer dans les dossiers qu'il emportait dans sa sacoche, et celle-ci est probablement chez lui.

Mrs Gunther se rallongea sur le divan et ferma les yeux d'un air las. Miriam foudroya Shaw du regard et semblait prête à intervenir, quand Mrs Gunther leva mollement la main :

— Non, ma chérie, c'est sans importance.

— Mais bien sûr que si, c'est important ! déclara Miriam. (Elle se tourna vivement vers Shaw.) Je pense que vous avez suffisamment dérangé Mrs Gunther comme ça ! Elle a besoin d'un sédatif et de sommeil, et pas d'une inquisition ! N'oubliez pas qu'elle vient de subir un choc effroyable !

— Non, Miriam, dit Mrs Gunther, laissez. Cela peut sembler curieux, mais je préfère parler. Cette terrible pression continue de grandir. Si je ne parle pas, je sens que ma tête va tout simplement éclater.

— Bon, très bien, comme vous voudrez.

— Quand est-ce que Paul – ou Garnett, si vous préférez – est parti pour emménager dans sa nouvelle résidence ?

— Il y a déjà plusieurs mois. C'était en avril, je crois.

— Pourquoi a-t-il pris cette décision ? Vous vous disputiez ?

— Non, bien sûr que non, jamais. Nous vivions en parfaite harmonie. Mais je pense que c'est toujours la même histoire. Je considérais certaines des relations de Garnett comme assez malsaines, et il adorait cette affreuse musique qui semble à la mode. C'est vrai que je suis peut-être un peu vieux jeu... Mais enfin, nous ne nous disputions pas, et je ne pense pas m'être trop mêlée de sa vie privée. Naturellement, il apportait une petite participation aux dépenses – non pas que j'aie eu vraiment besoin de cet argent, mais je considère que c'est important pour l'amour-propre de savoir qu'on est capable de contribuer.

— Oui, bien sûr. Quand a-t-il quitté votre appartement, exactement ?

— Laissez-moi réfléchir... Ah, j'ai l'esprit tellement confus... Ce devait être... oui, c'est ça : le 20 avril...

* * *

Le 18 avril, un samedi, Paul s'acheta une guitare d'occasion et une méthode. De retour à la maison vers 16 heures, il trouva sa mère dans la salle de bain, le visage recouvert d'un masque d'argile contenant de la gelée royale, de la lanoline et un certain nombre d'autres substances.

Paul s'assit sur le canapé et sortit la guitare de son étui. Il consulta la petite brochure et entreprit de l'accorder.

— C'est toi, mon chéri ? lança Lillian d'une voix chantonnante.

— Oui, Maman.

— Qu'est-ce que c'est que ce bruit ?

— C'est une guitare. Je suis en train de l'accorder.

— Une guitare ! Ah, mon Dieu, j'espère que tu n'as pas l'intention de redevenir sérieux. Tu as une telle façon de t'absorber dans ce que tu fais...

Paul ne répondit pas. La guitare une fois accordée de façon satisfaisante, il consulta la première leçon : LES ACCORDS POUR LA CLÉ DE DO. Apprenez soigneusement ces accords. Premièrement : Do Majeur.

Paul plaça ses doigts comme l'indiquait le diagramme, et plaqua l'accord. Do Majeur. Bon, voilà. Au suivant : Sol 7ème.

Sa mère passa rapidement de la salle de bain à sa chambre. Quelques minutes plus tard, elle entra dans le salon, vêtue d'un élégant déshabillé en satin vert clair. Paul leva les yeux.

— Tu sors ? demanda-t-il.

— Oui. Je vais à un cocktail chez les Martinon. Je suis sûre qu'ils seraient ravis si tu voulais m'accompagner.

Paul pencha la tête vers sa guitare pour s'exercer à passer du Do au Sol 7ème.

— Non, sans façon, Maman. Les Martinon ne m'intéressent pas particulièrement.

— Ursula y sera.

— C'est une Martinon.

Et Paul passa à l'étude de l'accord de Fa Majeur.

Lillian Gunther pinça légèrement les lèvres.

— C'est une fille charmante. Saine, cultivée, beaucoup d'allure, et très jolie.

— Si on aime le genre saint-bernard.

Do, Sol 7ème, Fa.

— Ah, au fait, dit Lillian Gunther. Miriam est passée aujourd'hui. On lui a demandé d'augmenter tous les loyers de dix dollars. Et la nourriture est de plus en plus chère. Nous allons devoir augmenter un tout petit peu ta contribution, j'en ai bien peur. Sinon, je ne vois pas comment je m'en sortirai.

— Bien sûr, Maman. Tout ce que tu voudras. Tu en fais déjà bien plus pour moi que ce que je mérite.

Do, Fa, Sol 7ème, Do.

— Garnett, s'il te plaît, écoute-moi juste deux secondes. Je voudrais te parler sérieusement.

— Bien sûr. (Paul s'adossa confortablement aux coussins du canapé, puis il se leva d'un bond.) Attends, je vais m'ouvrir une cannette de bière. Tu en veux une ?

— Non.

Une soudaine idée fantasque lui fit suspendre sa guitare aux bois d'une des têtes de cerf accrochées au mur. Lillian Gunther protesta aussitôt :

— Garnett, les trophées de ton père !

— Désolé, dit Paul.

Il posa sa guitare contre un mur et se rendit dans la cuisine. Quand il revint, sa mère était assise sur le canapé et semblait mâchonner pensivement.

— Bon, fit-il gaiement, nous y sommes. (Il reprit sa guitare.) Tu veux chanter quelque chose ? Je ferai l'accompagnement.

Lillian Gunther secoua la tête avec impatience.

— Je m'inquiète à ton sujet, Garnett. (Elle jeta un bref regard à la guitare avant de détourner les yeux.) Tu as une formation universitaire, un formidable potentiel, mais tu ne te donnes pas la peine de l'exploiter à fond ! Je voudrais que tu fasses quelque chose de ta vie, mais tu sembles si frivole…

— Oh, mais j'y viens, j'y viens, dit Paul sans se démonter. Lentement mais sûrement.

— Très lentement, effectivement. J'ai presque décidé d'en parler ce soir à Mr Martinon. Il pourrait t'obtenir une situation formidable chez Godfrey, Paulman et Smith.

Paul éclata de rire.

— Maman, tu n'y penses pas ! Je serais le pire agent de change qu'on ait jamais vu.

— Mais c'est là que se trouve l'avenir de la nation ! Dans les actions et les obligations. C'est ce que m'a dit Mr Martinon, et il est bien placé pour le savoir.

— Peut-être, mais pas pour moi. Je veux une existence plus variée. Et en tant qu'assistant social, je joue un rôle utile.

— Et à quoi cela te mène-t-il ? Huit cents dollars par mois ? Je suis certaine que tu vaux plus que ça.

— Oui. Trente dollars de plus, pour être précis.

Lillian Gunther eut à nouveau un geste d'impatience.

— C'est une situation bien peu prestigieuse. Tu pourrais aussi bien être chauffeur routier.

—Je gagnerais plus si je l'étais… mais l'argent, quelle importance ?

— Tu peux te permettre de dire ça tant que tu as ta mère pour t'offrir un toit. Sinon, comment pourrais-tu t'en sortir ? Ta voiture, tes vêtements, toutes ces petites choses agréables ?

Paul prit sa guitare et fit courir ses doigts le long des cordes.

—J'ai des projets en tête, Maman. Je vais commencer à économiser. Dès que j'aurai amassé un petit pécule, regarde-moi bien, et tu verras. Il y a beaucoup d'argent à se faire dans l'immobilier, à condition d'être au bon endroit au bon moment.

Lillian secoua la tête.

— Ce sont des idées en l'air, mon petit Garry. Suppose que tu fasses un seul mauvais investissement, et que ton capital parte en fumée ? Je ne veux pas que tu gâches ta vie dans ce que tu fais en ce moment. Je sais que c'est un travail nécessaire, mais… eh bien, ce n'est pas la situation la plus digne qui soit, n'est-ce pas ? Tu sais que je n'ai pas de préjugés raciaux, mais je trouverais très déprimant d'être autant en contact avec tous ces Noirs.

— Pas du tout, dit Paul. Bien au contraire. J'aime beaucoup travailler avec eux. Ils ont tellement plus de charme et de vitalité que les Blancs. Leur sens de l'humour est formidable.

Lillian Gunther fit la moue.

— Parfois, je me dis que tu préférerais vivre avec eux plutôt qu'ici.

Paul rit de bon cœur.

— C'est une idée à creuser !

— Sans aucun doute, Garnett. Ne va pas croire que je désapprouve la tolérance dont tu fais preuve. Elle est admirable, bien sûr, mais je voudrais tant que tu te trouves une situation plus porteuse d'avenir. Je t'ai payé tes études à l'université…

— Allons, Maman, ne dis pas ça. Je t'ai emprunté l'argent, et je t'en ai déjà remboursé pratiquement la moitié.

Assise bien droite sur le canapé, Lillian Gunther réfléchit. Cela ne servait à rien de se fâcher contre Garnett : en général, il se contentait de s'esclaffer. Quelquefois, elle n'était pas sûre de comprendre son propre fils ! C'était vraiment très difficile de lui faire entendre raison, et elle essayait rarement tant c'était fatigant. Si seulement il pouvait s'intéresser à Ursula Martinon ! Voilà une fille qui avait les pieds sur terre, elle saurait le prendre en main. Et cette autre fille…

— Qu'est donc devenue cette charmante jeune fille que tu avais rencontrée chez les Getmore ? Charlotte Corngill, je crois qu'elle s'appelait ?

— Je n'en sais strictement rien. Je ne me suis pas impliqué dans la suite de son existence.

— Voilà une fille qui me plaît, saine et bien élevée.

Paul éclata de rire et se mit à pincer les cordes au hasard.

— Maman, tu es formidable ! Une digne émule de Machiavel ! Je vois très bien ce que tu as en tête. Tu veux me coller dans les pattes d'une de ces guidouilles pour qu'elle fasse de moi un honnête Républicain. C'est impossible, Maman. Je suis résolument dans le parti des Anarchistes. Alors, maintenant, file à ta réception et n'essaie pas de boire encore plus que ta chère Mrs Martinon.

Lillian Gunther se leva et se dirigea vers sa chambre d'une démarche gracieuse. Sur le seuil, elle jeta un coup d'œil par-dessus son épaule en espérant voir une preuve que ses conseils avaient porté leurs fruits : une expression pensive ou un geste inquiet, qui lui permettraient de retourner auprès de son fils pour poursuivre la discussion. Mais Paul était absorbé par sa méthode de guitare. Tandis qu'elle s'habillait, elle l'entendit s'exercer.

Trois jours plus tard, Paul annonça qu'il avait l'intention de déménager.

— Ici, c'est trop loin de mon bureau, Maman. J'ai trouvé un petit appartement très bien dans le centre-ville – en fait, je suis tombé dessus par hasard.

Le visage de sa mère se figea, puis elle regarda par la fenêtre en remuant les mâchoires comme si elle mastiquait un fil.

— Tu vas devoir renoncer à beaucoup de choses, tu sais…

— Il est grand temps que j'apprenne à me débrouiller seul, dit Paul. J'ai vécu trop longtemps à tes crochets. Je sais que ma contribution ne couvre pas les dépenses. Et puis, il faut bien que je puisse mener une joyeuse vie de célibataire, non ?

— Fais comme tu voudras, dit Lillian d'une voix glaciale.

Elle se retourna brusquement et quitta la pièce, pour que Paul sente bien qu'il l'avait blessée beaucoup plus profondément qu'elle ne voulait bien le laisser paraître.

* * *

Shaw et Hubbard retournèrent à Oakland par le même chemin qu'à l'aller, en empruntant le Bayshore Freeway. Le soleil était couché depuis une demi-heure. Le ciel au-dessus du Pacifique arborait encore des couleurs mandarine, orange et vert pâle, mais le crépuscule était tombé sur la baie et les grandes villes le long de la côte étaient devenues de larges zones sombres ponctuées de points brillants. Comme c'est calme, songea Hubbard. Et irréel ! Quelque part au milieu de toute cette étendue de bleu, de violet et de noir se tenait Mr Big, les mains dégoulinantes de sang… au sens figuré. Les sourcils froncés, il se tripota pensivement le menton et dit enfin, d'une voix hésitante :

— Bien sûr, nous n'avons pas de *preuve* que ce Mr Big soit responsable de ce meurtre…

— Pour l'instant, c'est la seule piste que nous ayons, répondit Shaw avec indifférence. Nous devrons nous y tenir jusqu'à ce qu'autre chose se présente.

— Oui, c'est raisonnable, évidemment, mais d'un autre côté…

Shaw lui lança un bref coup d'œil interrogateur.

— De quel autre côté ?

— Je tiens naturellement à ce que nos services restent en retrait de cette histoire. En fait, si l'on pouvait éviter toute référence…

— Ce sera difficile, dit Shaw. Voici comment je vois la situation : Gunther a rencontré un certain nombre de gens vendredi dernier. Il a dû vraisemblablement poser des questions au sujet de Mr Big, et à un moment donné, il aura déclenché quelque chose. Dimanche soir, il a été tué. Par conséquent, pour commencer, je veux parler aux personnes que Gunther a vues vendredi.

Hubbard dit d'une voix éteinte :

— J'ignore qui sont ces personnes. Paul a dû noter leurs noms dans ses rapports – mais nous ne les avons pas. Ils sont dans sa sacoche.

— Ces gens font sans doute partie de ses clients réguliers, n'est-ce pas ? Et ceux-là, vous les connaissez ?

— Ça représente une bonne centaine de personnes. Il nous faudrait consulter l'intégralité du fichier.

— Il n'y a pas moyen d'en éliminer une partie ? Les gens qu'il n'a pas vus depuis un certain temps, par exemple ?

— Non, pas si vous tenez vraiment à être exhaustif. Rappelez-vous qu'il est allé poser des questions à propos de Mr Big. Il a pu aller voir pratiquement n'importe qui dans cette liste.

Shaw réfléchit :

— Les gens qui ont fraudé vos services sont les plus susceptibles d'avoir attiré l'attention de Mr Big. J'imagine qu'il n'existe pas de moyen simple de les repérer ?

Hubbard secoua tristement la tête :

— Quand nous soupçonnons ce genre d'activité, nous menons une enquête. Si nos soupçons se révèlent fondés, nous retirons les coupables de nos listes, et nous entamons parfois des poursuites. Je dois dire qu'à cet égard, Paul était plutôt laxiste.

— « Laxiste » ?

— Laxiste, coulant, peu soucieux de l'argent du service. Un bénéficiaire qui fraude essaie naturellement de tromper l'assistant social. Si celui-ci est vigilant, il sent qu'il y a quelque chose qui cloche : des vêtements d'homme dans le placard, trop de bouteilles vides, des valises, un poste de télévision tout neuf... Parfois, c'est le simple comportement d'un bénéficiaire qui le trahit.

— En d'autres termes, c'est l'assistant social qui effectue les vérifications et qui fait ses recommandations ?

— Oui, plus ou moins. Nous avons des enquêteurs spécialisés, mais leur fonction principale consiste à retrouver les pères absents... Je pourrais sans doute répartir les clients de Paul entre cinq ou six de mes collaborateurs, afin qu'ils vérifient qui il est allé voir vendredi.

— Cela nous serait très précieux.

Quelques minutes plus tard, Hubbard demanda :

— Avez-vous pu trouver un quelconque indice dans la maison où Paul a été tué ? Des empreintes, ce genre de choses ?

— Non, rien d'intéressant. Nous enquêtons dans le voisinage. Il pourrait en sortir quelque chose.

Shaw s'arrêta au bas de l'immeuble des services sociaux. Hubbard descendit de voiture et lui souhaita une bonne soirée. Il resta un instant sur le trottoir pour regarder les feux de la voiture s'éloigner dans le flot de la circulation, puis il entra et monta au premier étage.

Le gardien était occupé à faire le ménage, et la longue rangée de tubes au néon baignait la grande salle d'une luminosité d'aquarium. En passant à côté du bureau de Paul Gunther, Hubbard s'arrêta et ouvrit le meuble de classement. Il jeta un coup d'œil à l'enfilade de dossiers suspendus, dont certains comportaient un onglet de couleur : bleu, rouge, vert, jaune... Le large front du directeur se plissa de perplexité. Il n'existait pas de code officiel pour le classement. Paul semblait s'être créé un système personnel.

Hubbard examina rapidement chacun des trois tiroirs, puis il se rendit dans son bureau. Il décrocha le téléphone, composa un numéro. Une voix répondit.

— Eunice, ma chérie, c'est Neil. J'ai été retardé. Il s'est produit une chose affreuse... Non... Non, bien sûr que non... Je me mets en route... Je suis désolé, je n'ai absolument pas pu te prévenir avant...

CHAPITRE IV

Barbara Tavistock

Le lendemain matin à 9 heures, Shaw gara sa voiture derrière la poste centrale. Il grimpa sur le quai de chargement et présenta son badge. On lui indiqua un long couloir peint en gris au lino écaillé.

Il trouva la salle de tri où un employé lui désigna un petit homme court sur pattes qui gesticulait et tapait du pied, apparemment au paroxysme de la fureur.

— Wild Waldo McKissick, c'est lui qu'il faut voir.

Shaw s'approcha du chef de service, qui pivota en montrant une figure ronde et rose barrée d'une moustache noire hérissée. Shaw montra de nouveau son badge et exposa l'objet de sa visite.

McKissick soupesa soigneusement la requête, en levant d'abord les yeux au plafond puis en fixant le plancher, pour parvenir enfin, de mauvaise grâce, à une décision. Il fit signe à Shaw de le suivre et partit dans l'allée centrale d'un pas rapide en balançant les bras. Ils passèrent devant une série de petites allées latérales où des employés, assis sur des tabourets, glissaient des lettres dans des casiers. Ils s'engagèrent dans la dernière et s'arrêtèrent à côté d'un Noir très mince, aux traits aquilins et aux cheveux très courts.

— Cope, dit Wild Waldo, voici le lieutenant de police Shaw. Il veut vous poser quelques questions.

— Bien sûr, ravi de rendre service, dit Cope. Que puis-je faire pour vous ?

Shaw attendit sans rien dire, le visage impassible. McKissick restait planté là tel un bulldog, la tête penchée en avant. Shaw lui lança un regard interrogateur. McKissick tourna les talons et s'éloigna rapidement.

— Depuis combien de temps effectuez-vous votre tournée actuelle, Mr Cope ? demanda Shaw.

— Ça va faire maintenant presque huit mois.

— Les numéros 1400 d'Orange Street en font partie ?

— Oui, monsieur.

— Je suis tombé sur une curieuse situation. Je m'empresse de préciser que vous n'êtes impliqué en rien. Un jeune homme auquel nous nous intéressons a indiqué que l'adresse de son domicile était le 1417 Orange Street. Or, ce numéro n'existe pas. Mais il est possible que du courrier lui ait été adressé à ce numéro. Je me demande si vous savez quelque chose à ce sujet.

Cope ne répondit pas tout de suite. Il mit deux ou trois lettres dans des casiers avant de se tourner vers Shaw :

— Ce que je pourrais vous dire restera entre nous ?

— Je vous le garantis.

Cope poussa un soupir de soulagement :

— Je n'ai rien fait de mal, mais Wild Waldo, il est à cheval sur le règlement. Tout doit être exactement comme il faut. Mais je vais vous dire ce que je sais, pour le 1417 Orange Street. Mr Gunther, c'est son nom.

— Oui, c'est bien ça, Paul Gunther.

— Un jour, il m'a abordé pendant ma tournée et il m'a donné un billet de dix dollars, en me disant : « Monsieur le facteur, je me suis trompé et j'ai donné une mauvaise adresse à certaines personnes. Elles risquent de m'écrire au 1417 Orange Street, et c'est un numéro qui n'existe pas. Alors, si du courrier m'est envoyé à cette adresse, est-ce que vous auriez la gentillesse de me le faire suivre ? » J'ai regardé son billet de dix dollars et je me suis dit, pourquoi pas ? Il aurait aussi bien pu venir ici pour remplir un formulaire de changement d'adresse, et j'aurais eu ce papier en main. Au fond, c'était comme s'il me donnait dix dollars pour remplir le papier à sa place. Alors, j'ai dit que j'étais d'accord.

Shaw hocha la tête.

— Je ne vois rien de mal à ça. Quelle adresse vous a-t-il donnée pour faire suivre le courrier ?

Cope rangea soigneusement trois autres lettres et jeta un regard en coin vers Shaw.

— Ça m'ennuie un peu de donner des renseignements… Ce Mr Gunther, il a fait quelque chose d'illégal ?

— Pas à ma connaissance. En fait, il est mort. J'essaie de savoir où il habitait.

— Ah… Dans ce cas, vous feriez mieux de demander aux services sociaux, à l'angle de Fourth Street et de Broadway. C'est l'adresse qu'il m'a donnée.

Le visage de Shaw s'allongea sous l'effet de la déception.

— Recevait-il beaucoup de lettres ?

— Non, peut-être une ou deux par semaine.

Cope allongea une main hésitante vers un casier d'où il sortit un paquet de lettres, qu'il examina rapidement.

— Non, dit-il enfin, rien là-dedans.

— Y a-t-il autre chose que vous pourriez me dire au sujet de Mr Gunther ?

— Non, désolé. Je ne l'ai vu que cette fois-là.

Shaw rebroussa chemin. Il aperçut Wild Waldo McKissick à l'autre bout de la salle. Le chef de service lui tourna ostensiblement le dos. Shaw retrouva seul son chemin vers la sortie.

Une fois dans sa voiture, il réfléchit aux tâches qui l'attendaient. Hubbard ne devait pas encore avoir d'informations. Il sortit de sa poche les deux lettres trouvées sur le bureau de Paul. Le relevé de banque, qu'il éplucherait plus tard, n'avait rien révélé d'urgent dans l'immédiat. La lettre de Barbara Tavistock, en revanche, témoignait d'une certaine intimité, même empreinte d'amertume et de désillusion. Si quelqu'un savait où habitait Paul, ce pourrait bien être cette Barbara.

Il se rendit dans une station-service et entra dans la cabine téléphonique. Il trouva le numéro dans l'annuaire et le composa. Une voix féminine répondit.

— Pourrais-je parler à Miss Barbara Tavistock, s'il vous plaît ? demanda-t-il.

— Un instant, je vous prie. Je vais voir si elle est levée.

Au bout de trois minutes d'attente, une autre voix se fit entendre, plutôt ensommeillée :

— Allô ?

— Miss Barbara Tavistock ?

— Oui, c'est moi.

— Je suis le lieutenant George Shaw, de la police d'Oakland. Si cela ne vous dérange pas, j'aimerais venir vous voir quelques minutes.

— Ah… (La voix de Barbara Tavistock se fit pensive.) J'imagine que c'est au sujet de Paul Gunther ?

— En effet.

— Je ne pourrai pas vous être d'une grande utilité.

— Il faut quand même que je vous parle.

— Comme vous voudrez. Je suppose que vous n'avez aucune idée de qui a pu faire ça ?

— Rien de précis pour l'instant. Je serai chez vous dans une demi-heure, si cela vous convient.

— Disons plutôt dans une heure ? Je viens juste de me lever.

Shaw téléphona ensuite aux services sociaux et fut mis en relation avec Neil Hubbard.

— Bonjour, lieutenant, dit celui-ci d'une voix pleine de dynamisme et d'enthousiasme. Heureux de voir que vous êtes sur l'affaire. J'ai mis huit personnes pour éplucher les listes de Paul. Plus vite nous serons fixés, mieux ce sera, n'est-ce pas ?

— Absolument.

— Je devrais avoir un rapport en fin de journée. Si huit hommes n'arrivent pas à bout de cent noms en une journée, je terminerai le travail moi-même.

— Entendu. Je vous rappellerai donc en fin d'après-midi.

— Parfait. Et de votre côté, vous avez du nouveau ?

— Rien de particulier.

— Les voisins de cette maison dans Lily Street n'avaient rien à dire ?

— Non, résultat néant.

— Dommage. Mais qui sait, aujourd'hui, nous arriverons peut-être à faire remonter quelque chose des profondeurs.

Shaw sortit de la cabine et reprit sa voiture. Il longea le rivage du lac Merritt et s'engagea dans des rues ombragées menant à Piedmont.

Flores Way traversait un quartier de vieilles demeures impression-
nantes, de bosquets de chênes majestueux et de vastes pelouses et
jardins soigneusement entretenus. Le numéro 888, à l'angle de Mara
Road, était en retrait de la rue, dissimulé derrière une palissade en bois
et un écran de feuillage. Shaw se gara le long du trottoir, franchit une
grille et suivit une allée de gravier. Un toit de tuiles rouges apparut,
puis le reste de la maison : une construction d'un étage, en bois et stuc,
dans le style californien ancien.

Il sonna et ce fut Barbara Tavistock qui vint lui ouvrir. Elle était
vêtue d'une jupe écossaise grise, d'un chemisier blanc et d'un cardigan
également gris.

C'était une jolie fille à la silhouette un peu garçonne. Elle avait
d'épais cheveux noirs, un visage intelligent et une expression pensive.
Ses yeux en amande étaient ombragés de cils foncés.

— Lieutenant Shaw ? (Il hocha la tête et elle lui fit un léger sourire.)
Entrez, je vous en prie.

Elle le conduisit dans un vaste salon aux poutres apparentes et aux
murs beige crème. Le sol carrelé était couvert de tapis Navajo. Le mobilier était foncé et massif. Barbara le fit asseoir sur un vieux canapé qui
sentait bon le cuir. Elle s'installa à côté de lui, les jambes repliées sous
elle.

— Ma mère est à Honolulu et mon père à San Francisco. Meg et
moi, nous sommes seules en ce moment à la maison – à part les domes-
tiques, bien sûr. Meg est ma sœur cadette.

— Je vois. Et vous êtes étudiante ?

— Oui, à l'université de Californie. Je suis en première année. (Elle
le dévisagea quelques secondes.) Vous enquêtez sur la mort de Paul,
m'avez-vous dit ?

— Oui, c'est exact.

Barbara laissa échapper un rire bref.

— Mon père ne serait pas content que je vous parle. Il est avocat, et
je doute qu'il accepterait même de reconnaître que le soleil se lève…
Personnellement, je n'ai rien à cacher, et je préfère autant vous parler.
Tout ce que vous voudrez savoir.

Shaw se cala confortablement contre le dossier du canapé.

— Avant que je ne me livre à un interrogatoire musclé, je vais vous

expliquer le problème. Nous essayons de trouver une piste pour démê-
ler une affaire qui, pour l'instant, est très mystérieuse. très compliquée.
J'espère que vous pourrez m'aider.

Une jeune fille de quatorze ans apparut sur le seuil de la pièce. Avec
une silhouette déjà bien formée, elle était aussi féminine que Barbara.
Elle portait un short blanc, un chemisier bleu ciel et des mocassins à
semelles de caoutchouc. Elle regarda Shaw avec un intérêt évident.
Barbara la présenta :

— Ma sœur Meg. Elle va faire une partie de tennis – enfin, je crois.

— Si tu veux te débarrasser de moi, pourquoi ne pas le dire simplement ?

Meg traversa le vestibule, ouvrit un placard pour y prendre une
raquette, et sortit.

— C'est une enfant gâtée, dit Barbara. Je l'étais sans doute aussi
à son âge. Je le suis peut-être encore maintenant. Bon, eh bien, que
voulez-vous savoir ?

— Tout ce que vous pouvez me dire sur Paul.

Elle le regarda d'un air perplexe.

— Par quoi dois-je commencer ?

— Par ce que vous voudrez. Par exemple, savez-vous où il habitait ?

Elle sembla étonnée.

— C'est un secret ?

— Je ne connais pas exactement son adresse.

— Orange Street, dans West Oakland, au numéro 1417.

— Non, il n'habite pas là. Personne n'y habite. C'est une adresse
fictive.

— Vous en êtes sûr ? demanda Barbara en ouvrant de grands yeux.

— Tout à fait.

Elle réfléchit

— Je ne suis qu'à moitié surprise. Paul était tout à fait bizarre.

— C'est ce qu'il semblerait, dit Shaw. Mais d'un autre côté, ne le
sommes-nous pas tous un peu ?

Barbara lui lança un bref regard comme pour réviser son opinion sur
lui. Elle se cala contre le bras capitonné du canapé.

— Paul était un homme de la Renaissance, brillant, intelligent,
dénué de principes. Il vivait comme s'il pouvait mourir à tout instant…

Elle s'interrompit brusquement et regarda Shaw avec une intense concentration.

— Je vois ce que vous voulez dire.

Elle prit une profonde inspiration et poursuivit :

— Paul était athée, profondément athée. Je suis athée, moi aussi, et cette religiosité qui nous entoure me dégoûte, mais Paul y mettait une ardeur que je ne partage pas.

— Hum… Je suis étonné. Voilà un aspect de sa personnalité qu'on ne m'avait pas encore mentionné.

— Lequel ? L'athéisme ?

— Non, l'ardeur dont vous me parlez. Tout le monde semble considérer Paul comme un garçon débonnaire et assez détendu.

L'expression d'intelligence pensive reparut sur le visage de Barbara.

— Oui, c'est ce qu'il était – en temps normal. Mais quand il se mettait à boire, il changeait. Pas forcément en mal. Je l'ai rencontré à une soirée. (Elle eut un petit rire embarrassé.) Il avait bu. J'étais avec Jeff Pettigrew ce soir-là. Je ne sais pas si cela a un quelconque rapport avec sa mort…

— Jeff avait-il des raisons de lui en vouloir pour l'intérêt qu'il vous portait ?

— Je vais vous dire ce qui s'est passé, mais surtout, n'en tirez pas de conclusions hâtives. Jeff a très bien pu en être contrarié, mais pas au point de vouloir lui envoyer son poing dans la figure, et donc encore moins de le tuer.

Shaw hocha la tête :

— Oui, il y a une grosse différence, je suis d'accord. Eh bien, racontez-moi tout ça.

Une domestique passa dans le vestibule. Barbara l'appela :

— Emily, pourriez-vous nous apporter du café ?

— Tout de suite, mademoiselle.

Barbara plissa le front et baissa les yeux.

— Au fait, comment avez-vous appris mon existence ? Comment avez-vous su que je connaissais Paul ?

— Vous lui avez écrit une lettre.

Elle rougit :

— Ah… fit-elle d'une petite voix.

— Et la mère de Paul avait également entendu parler de vous.

— Je vois. (Elle défroissa les plis de sa jupe.) Je vous disais que j'ai rencontré Paul au cours d'une soirée. Ce n'était pas une soirée très branchée – même si certains invités appartenaient sans doute à cette catégorie. On pourrait dire que c'était un groupe du genre classe moyenne un peu bohème : des étudiants, des artistes, des écrivains, des gens en relation avec l'université. Je ne fréquente pas beaucoup ce genre de milieu, principalement à cause de mon père. Il pense que ce sont tous des communistes ou des homosexuels. Toujours est-il que Jeff connaissait les hôtes de cette soirée. J'ai oublié leurs noms, mais ils étaient plutôt sympathiques. (Barbara eut un petit rire ironique.) Jeff est assez collet monté, et pour lui, c'était une aventure amusante, une sorte d'expédition dans les bas-fonds… Ce n'était pas ça du tout, bien sûr. Les gens présents étaient simplement beaucoup plus intelligents que Jeff. Il est allé dans la cuisine pour nous chercher à boire, et quand il est revenu, il m'a trouvée en train de parler avec Paul. (Elle sourit avec mélancolie.) J'avais remarqué Paul dès mon arrivée. Il me regardait fixement comme s'il me connaissait. J'étais étonnée, parce que je ne le connaissais pas. Je l'ai trouvé intéressant, avec ses cheveux foncés, son teint pâle, son air un peu… dissipé, si vous voyez ce que je veux dire. Eh bien, il s'est avéré que Paul avait eu le coup de foudre pour moi. (Elle éclata de rire.) Naturellement, je ne crois pas au coup de foudre – pas beaucoup, en tout cas. Mais enfin, je n'ai pas pu m'empêcher d'être intéressée. C'est un homme très intéressant – je devrais plutôt dire, « c'était »…

Barbara fronça les sourcils, et Shaw vit que ses yeux étaient humides et lumineux. Elle secoua la tête avec colère.

— Si je voulais, je pourrais prendre très mal la mort de Paul… mais je m'y refuse.

— Pourquoi cela ?

— Pour des raisons personnelles.

— Bon, très bien. Revenons-en à cette soirée.

Barbara s'essuya les yeux du revers de sa manche.

— Jeff est sorti acheter une bouteille d'alcool et il a insisté pour que je l'accompagne. Il ne voulait pas me laisser seule, par crainte de je ne sais quoi. Quand nous sommes revenus, Paul nous a accueillis comme de vieux amis, et cela n'a pas plu du tout à Jeff. Il a essayé de le remettre à sa place, mais c'était une erreur, parce que Paul était beaucoup plus fort que lui à ce petit jeu...

* * *

Ils étaient assis sur le canapé et buvaient l'alcool de Jeff. Barbara était assise entre les deux hommes. Paul regardait les bulles monter dans son whisky-soda. Il dit d'une voix étouffée et songeuse :

— Dire que quand j'étais plus jeune – pas tellement plus jeune –, je m'étais juré de ne jamais boire ni me droguer. Je considérais que mon esprit, clair et lucide, devait être capable de tout ce qu'un cerveau embrumé par l'alcool pouvait faire. (Paul hocha la tête avec émerveillement.) C'est formidable comme on apprend, et comme on change...

Jeff dit d'un ton bourru :

— Moi, j'ai appris très jeune. Je buvais déjà au collège, et plus tard, au lycée, il y avait tout le temps de grandes beuveries de bière. Nous avions un club qui s'appelait les Condottiere. Ah, oui, ça picolait ferme...

Paul hocha la tête.

— En bande, les gamins font toutes sortes de choses. Ça leur donne un sentiment de sécurité, pour faire des trucs qu'ils n'oseraient pas faire seuls.

— Moi, déclara Jeff, je fais des tas de choses tout seul.

— Vous êtes une des rares exceptions, dit Paul. Nous vivons dans une époque de peur. Peur de l'avenir. Si l'on pouvait donner le choix à chacun de vivre maintenant ou il y a cent ans, nous n'aurions plus à nous préoccuper de la surpopulation.

— Et vous, demanda Barbara, que choisiriez-vous ?

— Oh, je resterais ici. Je ne suis pas du genre bâtisseur d'empire. Jeff serait bien meilleur dans ce rôle-là. Je le verrais bien accompagnant Livingstone à travers le continent africain, combattant les Comanches, dansant le French cancan, posant la dernière traverse du chemin de fer transcontinental...

— Je suis très heureux où je suis, dit Jeff en prenant la main de Barbara d'un air possessif.

— C'est sans doute mieux comme ça, dit Paul. Si vous remontiez cent ans en arrière, il y aurait la possibilité que vous épousiez votre propre grand-mère. Et là, que seriez-vous ? Un paria mis au ban de la société. (Paul fronça les sourcils et se tourna vers Barbara :) Ça marche dans les deux sens. Imaginez que Jeff soit en réalité un homme venu de cent ans dans le futur, et que vous soyez sa grand-mère…

— Barbara, dit Jeff en serrant les dents, allons danser.

— Danser ? fit Barbara. Sur ça ?

Elle voulait parler de la musique que diffusait en ce moment le haut-parleur : du jazz moderne, fébrile, complexe, excentrique.

— Essayons toujours, grommela Jeff. Faisons quelque chose.

Barbara se leva et se laissa enlacer. Ils se mirent à danser, sans plaisir ni grâce. Le visage de Jeff était crispé de contrariété. Barbara lui trouvait l'air d'un enfant coléreux.

— Ce type m'assomme, marmonna-t-il. Je voudrais qu'il aille au diable.

— Je suis fatiguée, dit Barbara en bâillant.

— « Fatiguée » ! s'exclama Jeff en retrouvant une soudaine énergie. La soirée ne fait que commencer ! En sortant d'ici, nous passerons chez moi manger des œufs au bacon et peut-être boire un petit verre…

— Oh, Jeff, c'est impossible. Mon père imaginerait l'inimaginable si je rentrais trop tard. Il me considère toujours comme sa petite fille.

La musique s'arrêta. Barbara retourna s'asseoir et Jeff la suivit. Quelqu'un changea le disque et mit un Duke Ellington des années 30, une musique puissante, tendre et sauvage, qui formulait des vérités absolues. Barbara s'efforça de traduire cette certitude en mots, de la capter pour toujours… Impossible : le sentiment était inexprimable.

Paul se leva. Elle sut qu'il allait l'inviter à danser. Son visage au teint pâle semblait faire partie intégrante de cet instant à la fois triste et doux… un instant où elle aurait été prête à se donner entièrement. Alors que Paul se penchait vers elle, elle sentit Jeff se raidir. Avant que Paul n'ait pu prononcer un mot, elle secoua la tête en croisant son regard. Paul eut un sourire que Barbara trouva infiniment compréhensif (mais dans lequel Jeff ne vit qu'insolence et condescendance).

Paul se rassit à côté d'elle et Jeff s'écria brusquement :

— Prête à y aller, Bobbie ?

Barbara soupira en fermant les yeux.

— C'est vrai, nous devrions partir. Mais j'adore cette musique.

Jeff jeta un coup d'œil vers le phonographe d'un air connaisseur.

— On dirait du Duke Ellington.

— *Black and Tan Fantasy*, précisa dit Paul, enregistré au début des années 30.

— Ça ressemble vraiment trop à un chant funèbre, dit Jeff. C'est de la bonne musique, mais ce qu'on fait aujourd'hui est mieux. Plus moderne. Prenez Stan Kenton, par exemple. Ça, c'est un orchestre qui vous parle vraiment. Ils font des choses qu'Ellington n'avait jamais même imaginées.

Paul haussa les épaules.

— Il y a des gens qui lisent Tolstoï et d'autres qui regardent la télé.

Il y eut un silence, que rompit la voix revêche de Jeff :

— Qu'est-ce que vous vouliez dire au juste, avec cette remarque ?

— Chacun ses goûts.

L'aiguille du phono attaqua une nouvelle piste. Barbara demanda à Paul :

— Et celui-ci ?

— C'est *Daybreak Express*, enregistré à peu près à la même époque. La réponse d'Ellington à *Pacific 231*. À moins que ce ne soit Honegger qui ait voulu répliquer à Ellington. Je ne sais pas lequel est sorti en premier.

— Je n'ai vraiment pas assez de disques, dit Barbara d'un air songeur. Il faut que je m'achète celui-là.

— Surtout, dit Paul, n'achetez pas des disques que j'ai déjà.

Elle lui lança un petit regard sardonique, mais les coins de sa bouche se plissèrent en un sourire amusé.

Jeff se leva.

— Allez, viens, Barbara, on s'en va. Ça devient franchement ennuyeux, ici.

— Oui, fit Paul. Je crois qu'il est temps d'y aller.

— Bonne nuit, Paul, dit Barbara.

— Bonne nuit.

Jeff le salua avec froideur. À l'autre bout de la pièce, Ira Slavinsky tenait dans ses bras une fille rousse en collant noir. Ferdinand Fergus avait disparu. Jeff et Barbara prirent congé d'Ira et partirent.

Paul finit son verre et les suivit sans se presser. Arrivé sur la terrasse, il entendit dans la rue un long grincement de démarreur.

Il s'approcha d'un pas nonchalant de la Chevrolet bleu ciel. Tassé sur son siège, la tête par-dessus son volant, Jeff essaya encore de démarrer. Sans succès.

Il poussa un juron :

— Saleté de moteur !

— Quel est le problème ? demanda Paul.

— J'ai noyé le carburateur.

— Laissez reposer une minute ou deux, ou sinon, vous allez mettre la batterie à plat.

Jeff bougonna, Paul alla chercher sa voiture, une limousine Mercury deux tons, et vint se ranger à côté de Jeff.

R-r-r-r-r, fit le démarreur. Silence. Les phares se réfléchissaient dans la brume fraîche venant de la baie. Paul voyait le visage de Jeff crispé par l'agacement. Barbara, sur son siège, n'était qu'une ombre délicate.

Jeff se pencha en avant. *R-r-r-r-r-r*. Toujours rien. La batterie était en train de se vider. Paul attendit. Jeff se tourna vers lui :

— Hé ! Vous voulez bien me pousser un peu ? C'est juste le carburateur qui est noyé. Si j'arrive à la faire rouler…

— Oui, bien volontiers.

Paul recula et se mit en position. Jeff descendit pour procéder à la vérification rituelle. Une fois les pare-chocs en contact, il regrimpa sur son siège et agita le bras.

Paul commença à pousser la voiture dans la rue. Il accéléra et sentit la résistance quand Jeff embraya. Il continua de pousser sur une centaine de mètres, puis Jeff agita la main par la portière.

Paul s'arrêta. Jeff sauta à terre. Il était aussi intrigué qu'irrité.

— Je n'arrive pas à en tirer le moindre bruit… Je ne comprends vraiment pas ce qui se passe.

— Vous avez assez d'essence ?

— Ah, pour ça, oui. Le réservoir est plein.

— C'est sans doute un problème de bobine d'allumage.

Jeff hocha tristement la tête.

— Oui, ça donne cette impression.

— Je peux vous pousser jusque chez vous, si vous voulez, proposa Paul. Où est-ce que vous habitez ?

— Du côté de Spruce, ce n'est pas très loin d'ici. Une fois chez moi, je pourrai la faire rouler demain matin jusqu'à un garage. J'espère que ça ne vous embête pas trop, ajouta-t-il d'un ton bourru.

— Je suis heureux de pouvoir vous rendre service, dit Paul.

L'une poussant l'autre, les deux voitures roulèrent par les rues silencieuses, dans la brume éclairée par les lampadaires. Devant eux, Spruce Street commença à s'élever vers les collines de Berkeley. Jeff donna un signal, et Paul ralentit. Jeff fit un demi-tour et redescendit en roue libre pour s'arrêter devant une vieille maison marron foncé recouverte de lierre.

Paul descendit de voiture. Jeff lui dit avec jovialité :

— Merci, mon vieux, vous nous avez vraiment sauvé la vie. Sans vous, je ne sais pas comment on aurait fait.

— Oui, ce genre de truc est vraiment pénible quand ça vous arrive. (Paul jeta un coup d'œil vers Barbara qui attendait sur le trottoir, emmitouflée dans son manteau.) Vous êtes sûr que vous n'avez plus besoin de moi ? Comment allez-vous faire pour ramener Barbara chez elle ?

— Oh, je vais appeler un taxi. Pas de problème de ce côté-là.

— Cela ne me dérange pas du tout de la déposer. Ça ne m'écarte pas beaucoup de mon chemin.

— Non, mon vieux, ce n'est pas vraiment nécessaire.

— Jeff, intervint Barbara, je ferais mieux de rentrer à la maison. Il se fait affreusement tard.

Jeff resta un instant sans rien dire, furieux et indécis. Il lança un regard aigu à Paul, qui resta silencieux, puis il se tourna vers Barbara :

— Tu es sous ma responsabilité. Qui sait, Paul est peut-être un obsédé sexuel, c'est impossible à dire. C'est mon devoir de te ramener chez toi en toute sécurité.

Paul gloussa :

— Vous avez l'air de bien vous y connaître en obsédés sexuels… Bon, vous n'avez qu'à venir aussi. À nous deux, nous saurons protéger la vertu de la demoiselle. Allez-y, montez.

* * *

Barbara dit à Shaw :

— Le lendemain, Jeff m'a téléphoné. Il m'a dit qu'un câble avait été détaché – de la bobine au distributeur, quelque chose comme ça.

— Il a accusé Paul ?

— Non… pas directement, mais j'imagine qu'il se posait pas mal de questions.

— Et après ça, vous avez commencé à sortir avec Paul ?

Elle prit aussitôt un air très sérieux.

— Ma foi, oui, on peut appeler ça comme ça. Jusqu'à il y a quelques semaines, en tout cas.

— Verriez-vous un inconvénient à me dire ce qui s'est passé ?

Barbara inclina la tête et contempla ses mains.

— Non, aucun… Mais je ne le sais pas très bien moi-même. (Elle eut un petit rire embarrassé.) Cela peut sembler ridicule, mais Paul m'idéalisait. C'est difficile d'être une princesse de conte de fées. Surtout quand, pendant ce temps-là, Paul sortait avec d'autres filles sur des bases, disons, plus réalistes.

— Qui étaient ces autres filles ?

— Je ne sais pas. (Elle lui lança un regard en coin.) Ça ne m'embêtait pas trop, en fait. Mais il partait du principe que moi, je ne devais sortir avec personne d'autre. Ça, c'était inacceptable. Paul était un océan d'arrogance masculine.

— Et donc, vous avez rompu ?

Barbara s'agita d'un air gêné.

— Non, pas exactement, mais j'ai commencé à me sentir mal à l'aise en sa compagnie. (Elle agita vaguement les mains.) Il attendait de moi des choses tellement bizarres ! Comme si j'étais faite de sucre filé et de pétales de lis ! Ce n'est pas moi du tout. Et puis j'ai rencontré un autre homme…

— Vous l'aimiez plus que Paul ?

Elle rit tristement.

— Je n'ai jamais été vraiment sûre d'aimer Paul.

Shaw but pensivement son café. Barbara semblait nerveuse. Elle gardait certainement quelque chose pour elle.

— Durant toute cette période, vous n'êtes jamais allée dans son appartement, enfin, là où il habitait ?

— Quand je l'ai connu, il habitait chez sa mère, à Berkeley. Je l'ai rencontrée deux fois. (Elle s'arrêta un instant et sembla vouloir en dire plus, mais elle pinça les lèvres et poursuivit :) Il y a deux ou trois mois, il a déménagé – à cette adresse d'Orange Street. Je n'y suis jamais allée. D'après vous, ce numéro n'existe pas ?

— Non, effectivement.

Barbara dit d'un air mélancolique :

— Je suis toujours étonnée quand je me rends compte à quel point je savais peu de choses sur Paul.

— Autre chose. Quand vous avez commencé à sortir avec Paul, que s'est-il passé en ce qui concerne Jeff Pettigrew ? Avez-vous continué de le voir ?

— Hum… Pas beaucoup. En fait, pas du tout. Il en avait été blessé.

— Paul vous a-t-il jamais parlé d'un certain « Mr Big » ?

— « Mr Big » ? Non, je ne le connais pas. Qui est-ce ?

— Un maitre-chanteur qui opère dans West Oakland.

— J'ai bien peur que ce ne soit pas vraiment mon quartier.

— Quid des amis de Paul ? Vous en connaissiez ?

Barbara réfléchit.

— Je ne crois pas qu'il en avait.

Shaw vida sa tasse. Barbara l'observait calmement. Trop calmement, songea-t-il. Elle veut que je m'en aille. Il se leva.

— Si vous pensez à quoi que ce soit d'autre, vous me le ferez savoir ?

— Oui, bien sûr.

Peut-être le ferait-elle, ou peut-être pas. En attendant, cela ne servirait à rien d'insister.

— Au revoir, Barbara.

— Au revoir, lieutenant.

Elle le regarda s'éloigner dans l'allée de gravier menant à la rue.

* * *

Shaw consacra le reste de la journée à parcourir West Oakland, posant des questions discrètes et recueillant fort peu d'informations. Le nom de « Mr Big » était connu et respecté.

— C'est vraiment un méchant, dit le barman du Jack's Café. Il vaut mieux ne pas s'y frotter, à Mr Big.

Pour ce qui est d'obtenir des noms, adresses et autres détails, Shaw fit chou blanc.

Tard dans l'après-midi, il retourna au QG. Le sergent Gaston n'avait rien trouvé d'intéressant dans les papiers de Paul. Les techniciens n'avaient rien trouvé non plus dans la maison de Lily Street. Les voisins n'avaient rien remarqué d'anormal le dimanche soir.

Le lendemain matin, Shaw se présenta aux bureaux des services sociaux. Il monta au premier et traversa la grande salle, à présent emplie du cliquetis des machines à écrire et des bourdonnements de voix. Il s'adressa à la secrétaire de Hubbard et fut admis dans son bureau.

Hubbard avait très mal dormi. Son large front était tacheté de rougeurs, ses paupières étaient lourdes, sa petite bouche rose était comprimée et tordue comme une crevette bouillie.

— Bonjour, dit Shaw. Alors, qu'avez-vous trouvé ?

Hubbard, qui n'était manifestement pas de bonne humeur, ouvrit son tiroir et en sortit une feuille de papier.

— Ces personnes ont vu Gunther vendredi, aux heures indiquées. Il est naturellement possible qu'il en ait vu d'autres.

Shaw prit le feuillet et parcourut les paragraphes, chacun précédé d'un nom : Smith, Perkins, Cappo, Laverghetti, et Bethea.

— À quoi correspondent les numéros qui figurent à côté des noms ?

— Ce sont de simples références de dossier.

— Et « District 22 » ?

— La plupart des clients de Gunther se trouvent dans ce secteur.

— Vos employés n'ont pas effectué d'autres recherches ?

— Non. Ils ont simplement pu établir que Gunther avait rendu visite à ces personnes, aux heures indiquées.

Shaw examina de nouveau la liste.

— Pensez-vous que certaines d'entre elles pourraient frauder vos services ?

— N'importe laquelle, ou peut-être même toutes, grommela Hubbard. La fraude aux allocations sociales est pratiquement un sport national.

— Dans ce cas, n'importe laquelle pourrait être la victime de Mr Big.

Hubbard pinça les lèvres et dit en haussant les épaules :

— Il y a une chose qu'il ne faut pas oublier : Gunther a vu ces cinq personnes-là, mais il peut très bien être allé ailleurs pour glaner des informations concernant Mr Big.

— C'est juste, dit Shaw. Je garderai ça en tête. (Il se leva.) Je vais aller leur rendre visite, et voir ce qu'elles pourront me dire.

— Cela m'intéressera de savoir ce que vous en aurez tiré.

Shaw se contenta de hocher la tête et prit congé. Hubbard ouvrit son tiroir et en sortit une boîte de raisins secs. Son regard tomba sur le catalogue de Gloriana Health-Tone. Il le prit et le jeta dans la corbeille à papier. Eunice avait mis son veto à l'achat de la machine à ramer, en faisant remarquer que de simples exercices de gymnastique ne coûtaient rien et étaient tout aussi revigorants… Hubbard resta ainsi à manger ses raisins secs d'un air sombre, puis il se remit au travail.

CHAPITRE V

Smith, Perkins
Cappo, Laverghetti

MRS WILMA SMITH   [A-13921]
2716-A Bainbridge Street
Oakland, District 22

Âge : 38 ans. Réside à Oakland depuis 4 ans,
précédemment à Chicago. Cinq enfants, trois à charge.
Dit ignorer où se trouve son mari. Pense qu'il est « fou »,
interné dans asile psychiatrique dans l'Est (Chicago ?).
Paul Gunther : Vendredi, 10 heures

Dans le cadre de son travail, Shaw avait fréquemment eu l'occasion de se rendre dans West Oakland, un quartier étendu comportant un bon nombre de taudis et de logements insalubres, habités pour la plus grande partie par des Noirs à très faibles revenus. Les familles noires appartenant à la classe moyenne avaient rejoint leurs homologues blancs à Berkeley et dans East Oakland, tandis que des nouveaux venus originaires du Sud profond s'empressaient d'occuper les espaces laissés vides. C'était un quartier riche en contrastes et en paradoxes à tous les niveaux : social, moral et psychologique. Shaw ne se rendait jamais dans West Oakland sans éprouver le sentiment de partir à l'aventure.

Il remonta Eighth Street, passant devant des baraques à saucisses, boutiques de vêtements et de disques, cinémas miteux, églises évangéliques, marchés, bars et salles de billard, le tout dans une matrice de vieilles bâtisses en bois branlantes. Un peu plus loin se trouvaient les boîtes de nuit : Slim Jenkins, le Zanzibar, le Club Marina, Sunset Terrace, le Ritz Club, le Spot, Jack's Café… Shaw tourna à droite dans Bainbridge Street.

Deux cents mètres plus loin, il trouva le 2716, une maison grisâtre d'un étage avec un toit en bardeaux bitumés qui avait bien besoin d'être refait. À une fenêtre ouverte au premier, un rideau de dentelle ondulait mollement dans la brise.

Shaw se gara et descendit de voiture. Un panneau indiquait que le 2716-A se trouvait à l'arrière. Il contourna la maison et frappa à la porte d'un appartement qui était visiblement un sous-sol reconverti. On entendait le son d'une télévision à l'intérieur. Il frappa à nouveau, plus fort, et réussit à provoquer des aboiements hystériques.

La télévision se tut. Un rideau trembla derrière la lucarne de la porte. Un ordre marmonné fit se calmer le chien. Shaw se sentit examiné d'un œil soupçonneux, puis la porte s'ouvrit enfin sur une femme corpulente, vêtue d'un peignoir en chenille bleu. Elle avait un visage rond, cartilagineux plutôt que gras. Sa peau était marron foncé, ses lèvres épaisses et violacées, entourées de muscles. D'un air ensommeillé, elle regarda Shaw.

— Qu'est-ce que vous voulez ? demanda-t-elle d'une voix lasse.

— Vous êtes bien Mrs Wilma Smith ?

La femme hocha légèrement la tête en jetant un coup d'œil par-dessus l'épaule du policier.

Shaw se présenta et montra son badge. L'expression de la femme se fit légèrement plus agressive.

— J'aimerais vous poser quelques questions, dit Shaw.

— À propos de quoi ? J'aime bien savoir avant d'ouvrir mon clapet.

Shaw resta poli.

— Je mène une enquête concernant la mort de Mr Paul Gunther.

Les épaules de Wilma Smith se soulevèrent sous le peignoir en chenille.

— Je connais personne de ce nom.

Et elle lui tourna le dos pour rentrer dans son appartement

— Paul Gunther était l'assistant social, dit Shaw. Il est venu vous voir à 10 heures vendredi.

Elle se retourna brusquement. Son visage rond exprimait la plus grande stupéfaction.

— Ce garçon est mort ? Qu'est-ce qui lui est arrivé ?

— Il a été poignardé.

Wilma Smith retroussa ses lèvres en une grimace fataliste.

— Ça alors... C'est qu'il s'en passe, des choses, dans ce pauvre monde... Ma foi, c'est bien triste. C'était un gentil garçon, respectueux et tout. Vous savez qui a fait ça ?

— Rien de précis pour l'instant, dit Shaw. C'est pour ça que je suis ici.

Wilma Smith le regarda en clignant des yeux d'un air soupçonneux.

— Je sais rien du tout sur des histoires de gars poignardés.

— Vous versez de l'argent à Mr Big, dit doucement Shaw.

— Qui est-ce qui dit ça ?

— Ça n'a pas d'importance. Alors, on va continuer de bavarder sur le pas de la porte ?

— J'ai rien à dire.

— Vous préférez m'accompagner dans les locaux de la police ?

Wilma Smith eut un sourire méprisant.

— J'ai rien à dire parce que je sais rien.

Mais elle s'écarta pour laisser passer Shaw, qui entra dans l'appartement. La pièce était surchauffée et encombrée de meubles recouverts de housses roses à volants, mais tout était rangé d'une façon presque obsessionnelle : chaque magazine, chaque bibelot et chaque photo encadrée semblait avoir sa place précise. Par l'entrebâillement d'une porte, Shaw aperçut la cuisine, tout aussi immaculée, avec l'évier étincelant, le lino encaustiqué et brillant. Wilma Smith était fière de son intérieur, et elle y déployait au maximum ses instincts de bonne ménagère.

— Qu'est-ce que vous cherchez comme ça ? demanda-t-elle. J'ai rien à cacher.

— Je regarde, c'est tout. Qui est dans la chambre ?

— Il y a personne dans la chambre ! Qu'est-ce que vous racontez ?

— Je veux en être sûr. Ce que j'ai à vous dire est confidentiel. Ouvrez la porte. Ou vous préférez peut-être que je le fasse ?

Wilma Smith le foudroya d'un regard chargé de rage et de haine.

— Je ne travaille pas pour les services sociaux, dit Shaw. Je me fiche de ce que vous faites pendant votre temps libre. Si vous avez un ami chez vous, dites-lui de s'en aller. Il peut passer par la fenêtre, si vous ne voulez pas que je le voie.

La porte de la chambre à coucher s'ouvrit brusquement. Un petit homme au crâne rond, vêtu d'une veste beige et d'un pantalon en flanelle marron foncé exactement assorti à la couleur de sa peau, apparut sur le seuil. Il traversa rapidement la pièce et sortit.

Wilma Smith regarda Shaw sans rien dire.

— Quelqu'un d'autre dans les parages ? demanda-t-il.

Wilma Smith posa ses fesses massives dans un fauteuil et grommela :

— J'aimerais bien que vous me laissiez tranquille.

Shaw s'installa dans un fauteuil.

— Trêve de plaisanteries. Je veux des réponses précises, ou sinon, vous aurez des ennuis.

Elle se mit à balancer la tête d'avant en arrière – une marque d'obstination plutôt que de docilité.

— Vous êtes bien contente de toucher le chèque des allocations, non ? Si vous ne m'aidez pas à trouver qui a tué l'assistant, vous n'en verrez plus jamais la couleur.

Wilma Smith se mit à réfléchir. Elle finit par dire :

— Je veux pas d'ennuis, et c'est pas mon genre de me mêler de ce qui me regarde pas.

— Rien de ce que vous allez me dire ne sortira d'ici. Pour commencer : vous payez combien à Mr Big ?

— Je paie rien du tout.

— Combien ?

Elle haussa les épaules :

— Vous qui savez tout, comment ça se fait que vous savez pas ça ?

— Je veux que vous me le disiez. (Shaw durcit le ton :) Vous tenez vraiment à me suivre au commissariat, pour que je vous pose la question là-bas ?

— J'ai des gosses ! s'écria-t-elle, furieuse. Si vous m'emmenez, qu'est-ce que vous allez en faire quand ils rentreront de l'école ?

— Quelqu'un d'autre peut s'en occuper. Moi, il n'y a qu'une chose qui m'intéresse. Alors, dites-moi : combien ?

Wilma Smith ne répondit pas. Shaw se leva.

— Bon. Vous ne pourrez pas dire que je ne vous ai pas prévenue.

— Dix dollars, dit-elle d'un ton maussade.

— Dix dollars par semaine, hein ?

— Oui, fit-elle, mais maintenant, je les paie plus.

— Ah bon ? Pourquoi ça ?

— J'ai eu une lettre – je l'ai reçue hier.

Elle prit une enveloppe dans le porte-revues et la tendit à Shaw. Il en sortit une feuille de papier bon marché sur laquelle était écrit en grosses lettres :

N'ENVOYEZ PLUS D'ARGENT
MR BIG

— Tiens, tiens, fit Shaw. Vous dites que c'est arrivé hier ?

— Oui, c'est ça.

Shaw examina de près l'enveloppe et la lettre, et les mit dans sa poche.

— À quoi ressemble ce Mr Big ? Vous connaissez son vrai nom ?

Wilma Smith secoua la tête.

— Je l'ai jamais vu. J'ai eu une lettre au courrier qui disait ce qu'il fallait que je paie et où il fallait l'envoyer. Sinon, il dirait au monsieur des allocs que mon mari habite ici.

— Comment l'a-t-il su, pour votre mari ?

— Je ne sais pas.

— Quand Paul Gunther est venu vendredi, vous a-t-il posé des questions sur Mr Big ?

Elle hocha la tête.

— Oui. Je lui ai rien dit.

— Et où envoyiez-vous l'argent ?

— À la poste. Boîte N° 4912, pour Mr Bigley.

Shaw n'apprit rien de plus. Il se leva :

— Je ne dirai rien de ce que vous m'avez dit, ce n'est pas mon affaire, mais vous feriez bien de vous mettre en règle. Ce que vous faites est une escroquerie. S'ils le découvrent, vous en prendrez pour un an ou deux à Santa Rita.

De façon inattendue, Wilma Smith fondit en larmes. Entre deux sanglots, elle marmonnait des bribes de phrases :

— ... l'argent, tous ces huissiers... ils prennent mes meubles... mes petits enfants, une belle maison...

Très embarrassé, Shaw s'approcha d'elle et tapota son épaule massive.

— Allons, allons... Mettez-vous donc en règle. Dites à votre mari de régler ses dettes, et ne faites rien d'illégal. Vous ne voulez pas que vos enfants aient honte de vous ?

Elle renifla et regarda fixement le tapis d'un air morose.

— Au revoir, dit Shaw.

Wilma Smith ne répondit pas. Il sortit et retourna à sa voiture.

* * *

MRS ELVANOR PERKINS   [E-2122]
1646 Trumbull Street, Appt. 4
Oakland, District 22

> Âge : 24 ans. Née à Los Angeles, installée depuis trois ans
> à Oakland avec son mari, alors employé comme ouvrier
> dans le bâtiment. A eu des triplées. Le mari ne supportait
> pas les pleurs, etc. Il est parti. Sa femme pense qu'il est
> retourné à Los Angeles. Peut-être à Bakersfield.
> Paul Gunther : Vendredi, 11 heures.

Shaw roula sur deux cents mètres dans Trumbull Street jusqu'au 1646, une vieille demeure de deux étages, authentiquement victorienne dans les détails qui avaient survécu aux années. Sur le perron étaient assises deux femmes âgées et un garçon de seize ans. Deux fillettes, très agitées, jouaient à sautiller sur les marches.

Shaw traversa la rue. Le groupe sur les marches le regarda approcher en silence. Shaw s'arrêta devant eux et fit mine de vérifier une adresse sur une enveloppe.

— Où se trouve l'appartement 4, s'il vous plaît ?

Une des femmes pointa du doigt.

— Juste en haut des marches. Faites attention aux bouteilles de lait, on voudrait pas que quelqu'un se fasse mal.

L'autre femme demanda :

— Vous cherchez Mrs Perkins ? Elle est pas chez elle.

— Si, elle y est, dit le jeune garçon. Elle est rentrée il y a un petit moment.

La femme ne dit plus rien. Elle doit me prendre pour un huissier, songea Shaw.

— Merci, dit-il.

Il grimpa les marches. À travers la porte de l'appartement 4, il entendit des pleurs de bébé et des cris stridents. En repensant au mari, il sourit. Il appuya sur la sonnette.

La porte s'ouvrit. Elvanor Perkins apparut sur le seuil : une jolie femme à la silhouette svelte et bien formée, presque aussi grande que Shaw. Sa peau avait la couleur du vieux bronze, ses traits étaient fins et son visage d'un joli modelé. Elle devait être en train de se sécher les cheveux, qu'elle avait rassemblés sur un côté de la tête en une sorte de fuseau compact qui évoquait la flamme inclinée d'une bougie.

— Mrs Perkins ? Je suis le lieutenant Shaw, de la police d'Oakland. Pouvez-vous m'accorder quelques instants ?

Elvanor Perkins hocha simplement la tête sans faire de commentaire et recula. Shaw entra dans l'appartement, qui était propre mais loin d'être aussi bien rangé que celui de Wilma Smith. Un parc d'enfant occupait le centre du salon, dans lequel trois bambins de deux ans se tenaient debout, observant fixement Shaw : trois fillettes vêtues respectivement de blanc, de rose et de vert.

— Si vous voulez bien vous asseoir ? dit Elvanor Perkins sur un ton soigneusement neutre.

— Merci.

Shaw prit place sur le canapé, recouvert d'un tissu d'un joli gris-vert. Sur une table basse étaient posés des numéros de *Sepia*, *Vogue*, *Ebony*, *McCall's* et une ou deux revues de cinéma.

Elvanor Perkins s'assit en face de lui et le regarda d'un air impassible.

— Je m'intéresse à ce que vous pouvez me dire au sujet de Paul Gunther.

— Paul Gunther ?

— Oui, le jeune homme des services sociaux.

— Ah, lui. (Elle se passa lentement un peigne dans les cheveux.) Je ne sais rien de lui.

— Paul Gunther a été tué dimanche dernier dans la soirée. Son corps a été découvert mercredi.

— Oh ! fit-elle à voix basse. C'est affreux… Il était très gentil.

— Il semble qu'il vous ait rendu visite vendredi.

— Oui, vers 11 heures. C'est ce que j'ai dit à l'autre monsieur qui m'a posé la question. Il ne m'a rien dit sur le fait que Mr Gunther était mort.

Les fillettes étaient en train de se chamailler à propos d'un énorme lapin en peluche jaune. La petite en blanc l'arracha des mains de la petite en rose, qui se mit aussitôt à hurler. Elvanor Perkins la regarda un moment sans réagir, puis elle lui dit :

— Tiens-toi tranquille, Sandra.

— Paul Gunther vous a-t-il dit quoi que ce soit qui sorte de l'ordinaire, quand il vous a vue vendredi dernier ?

Elvanor Perkins secoua la tête, et sa masse de cheveux oscilla. Elle y passa distraitement son peigne.

— Non, rien de spécial. Juste les questions habituelles, comment ça allait, est-ce que j'avais des nouvelles de mon mari…

— A-t-il mentionné Mr Big ?

Elle se mit à regarder ici et là dans la pièce, de cette façon agaçante destinée à faire comprendre à son interlocuteur qu'on est beaucoup plus intéressé par ses propres affaires que par les siennes.

— Maintenant que j'y pense, il a dit quelque chose comme ça.

— Quels ont été ses mots exacts ?

— Oh, c'était juste sur le ton de la plaisanterie. Il m'a demandé combien je payais à Mr Big. Moi, je ne donnerais un centime à personne, et encore moins à ce Mr Big. C'est le plus méchant homme qui soit.

— Je suis bien d'accord avec vous, dit Shaw. Je veux lui mettre la main dessus.

Elvanor Perkins l'examina d'un air vaguement intéressé.

— Vous pensez qu'il aurait pu tuer Mr Gunther ?

— C'est possible. Nous n'avons aucune certitude. Savez-vous quelque chose au sujet de Mr Big ?

— Non, non. Seulement ce que m'en a dit une amie. Elle touchait une allocation, elle aussi, mais elle s'est trouvé un petit ami – qui habitait chez elle, si vous voyez ce que je veux dire. Eh bien, ce Mr Big l'a su, et il lui a fait payer sept dollars par semaine.

— Oui, c'est comme ça qu'il opère.

— Sandra ! Delsey ! Tenez-vous bien, maintenant. Laissez votre sœur prendre un peu Ooky. C'est le nom du lapin, expliqua-t-elle à Shaw. Ooky. C'est elles qui l'ont appelé comme ça.

— Trois gamines bien mignonnes, dit Shaw. J'imagine qu'elles vous tiennent bien occupée ?

Elvanor Perkins sourit.

— Ça ne m'ennuie pas. Je les adore. Mais j'aimerais bien ne plus dépendre de cette allocation sociale. Ce n'est pas bon pour mon amour-propre.

Shaw haussa les épaules.

— Quelquefois, on est bien obligé d'en passer par là. Vous avez besoin de vous nourrir, et de nourrir les gamines.

— Oui, je sais. Si je ne les avais pas…

Elle laissa sa phrase en suspens. Shaw se leva :

— Merci beaucoup, Mrs Perkins.

— Je ne vois pas bien en quoi j'ai pu vous être utile.

Elvanor Perkins était une jeune femme douce et charmante. Shaw avait du mal à imaginer qu'un mari puisse vouloir la quitter.

— Vous êtes un nom que je peux rayer de ma liste, et ça, ça m'est très utile.

Il retourna à sa voiture. Deux visites de faites, encore trois.

* * *

MRS MARY CAPPO   [A-1255]
1777 Juniper Street
Oakland, District 22

Veuve. Âge : 76 ans. Née à Gadsden, Alabama. A
déménagé à Oakland pour rejoindre fils et belle-fille,
condamnés tous les deux l'année dernière pour vol
qualifié à une peine de 5 à 10 ans de prison. Mrs Cappo
a la garde de cinq enfants, dont l'aîné a seize ans.
Paul Gunther : Vendredi, 11 h 45

Mrs Cappo était une petite vieille toute ratatinée qui se tenait voûtée en permanence. Elle avait des cheveux blancs, la peau noire et ridée comme une vieille noix. Elle était dure d'oreille, et rien de ce qu'elle put dire à Shaw ne l'intéressa. Il la remercia et retourna à sa voiture. Trois de faites, plus que deux.

* * *

ANGELO ET CORINNE LAVERGHETTI   [E-2965]
1542 Juniper Street
Oakland, District 22

Âges : 38 et 32 ans. Corinne, née à Dallas, Texas, est
venue en Californie pendant la guerre. A travaillé
dans des usines aéronautiques à Los Angeles, où elle a
rencontré et épousé en 1948 Angelo, natif de la région
et musicien professionnel. Laverghetti est à présent
infirme, paralysé par la poliomyélite. Ne peut plus
jouer de la trompette. Deux enfants.
Paul Gunther : Vendredi, 12 h 30

Il faisait chaud dans la pièce et il y flottait une odeur bizarre. Médicaments ? Produits chimiques ? Bois pourri ? Moisissures ? En tout cas, la maison n'était vraiment pas propre. Angelo Laverghetti était installé dans un fauteuil roulant : un homme maigre à l'expression malveillante, dont les yeux étaient sans cesse en mouvement. Corinne était une femme énorme, grande et grasse, aux gestes très lents – la parfaite antithèse de son mari. Ils écoutaient gravement les questions, réfléchissaient soigneusement. Corinne répondait de façon laconique, tandis qu'Angelo crachait pratiquement ses phrases. Shaw se demanda s'ils se droguaient. Benzédrine ? Marijuana ? Cette odeur – de l'herbe ?

Les Laverghetti semblaient mal à l'aise. Angelo parlait beaucoup trop vite et Corinne réfléchissait beaucoup trop longtemps.

Shaw posa brutalement la question :

— Combien payez-vous à Mr Big ?

Corinne l'examina attentivement et laissa échapper un léger tressaillement. Angelo répondit d'un ton rageur :

— Mr Big ! De quoi vous parlez, là ? Quel Mr Big ? Des blagues, tout ça ! Vous croyez que j'ai de l'argent pour Mr Big ?

— Vous savez qui il est ?

— J'ai entendu le nom, et alors ? Des noms, j'en entends des tas. Maintenant, j'ai entendu le vôtre, et c'est pas pour ça que je vous donne de l'argent. Je donnerais pas mon argent à Jésus, même s'il venait me le demander à quatre pattes.

Shaw jeta un coup d'œil aux étagères le long du mur.

— Vous avez une belle collection de disques.

— Oui, faut bien se distraire. Un peu de musique, ça vous dirait ? Corky, mets-nous quelque chose.

— Le monsieur veut pas écouter de musique, dit Corinne d'un ton placide.

Angelo se mit à hurler :

— Je demande pas un sermon ! Je veux juste que tu mettes un foutu disque !

Corinne posa patiemment un disque sur la platine. Elle avait le teint marron clair, une sorte de couleur cannelle. Quant à Angelo, il faisait penser à de la pâte à pain – le teint olive du Méditerranéen avait disparu faute de soleil. Shaw songea aux enfants. Que deviendraient-ils ? Où leur existence les mènerait-elle ? Cette idée le rendit mélancolique. Angelo le remarqua.

— Qu'est-ce qu'il y a ? C'est Miles qui vous plaît pas ? Corkie, mets-nous du Basie

— Connaissiez-vous bien Paul Gunther ? demanda Shaw.

— Il joue de quoi ? Vous voulez dire Paul Gunnarson, le sax alto ?

— Non, Paul Gunther, l'assistant social.

— Ah, lui. (Le visage expressif d'Angelo se plissa de rides.) Il vient de temps en temps. On échange deux trois mots, on passe deux trois morceaux.

— Il est mort.

— Ah bon ? Pas de chance. (Il leva une main décharnée aux doigts griffus.) Écoutez-moi donc cet orchestre, comme il y va !

— Paul Gunther vous a-t-il posé des questions sur Mr Big ?

— Peut-être bien. (Angelo fronça les sourcils et demanda d'un air inquiet :) C'est important ?

— Nous aimerions découvrir qui l'a tué.

— Bah ! Il est mort, laissez-le reposer en paix. Corky, verse-nous deux bières.

— Y en a plus.

— Ah, bon sang, débrouille-toi pour en trouver ! De la musique et pas de bière ? C'est comme de partir pour Mars sans essence dans le réservoir.

D'un pas lent, Corinne se retira dans la chambre.

— Bon, fit Angelo, la psychologie, ça marche pas à tous les coups.

— Je ne m'intéresse pas à vos affaires personnelles…

— Parce que je me suis marié avec une négresse ? Fameuse, mon gars, vraiment fameuse. Vous pouvez pas savoir tant que vous avez pas essayé.

— Je vous parle de Mr Big.

— Il est nulle part, ce gars. Oubliez-le, ça vaudra mieux.

— Comme je le disais, ça ne m'intéresse pas de vous faire des ennuis. Rien de ce que vous me direz ne sortira d'ici. Ce que je veux savoir, c'est si vous versez de l'argent à Mr Big. Si c'est le cas, combien ? Comment lui faites-vous parvenir l'argent ? Est-ce que vous le connaissez personnellement ? N'oubliez pas que si j'arrive à le mettre en prison, vous n'aurez plus besoin de le payer.

— La réponse est non, dit Angelo. Nix, niet, nein. Je le connais ni d'Ève ni d'Adam. C'est tout ce que j'ai à dire sur Mr Big.

Shaw se leva. D'une façon ou d'une autre, de l'argent venait dans cette maison d'une autre source que les allocations sociales. Les disques, la chaîne Hi-fi, la moquette, le poste de télé tout neuf, le diamant au doigt de Corinne… Pour protéger ses sources de revenus, Angelo payait certainement Mr Big. Vente de drogues, sans doute. Peut-être même un importateur. Shaw avait hâte de sortir d'ici pour respirer un peu d'air frais.

Quatre visites de faites, plus qu'une.

* * *

MRS VIRGINIA BETHEA   [E-1882]
2707 Van Buren Avenue
Oakland, District 22

Âge : 49 ans. Née à Choctaw, Mississippi, arrivée
à Oakland en 1932. Mari : Sid Bethea, parti l'année
dernière la laissant avec deux enfants mineurs à
charge. Sid Bethea a été signalé en ville.
Paul Gunther : Vendredi, vers 14 heures.

Dernière visite. Shaw s'engagea dans Ninth Street avec un état
d'esprit tout à fait neutre, ni encouragé, ni découragé. Il ne voyait que
deux faits qui aient émergé de son travail de la matinée : le numéro de
la boîte postale de Mr Big, et la lettre que Wilma Smith avait reçue lui
disant de ne plus lui envoyer d'argent. Ce deuxième élément semblait
réduire à néant l'utilité du premier. Après la mort de Paul Gunther,
Mr Big avait apparemment l'intention de se faire oublier. Il n'irait
certainement pas chercher son courrier à la poste.

Shaw tourna dans Van Buren Avenue et roula lentement jusqu'à ce
qu'il repère un numéro : le 2544. Encore cent cinquante mètres pour
le 2707. Son cœur se mit à battre plus fort : c'était à l'intersection avec
Lily Street…

Il se gara un peu avant. Le 2707 Van Buren Avenue était une maison
d'un étage, vert pâle avec des moulures vert foncé, coiffée d'un toit
pointu assez excentrique. Dans la cour, bordée à gauche et à droite par
une haute haie, poussaient deux palmiers.

Juste en face se trouvait un terrain vague, avec trois ou quatre piles de
bois pourri indiquant un site de démolition. À côté de ce terrain vague,
face à Lily Street, se dressait le vieux pavillon gris où Paul Gunther avait
été assassiné.

Coïncidence ?

Peut-être. Ou peut-être pas…

Shaw descendit de voiture et s'avança lentement vers le 2707 Van
Buren, l'esprit agité de toutes sortes de pensées. Mais mieux valait ne
pas trop échafauder d'hypothèses avant d'avoir quelques éléments
solides en main.

Il entra dans la cour, passa entre les palmiers et grimpa les marches de la terrasse. D'un côté, il y avait une balancelle de jardin garnie de coussins orange et vert délavés par le soleil, et de l'autre des bandes dessinées éparpillées par terre.

Il sonna à la porte.

CHAPITRE VI

Virginia Bethea

Il entendit la sonnette résonner dans la maison. Au bout d'un moment, un rideau de dentelle s'agita derrière le judas et la porte s'ouvrit. Apparut une jeune fille de dix-sept ans, couleur caramel, vêtue d'un sweater noir à manches courtes et d'un collant léopard. Elle avait une jolie frimousse avec un nez retroussé, l'air éveillée et joyeuse. Ses cheveux courts avaient été soigneusement défrisés et ébouriffés.

— Vous n'êtes pas Mrs Bethea ? dit Shaw.

— Non, répondit-elle d'un air malicieux. Je suis Miss Bethea, et ça se prononce « Bethay », comme dans « Ray ».

— Votre mère est à la maison ?

— Vous voulez dire ma belle-mère ? C'est Vinnie, elle vient juste de rentrer.

— J'aimerais lui parler. Puis-je entrer ?

Quelqu'un à l'intérieur posa une question, et la jeune fille lança par-dessus son épaule :

— C'est juste un monsieur, je sais pas qui c'est. (Elle se retourna vers Shaw.) Vous avez quelque chose à vendre, monsieur ? On a besoin de rien.

— Je suis le lieutenant George Shaw, de la police d'Oakland.

La jeune fille se passa la langue sur les lèvres et jeta un coup d'œil par-dessus l'épaule de Shaw, vers la maison au coin de la rue.

— Vous venez pour le meurtre dans la maison en face ?

— En partie. Vous savez quelque chose ?

— Rien du tout. On a seulement vu l'ambulance et les voitures de police. C'est tout ce qu'on sait. C'est pas très agréable, quand ça se passe si près de chez vous.

— Non, dit Shaw, vous avez raison. Je peux entrer ?

La jeune fille recula, et Shaw la suivit dans le vestibule. Derrière une porte fermée, il entendit une voix harassée qui demandait :

— Gally ? À qui tu parles ?

— Un monsieur. Il veut te voir.

Il y eut un bruit de chasse d'eau. La jeune fille emmena Shaw dans le salon.

— Si vous voulez bien vous asseoir ? Vinnie sera là dans une minute.

— Merci, dit-il en s'installant sur un canapé vert élimé.

La jeune fille resta debout au milieu de la pièce, en lui lançant des petits coups d'œil à la dérobée. Shaw remarqua que sa taille était légèrement épaissie : un début de grossesse ?

Contre le mur étaient posés une valise et un sac en cuir noir verni.

— Vous partez en voyage ? demanda Shaw.

Gally fronça le nez avec mépris.

— C'est pas à moi, ce vieux bazar. C'est à Vinnie. Elle rentre juste de San José.

— Je vois.

La conversation s'arrêta là. Shaw examina une photo encadrée sur la table près de lui : elle avait été prise lors de la cérémonie de fin d'études au lycée, et on y voyait une Gally au teint crayeux et au sourire figé, avec une chevelure aussi volumineuse qu'une perruque. Aucune trace du charme espiègle ni de la vitalité un peu canaille.

— Ne regardez pas cette photo, dit soudain Gally. Je suis affreuse.

Vinnie Bethea entra dans la pièce. Elle était grande, étroite d'épaules et large de hanches, avec un visage osseux, des traits marqués et peu harmonieux. Le nez comme un caillou, des paupières plissés au coin de petits yeux nerveux. Ses lèvres étaient tendues sur des dents proéminentes. On pouvait difficilement la qualifier de belle, mais Vinnie était manifestement coquette. Sa coiffure était élaborée et d'un noir de jais assez suspect. Elle avait plusieurs bagues aux doigts, un double rang de perles d'ambre autour du cou, et des boucles d'oreilles jaunes en forme de corolles.

Shaw se leva et se présenta à nouveau :

— Mrs Bethea, je suis le lieutenant George Shaw, de la police d'Oakland. J'enquête sur le meurtre de Paul Gunther.

Vinnie secoua la tête :

— On sait rien là-dessus, monsieur le lieutenant. Il y a déjà eu un policier qui est venu nous demander ce qu'on savait. Je vous dis la même chose que je lui ai dit : on sait rien du tout !

Shaw hocha gravement la tête.

— Je vois. Vous accepterez peut-être de répondre à quelques questions ?

— Bien sûr, monsieur le lieutenant, bien sûr, si ça peut aider l'ordre et la justice, parce qu'on en a bien besoin ici.

Gally ricana. Vinnie lui lança un regard indigné. La jeune fille haussa les épaules et sortit d'un pas nonchalant. Vinnie se tourna vers Shaw.

— C'est pas que je veux pas vous aider, monsieur le lieutenant. C'est juste que je sais rien.

Shaw se rassit.

— Vous saviez que Mr Gunther était mort, naturellement ?

— Oh, oui. On a vu toute cette agitation en face, et puis c'est paru dans le journal aujourd'hui.

— Vous savez que Mr Gunther était l'assistant social ?

— Oui, je crois bien que c'est ce qu'il était. C'est ce qu'ils disent.

Gally revint dans la pièce en mangeant une banane. Elle s'adossa contre le mur, en croisant les jambes d'un air provocant.

— D'après mes indications, dit Shaw, ce Paul Gunther est venu vous voir vendredi dernier.

— Oh, oui, on le voyait tous les mois. Vous savez que mon mari m'a quittée comme ça, d'un coup, et il m'a laissée sans le sou. C'est pas un secret, mais j'y peux rien. Des tas de gens sont dans le même pétrin.

Shaw en convint poliment.

— Et vous n'avez rien remarqué de bizarre dans le voisinage, dimanche soir ?

— Non, rien, monsieur le lieutenant. Pas la moindre petite chose.

— Vous en êtes bien sûre ? Pas de lumières allumées dans la maison ce soir-là ?

— Je l'aurais remarqué. Personne veut habiter dans cette vieille baraque. Personne qui se respecte, en tout cas

— Pouh… marmonna Gally.

Vinnie fit comme si elle n'avait rien entendu.

— Quand Paul Gunther est passé vous voir vendredi, comment se comportait-il ? Était-il nerveux ? Pas comme d'habitude ?

Vinnie hésita, regarda Gally qui contemplait ses ongles.

— Non, je crois qu'il était comme toujours.

— Vous a-t-il demandé si vous aviez été embêtée par Mr Big ?

Vinnie cligna des yeux.

— Qui vous dites ? Mr Big ?

Shaw hocha la tête.

— Si vous savez quoi que ce soit sur cet individu, je vous en prie, dites-le-moi. Je veux mettre la main dessus et l'enfermer pour un bon bout de temps.

Vinnie Bethea secoua la tête avec nervosité :

— Écoutez, monsieur le lieutenant, me posez pas des questions sur des trucs que je comprends pas.

— Vous n'avez jamais entendu parler de Mr Big ?

Elle lança de nouveau un coup d'œil vers Gally, qui mordillait délicatement le reste de sa banane.

— Ce serait peut-être plus facile, suggéra Shaw, si vous me disiez simplement tout ce que vous savez.

— Elle sait rien du tout, intervint Gally.

Vinnie se tourna vers elle, absolument furieuse.

— Qu'est-ce que tu en sais ? Et qu'est-ce que tu fais là à te bourrer de bananes, espèce de goinfre ? Il y a des tas de choses que je pourrais dire, et ça te plairait pas tant que ça.

— Pouh… Je m'en fiche bien. Je me fiche de tout.

Gally tint la peau de banane entre deux doigts, les écarta et la laissa tomber. Mais elle la rattrapa vivement de l'autre main avant qu'elle n'ait touché terre. Avec un large sourire à l'adresse de Shaw, elle tourna les talons et sortit du salon en remuant son petit postérieur bien rond.

Shaw revint à Vinnie.

— Je ne veux pas vous ennuyer, Mrs Bethea, mais l'enjeu est important. Une bonne citoyenne n'a pas le droit de garder pour elle des informations. Je suis donc obligé de vous poser encore une fois la question : savez-vous qui est Mr Big ?

— Non, monsieur le lieutenant, je sais vraiment pas. J'aimerais pas savoir ce genre de chose. Je m'occupe simplement de mes affaires à moi, et comme ça, je fais d'ennuis à personne.

Shaw éclata de rire.

— Vous n'y êtes pas du tout, Mrs Bethea. Vous payez des impôts, vous êtes une citoyenne. La police est là pour vous protéger, mais vous, vous avez le devoir d'aider la police.

Vinnie secoua la tête d'un air têtu.

— C'est ce qu'ils disent…

Son ton exprimait le scepticisme et le doute.

Gally revint dans la pièce. Elle avait profité de son absence pour faire bouffer ses cheveux. Une séduisante petite créature, songea Shaw, malgré toute son effronterie perverse…

— Allez, Vinnie, lança-t-elle, arrête tes cachotteries. Dis à monsieur le flic ce qu'il veut savoir.

Vinnie se tourna vers elle, les lèvres retroussées sur ses dents dans une grimace de rage et d'embarras.

— Toi, ça suffit ! Tu vas voir ce que tu vas voir !

— Pouh, fit Gally. Je suis trop vieille pour les coups de martinet, et il en faut beaucoup pour me faire peur.

— Tu n'es pas trop vieille pour les coups de bâton, ça, je peux te le garantir.

Gally secoua la tête d'un air désapprobateur et dit à Shaw :

— Vous voyez comme elle est… Mais n'allez surtout pas la croire. Elle…

Gally s'interrompit. Une porte venait de s'ouvrir en grinçant à l'arrière de la maison. Ils entendirent des pas lourds. Vinnie s'était complètement figée. Gally se retourna et sortit rapidement par la porte principale.

Un homme d'une cinquantaine d'années entra dans la pièce, en boitant légèrement. Il était noir comme du charbon. Un mètre quatre-vingt, de puissantes épaules et de longs bras, une poitrine imposante et des jambes trop courtes. Ses cheveux étaient coupés très ras. Il avait de petits yeux ronds, un nez aplati. Sa bouche était entourée de muscles saillants, avec un menton plat.

Shaw se leva. Les deux hommes se dévisagèrent un instant sans rien dire. Le nouvel arrivant se tourna vers Vinnie et lui lança un coup d'œil comme pour la mettre en garde. Elle resta muette, en se tordant les mains. L'homme repartit dans la cuisine de sa démarche boitillante, et Shaw entendit la porte de derrière se refermer.

— Qui est-ce ? demanda-t-il à Vinnie

Elle répondit d'une petite voix :

— Oh… c'est juste quelqu'un qui vient comme ça, de temps en temps. Il fait des petits travaux dans la maison. C'est comme qui dirait le propriétaire.

Shaw se fit plus incisif :

— Arrêtons de tourner autour du pot. Je suis convaincu que vous savez beaucoup de choses qui m'intéressent. Alors, vous allez me les dire, que ce soit ici ou au commissariat. Si vous refusez de parler, nous vous boucherons en tant que témoin essentiel.

— Je suis témoin de rien du tout, gémit Vinnie Bethea. Vous avez pas le droit de traiter les gens comme ça.

— Mrs Bethea, dit Shaw, ça ne m'intéresse pas de savoir si vous fraudez les services sociaux. C'est un grave délit, bien sûr, et je suis obligé d'arrêter les délinquants, mais pour le moment, ce que je veux, c'est Mr Big. Si vous me dites ce que vous savez, j'oublierai ce que j'ai pu voir et entendre. Sinon, j'ordonnerai une enquête complète, et si vous avez obtenu des allocations sans y avoir droit, vous irez en prison et vous ne toucherez plus un sou.

Vinnie se cacha le visage dans ses mains noueuses.

— Qui est cet homme ? dit Shaw. C'est votre mari ?

— Je peux rien vous dire, gémit Vinnie. Il va me faire du mal.

— Vous feriez mieux de tout me dire, sinon ça ira encore plus mal pour vous. C'est Sid Bethea ?

Elle hocha la tête.

— Mais il me donne pas d'argent. Pas un sou. C'est moi qui lui en donne.

— Mr Big, c'est lui ?

Vinnie leva les yeux d'un air surpris et indigné.

— Sid ? Non, pas du tout. S'il pouvait mettre la main sur lui, Mr Big le sentirait passer.

— Comment savez-vous que Sid n'est pas Mr Big ?

— Parce que j'ai bien vu comment il a réagi.

— Comment il a réagi quand ?

Vinnie poussa un profond soupir. Elle semblait désemparée.

— Monsieur le lieutenant, je pouvais pas faire autrement. Il est parti en me laissant sans un sou. Ensuite, j'ai pu me débrouiller avec l'argent de l'allocation, et là, il est revenu. Si je touchais plus rien, il repartirait. Je savais pas quoi faire. J'ai prié le bon Dieu pour qu'Il m'aide.

Shaw l'interrompit d'un geste.

— Dites-moi simplement ce qui s'est passé.

— D'accord, je vais tout vous raconter, monsieur le lieutenant. Comme je vous l'ai dit, Sid est parti, et il s'est installé quelque part dans Seventh Street. Il m'a pas dit un mot, même pas au revoir. Mais il a laissé les enfants ici, et il faut bien que je m'en occupe. Ainsworth, c'est mon fils à moi et il est pas méchant, mais cette Galatea, elle me rend folle. Elle est tellement effrontée… (Elle eut soudain un petit rire malveillant.) Mais je m'en fiche. Je vais plus l'aider. Dans la Bible, on dit comme ça : « Pardonnez-leur, ils savent pas ce qu'ils font. » Mais pas Gally. Elle sait juste un peu trop ce qu'elle fait. Elle est ce qu'on appelle un suppôt de Satan, je vous dis la vérité vraie. Avec Sid à l'hôpital, ça devenait plus possible, alors j'ai emmené Ainsworth…

Shaw l'interrompit :

— Et Mr Big, dans tout ça ?

Vinnie réfléchit.

— Je sais pas grand-chose sur cette histoire de Mr Big.

— Dites-moi simplement ce que vous savez.

— Eh bien, j'en ai entendu parler par des amies à l'église, des dames qui touchent aussi les allocations sociales. Je les ai entendues discuter de Mr Big, et elles en disaient des vertes et des pas mûres. Quand je leur ai posé la question, elles ont toutes pris un air innocent. « Mr Big ? Mais qui c'est ? » Je leur ai dit que je les avais entendues parler de lui, et pas en bien. Elles se sont mises à rire comme si c'était juste une blague, et c'est ce que j'ai cru jusqu'à ce que, un matin, ça devait être il y a trois mois… ou peut-être quatre, je me souviens plus très bien. Bon, j'étais à la maison avec les enfants. Sid faisait un poker – c'est ça qu'il est, monsieur le lieutenant, un bon à rien de joueur de poker. Je savais qu'il était à une partie, il m'avait pris tout mon argent, mais il avait dit qu'il reviendrait le lendemain avec une grosse liasse de billets. Il devait être dans les 9 heures quand je l'ai entendu arriver dans la rue. Pas vraiment saoul. Surtout fatigué…

* * *

À neuf heures du matin, Sid Bethea marchait dans Van Buren Avenue en fumant un gros cigare. Il était vêtu d'un costume marron foncé tout froissé et d'une chemise blanche au col déboutonné. Il n'était pas rasé et ses yeux étaient roses de fatigue. Il avait joué au poker onze heures d'affilée, et y avait gagné quatre dollars, sans compter une flasque de whiskey et cinq assiettées de barbecue. Pas de quoi fanfaronner, mais c'était toujours mieux que de perdre. Il avait eu des mots avec un docker du nom de Panama Slim, un gars retors à la mine chafouine. Panama Slim s'était levé d'un bond, une main dans la poche de sa veste. « Tu dis que t'as posé ta mise, mais je la vois pas. Où est le fric ? » Sid s'était contenté de le regarder fixement un instant, dans un silence lourd de menaces inexprimables, puis il avait déclaré d'une voix lente : « Si un gars aime pas notre façon de jouer, il a qu'à aller voir ailleurs. »

Panama Slim s'était rassis avec une jovialité forcée. « Bon, tout le monde peut se tromper. C'est une partie entre amis. Je me fiche pas mal d'une malheureuse pièce de dix *cents*. Je suis pas à ça près. »

Le prestige de Sid en était sorti grandi. Panama Slim était considéré comme un homme dangereux.

Sid marchait donc dans Van Buren Avenue. On n'aurait pas pu dire qu'il exultait, ni qu'il était déprimé. Il se sentait plutôt d'humeur mauvaise et querelleuse, mais ça, c'était à cause du whiskey et des longues heures passées sous une ampoule nue.

Sid aperçut sa maison. Le loyer était payé par les services sociaux, pareil pour les provisions. Si tous ces Blancs tenaient à lui payer son loyer et ses provisions, ce n'était pas lui qui allait les en empêcher.

Il entra dans le jardinet et claqua la barrière derrière lui, pour qu'elles sachent qu'il arrivait. Du coup, elles se tenaient à carreau et jacassaient moins. D'un autre côté, il n'était plus jamais saoul au point de piquer des rages. Comme si le whiskey lui faisait moins d'effet. Ça faisait quatre jours qu'il n'avait pas été à la maison, sauf pour passer prendre un peu d'argent de poche à Vinnie. Autrefois, c'était vraiment une jolie femme, mais depuis deux ou trois ans, elle se laissait aller.

Vinnie passa la tête par la fenêtre et lui fit signe de ne pas faire tant de bruit. Elle disait toujours que si l'assistant social apprenait que Sid continuait de venir à la maison, il n'y aurait plus d'allocation. Sid l'avait prévenue : « T'as pas intérêt à ce que ça s'arrête. Tu commences à être un peu vieille pour faire le tapin, mais c'est là que tu te retrouveras. »

Sid entra par la terrasse à l'arrière. Vinnie était très agitée.

— Tu essaies de tous nous faire mettre en prison, à claquer la barrière comme ça ? Avec tous ces fouinards qui te voient entrer…

— Ferme ton clapet. Mets-moi quelque chose sur le feu.

Vinnie s'écria d'un air de défi :

— Le type des services sociaux, il vient aujourd'hui. Imagine qu'il arrive tôt, hein ? S'il te voit, on sera dans le pétrin.

— Il entre par-devant, et moi je file par-derrière. (Sid leva la main.) Ne t'inquiète pas, ça, c'est mon boulot. Va me mettre quelque chose en route.

Gally entra dans la cuisine :

— Salut, P'pa.

— Qu'est-ce que tu veux, toi ?

— T'as gagné ?

— Bien sûr que j'ai gagné.

— Je veux m'acheter quelque chose.

Sid secoua la tête.

— J'ai besoin de cet argent. Il y a une grosse partie, ce soir. Je peux pas me permettre des bêtises.

Vinnie marmonna dans sa barbe.

— Qu'est-ce que c'est ? dit Sid. T'as dit quelque chose ?

— Je disais que le type y va venir, et il te cueillera comme un crapaud au milieu d'une flaque. Et là, il appellera la police…

Un bruit de pas se fit entendre sur la terrasse de devant. Vinnie leva la main dans un geste de désespoir.

— C'est lui qui arrive. Ah, Seigneur, qu'est-ce que je t'avais dit ? Allez, vite, file !

— C'est le facteur, dit Gally. On se calme.

Elle alla dans l'entrée pour récupérer la lettre tombée dans la boîte.

Dans la cuisine, Vinnie faisait cuire des œufs au plat.

— Qu'est-ce que c'est que ça ? grommela Sid. Fais-moi voir.

— C'est pour Vinnie.

— Me réponds pas sur ce ton. Tu pourrais bien encore goûter à mon ceinturon.

Gally se tut aussitôt. Elle tremblait à l'idée que Sid pose les mains sur elle. Un jour, il pourrait bien la coincer, et alors rien ne pourrait la sauver.

Vinnie s'approcha en tendant la main.

— C'est de qui ?

Sid prit la lettre, et Vinnie retourna s'occuper des œufs. Sid déchira l'enveloppe et en sortit une feuille pliée qu'il se mit à lire lentement, le cigare se balançant entre ses lèvres tandis qu'il prononçait chaque mot à voix basse. Il la relut, puis il la posa et s'assit pour réfléchir.

Tout en faisant glisser les œufs dans une assiette, Vinnie dit avec agacement :

— Tu pourrais peut-être quand même me dire qui a écrit…

Sid ne répondit pas.

Vinnie posa l'assiette devant lui.

— Je te demande de qui c'est ?

Il dit d'une voix sombre :

— Mr Big.

Vinnie émit un gémissement étrange.

— Oh, ce Mr Big !

Gally s'empara de la lettre et la lut à voix haute :

Chère Mrs Virginia Bethea,

Vous VOLEZ LE GOUVERNEMENT. Vous touchez de l'argent des services sociaux alors que votre mari habite chez vous. Vous savez que c'est un CRIME !

Je veux une partie de cet argent, disons 10 dollars par semaine. Si vous me payez, tout ira bien. Si vous ne me payez pas, je donnerai aux services sociaux la preuve que vous êtes une MENTEUSE et une TRICHEUSE. Vous irez en PRISON. Ils arrêteront votre allocation. Vous serez DÉSHONORÉE.

Chaque semaine, tant que vous toucherez cette allocation,

mettez un billet de 10 dollars dans une enveloppe, et envoyez-la à cette adresse :

MR. BIGLEY
BOITE POSTALE 4912
OAKLAND, CALIFORNIE.

Suivez strictement ces instructions.

Ne parlez à PERSONNE de cette lettre. Ne dites à PERSONNE comment vous m'envoyez l'argent. Si vous dites un mot à qui que ce soit, vous aurez de GROS ennuis.

Bien à vous,
Mr BIG

— C'est affreux ! s'écria Vinnie d'une voix aiguë.

Sid émit un grognement. Il étala une épaisse couche de margarine sur une tranche de pain et s'attaqua à ses œufs au plat.

Vinnie se versa une tasse de café et s'assit à la table, en regardant tristement la vapeur qui s'élevait lentement.

— Je sais pas quoi faire. Il n'y a plus assez d'argent, maintenant que tu joues tous nos sous. Je ferais aussi bien de me jeter dans la baie.

— Donne-moi un peu de café.

Vinnie souleva machinalement la cafetière, puis elle se tourna vers lui avec indignation.

— Tu as entendu ce que j'ai dit ? Il n'y a plus d'argent, et maintenant, à cause de toi, voilà que ce Mr Big veut dix dollars par semaine.

Sid secoua la tête.

— Il les aura pas.

— Ah non ? Comment tu vas faire pour l'en empêcher ? Tu vas le laisser me mettre en prison ?

— Verse-moi ce café, femme.

— Je vais te le verser sur la tête, oui. Alors, qu'est-ce que tu vas faire ?

— Je vais rien faire du tout.

Vinnie dit d'une voix amère :

— Tu t'en fiches pas mal que j'aille en prison. Sauf que là, l'argent rentrera plus.

— Je m'en charge.

— J'imagine que tu sais qui c'est, ce Mr Big.

— Ce que je sais, c'est qu'il a tort de se frotter à Sid Bethea.

Gally dit d'un ton détaché :

— Voilà le monsieur des allocs qui arrive.

Vinnie poussa un gémissement angoissé.

— Allez, file vite, Sid Bethea. Il faut surtout pas qu'il te voie ! Ah, que le Seigneur ait pitié de nous !

On entendit un coup de sonnette. Sans se presser, Sid engloutit le reste de ses œufs en une bouchée et disparut par la porte de derrière. Vinnie mit l'assiette sale dans l'évier et versa le reste de la tasse de café dans la cafetière.

— Gally, va ouvrir.

Gally se dirigea d'un pas tranquille vers la porte et l'ouvrit d'un geste insolent, exprimant ainsi sa personnalité même dans l'acte le plus banal.

— Bonjour, monsieur l'assistant social.

— Ah, bonjour. Je ne t'avais encore jamais vue, toi.

— Quelquefois, je suis à la maison, et quelquefois, j'y suis pas. Aujourd'hui, j'y suis.

— Tu dois être un des enfants.

Gally contempla ses longues jambes joliment moulées par le collant léopard.

— Est-ce que j'ai l'air d'une enfant ?

— Je préfère ne pas répondre. Je peux entrer ?

— Oui, je pense. Vous voulez voir Vinnie ? Elle est dans la cuisine, je vais l'appeler.

— Ne te donne pas cette peine. La cuisine, ça me va très bien.

Vinnie était nerveusement attablée devant sa tasse de café.

— Ah, excusez-moi, Mr Gunther. Je m'attendais pas vraiment à vous voir aujourd'hui. Vous voulez peut-être du café ? Gally, verse une tasse au monsieur. Ah, je me rappelle plus, vous prenez de la crème et du sucre ?

— Noir, simplement, merci. Alors, comment ça va ?

— Oh, comme ci comme ça, Mr Gunther, tout juste. Tout est si cher. Mon frigo marche plus, il fait plus froid dedans, il faudrait le réparer. Les enfants ont besoin de nouveaux vêtements. C'est bien difficile de s'en sortir.

Paul hocha la tête, puis il se mit à humer l'air. Vinnie le regarda avec inquiétude.

— Qu'est-ce qu'y a, Mr Gunther ?

— J'ai l'impression que ça sent le cigare.

— Le cigare ? (Vinnie jeta un regard affolé autour d'elle, puis elle dit :) J'aime bien fumer un peu de temps en temps... juste comme ça. Je le fais pas trop devant les enfants...

Elle se tut. Gally gloussa, et sa belle-mère la foudroya du regard.

Paul plissa les lèvres.

— Je vois. Où est votre mari ?

— Ça, je sais pas, Mr Gunther. Comme je vous l'ai dit, il a pris ses cliques et ses claques...

— Vous ne l'avez pas revu ?

— Je veux pas le voir, Mr Gunther. Je voudrais bien qu'il ait jamais croisé mon chemin !

— Il ne vous aide pas un peu ? De l'argent de temps en temps ?

Vinnie secoua la tête avec amertume.

— Rien du tout, Mr Gunther, et c'est la pure vérité.

Paul ouvrit sa sacoche et en sortit un bloc-notes.

— Deux enfants. Galatea et Ainsworth, c'est bien ça ?

— Oui, c'est ça.

— Comment ça va, de ce côté-là ?

— Très bien, Mr Gunther. Ainsworth, il va en classe. Gally, que vous voyez, elle pense à des cours de secrétariat, quelque chose comme ça.

Paul regarda la jeune fille d'un air pensif. Adossée au mur, elle était en train de se limer les ongles.

— Eh bien, voyons ce qu'on peut faire pour vous. Vous dites que votre réfrigérateur est en panne ?

— Il a l'air de pas marcher, répondit Vinnie d'une voix morne.

— Bon, voilà ce que vous allez faire. Appelez un dépanneur et voyez ce qu'il en dit. S'il peut le réparer, dites-lui qu'il le fasse. Ensuite, appelez-moi au bureau pour me dire combien ça va coûter. J'essaierai de vous obtenir un petit quelque chose de plus.

— Je sais pas, dit Vinnie. Je crois qu'il est complètement cassé.

— C'est un vieux machin idiot, dit Gally. Il ne sait faire que du bruit, k-k-k-k-k-k, comme ça. Et puis c'est tout. Juste le bruit.

— Bon, enfin, tenez-moi au courant, dit Paul. Vous avez besoin d'un réfrigérateur, aucun doute là-dessus. Je trouverai peut-être un moyen d'arranger ça.

— Ce serait très gentil, Mr Gunther.

— Et à part ça ? Vous êtes à jour pour votre loyer ?

— J'ai un petit peu de retard là-dessus, Mr Gunther.

— Comment ça se fait ? Je croyais qu'on vous avait établi un budget ?

Vinnie hocha tristement la tête. Sid avait pris l'argent du loyer pour sa grande partie de poker. Elle ne le reverrait jamais.

— Eh bien, dit-elle, j'ai eu des problèmes. Ainsworth a attrapé un rhume et j'ai dû acheter des médicaments. Il a eu besoin aussi de nouvelles chaussures, des choses comme ça. L'argent, on dirait qu'il file comme de l'eau entre les doigts, Mr Gunther. Je sais vraiment pas où il va.

Paul hocha la tête d'un air sceptique.

— Je ne peux pas vous obtenir une allocation supplémentaire. Je ne sais pas comment vous allez faire pour payer votre loyer.

— Moi non plus, Mr Gunther.

— Ma foi, vous allez devoir économiser quelques dollars par semaine sur la nourriture. Si vous faites ça, dans deux mois, vous serez à jour.

— Oui, c'est sans doute ce qu'on doit faire, dit Vinnie sans enthousiasme.

— Vous feriez mieux de prévenir votre propriétaire. Plus tôt il le saura, mieux il le prendra.

— Je vais lui dire sans faute demain matin.

— Et vous m'appellerez pour le réfrigérateur ?

— Oui, Mr Gunther, absolument.

Paul se leva.

— Merci pour le café. Non, ne vous dérangez pas, dit-il en voyant Vinnie faire mine de se lever. Je connais le chemin.

Vinnie se rassit. Il y avait des jours où la vie ne valait pas la peine d'être vécue.

Gally raccompagna Paul jusqu'à la porte.

— Vous avez un cœur de pierre, dit-elle. Obliger la pauvre Vinnie à se priver de ses cigares…

— Et toi, demanda Paul en s'arrêtant sur la terrasse, tu te prives de quelque chose ?

— Je ne fume pas le cigare. Il y a d'autres choses que je préfère.

— Quoi, par exemple ?

Gally s'appuya gracieusement contre le chambranle de la porte.

— Juste des choses…

Paul éclata de rire :

— Tu es vraiment une mignonne petite poulette !

— J'ai ce qu'il me faut. Vous allez où, maintenant ?

— Je vais déjeuner. Tu veux venir avec moi ? Non, réflexion faite, il vaut mieux pas. Je te croquerais en une seule bouchée.

Gally se frotta doucement la joue contre le montant de la porte.

— Je suis drôlement coriace, vous savez, et puis je me tortille aussi.

— Oui, je n'ai aucune peine à l'imaginer. Il faudra que je vérifie ça, un de ces jours.

La voix de Vinnie se fit entendre du fond de la cuisine :

— Gally, qu'est-ce que tu fais ?

— Je parle au monsieur des allocs, dit Gally par-dessus son épaule. Il vérifie des choses, comme il est censé faire.

Vinnie passa le nez à la porte de la cuisine pour jeter un coup d'œil méfiant dans le couloir. Paul leur sourit à toutes les deux.

— Bon, au revoir, dit-il. Je vais voir ce que je peux faire pour ce réfrigérateur.

Il dévala les marches et sauta dans sa voiture.

— Hum… fit Vinnie d'un air pincé. Méfie-toi de ces jeunes Blancs. On récolte que des ennuis à les fréquenter.

— Ils sont aussi bien que les Noirs, dit Gally d'un air dégagé. C'est ce qu'ils disent, en tout cas.

Vinnie secoua la tête d'un air obstiné.

— Ça mène à rien de bon de se mélanger. Ça fait que des ennuis. Si ton père t'y prend, tu vas le sentir passer.

— Pouh ! Il m'a tout juste dit deux mots… (Gally haussa impudemment les épaules.) C'est pas un bavard.

Vinnie tourna les talons. Elle avait déjà assez de problèmes comme ça sans s'ajouter ceux de Gally. L'argent du loyer, qu'il allait falloir prendre sur la nourriture. Dix dollars par semaine à envoyer à Mr Big.

— On dirait bien qu'on va devoir se serrer la ceinture un bout de temps, dit-elle tristement.

Gally lui tapota doucement l'épaule.

— Je m'en fiche. Mais si j'étais toi, je donnerais plus un sou à Sid.

Vinnie secoua la tête.

— Plus facile à dire qu'à faire…

* * *

Vinnie était assise, les mains crispées sur ses genoux.

— C'est tout ce que je sais sur Mr Big. J'ai reçu la lettre, j'ai gratté sur tout pour essayer de trouver l'argent. Et puis Sid est arrivé, et il a tout pris.

— Il a pris l'argent destiné à Mr Big ?

— Oui, fit Vinnie. Il m'a dit qu'il fallait pas le payer. Il allait le chercher et lui parler personnellement.

— Savez-vous s'il l'a fait ?

— Il a rien voulu me dire. Je crois qu'il a essayé. Un jour, il a emmené Ainsworth pour faire je ne sais pas quoi. Ainsworth a pas voulu me dire où ils sont allés, parce que son papa lui avait dit de la boucler. Ils sont sortis – oh, ça devait être le lendemain du jour où on a reçu la lettre. Et puis ça s'est arrêté là, parce que Sid s'est fait renverser par une voiture. Tout le monde a cru qu'il était mort. (Vinnie ne put s'empêcher de secouer la tête avec admiration.) Cet homme-là, on peut pas le tuer. Il est trop teigneux pour ça.

— Qui l'a renversé ? demanda Shaw.

— On l'a jamais su. Encore un de ces chauffards. Sid était saoul. Le docteur a dit que c'est ça qui l'a sauvé. Ça fait juste une semaine qu'il est sorti de l'hôpital.

— Et pour ce qui est de Mr Big, après ça ?

— J'ai reçu une autre lettre. Elle disait : « Comment ça se fait que vous me payez pas mon argent ? Faites gaffe, ou sinon, je passe à 20 dollars par semaine. »

— Et là, vous avez payé ?

Vinnie dit timidement :

— Je me suis dit que je pouvais pas faire autrement. Et puis pas plus tard qu'hier, j'ai eu une lettre qui disait de plus rien envoyer.

— Cette lettre, vous l'avez encore ?

— Non, je l'ai jetée.

— Hum… Qu'est-ce que vous avez dit de tout cela à Paul Gunther ?

— Rien du tout. Vendredi dernier, il m'a demandé ce que je savais sur ce Mr Big. Je lui ai dit que j'en avais jamais entendu parler.

Shaw se leva et se mit à arpenter la pièce. Parmi les cinq familles que Paul Gunther avait visitées vendredi, personne n'avouait lui avoir donné d'informations. Bon, cinq visites de faites, il avait fait le tour… Il demanda à Vinnie :

— Il ne vous a pas dit où il allait, quand il vous a quittée ?

— Non. Je l'ai vu qui parlait avec Gally, et elle se tortillait comme si elle avait un serpent dans la culotte. Je suis allée pour arrêter ça, et Mr Gunther est parti. Il est passé à la station-service pour faire le plein. (Vinnie montra par la fenêtre la station-service à l'angle de Van Buren Avenue et de Ninth Street.) Je l'ai vu parler avec le pompiste, et après ça, je sais pas ce qui s'est passé. Et je veux pas le savoir.

— À quelle heure Ainsworth rentre-t-il de classe ?

Vinnie lui lança un regard étonné et protesta :

— Qu'est-ce que vous lui voulez, à Ainsworth ?

— Juste lui poser quelques questions. À quelle heure sera-t-il là ?

— Vers trois heures et demie. Sauf s'il traîne un peu en route avec des copains.

Shaw réfléchit un instant.

— Je reviendrai à 16 heures. En attendant, ne lui parlez pas de moi. Ne lui dites même pas que je veux le voir. C'est compris ?

— Tout ce que vous voudrez, monsieur le lieutenant.

Chapitre VII

Ted Therbow

Shaw retourna à sa voiture, plongé dans ses pensées. Sid Bethea, tout comme Paul Gunther, était parti à la recherche de Mr Big. Paul Gunther était mort, et Sid Bethea avait passé trois mois à l'hôpital. Shaw fronça les sourcils d'un air perplexe. L'identité de Mr Big était-elle si sensible, si vulnérable, qu'il ressente le besoin de tuer pour la protéger ?

Il s'arrêta brusquement et jeta un coup d'œil derrière lui à la vieille maison au coin de la rue, sans y trouver d'inspiration. Les même questions restaient, obsédantes : Comment ? Pourquoi ?

Il reprit son chemin vers sa voiture. Une autre pensée lui trottait dans la tête. Des cinq clients que Paul avait interviewés vendredi, aucun ne reconnaissait lui avoir fourni d'informations. Était-il allé voir quelqu'un d'autre ? Shaw aperçut la station-service où, d'après Vinnie, il s'était arrêté après l'avoir quittée.

Il traversa la rue. Le pompiste, un Noir trapu vêtu d'un pantalon kaki délavé et d'une chemise avec « Nick » brodé sur la pochette, le regarda s'approcher. Shaw montra son badge. Nick grommela :

— Qu'est-ce qu'il y a, cette fois ?

— Je cherche des informations, répondit Shaw.

— J'ai des bons plans de rues, dit Nick. Vous n'avez pas besoin du badge pour en récupérer un.

— Je n'ai pas besoin d'un plan. Je m'intéresse à ce qui s'est passé vendredi dernier.

Nick dévisagea Shaw avec un intérêt cynique.

— Vous enquêtez sur le meurtre un peu plus haut dans la rue ?

— C'est ça. Vous étiez en poste vendredi ?

— Je suis là tous les jours, toute la journée.

— Vers deux heures de l'après-midi, un homme au volant d'une Mercury verte est venu prendre de l'essence. Vous vous souvenez de l'avoir vu ?

— De quelle année, la Mercury ?

— Ça, je n'en sais rien. Je dirais qu'elle date de deux ou trois ans.

— Un Noir ?

— Non, un Blanc d'environ vingt-cinq ans, avec des cheveux bruns, un beau gars.

Nick secoua la tête.

— Non, ça ne me dit rien. Vous pourriez demander à Ted, là-bas, sous le pont de graissage. Il travaillait aussi vendredi.

Shaw se rendit dans l'atelier. Un jeune Noir, grand, en combinaison blanche, était en train de travailler sous une Cadillac bleu lavande. Au moment où Shaw s'approchait, il venait juste de retirer le bouchon du circuit de vidange et un flot jaune foncé jaillit aussitôt pour s'écouler dans l'entonnoir placé en dessous.

— Oui, monsieur ? fit Ted en attendant que le circuit se purge. Qu'est-ce que je peux faire pour vous ?

Shaw se présenta et posa ses questions. Ted le regarda en coin un moment avant de répondre. Shaw attendit.

— Oui, dit enfin Ted. J'ai vu cet homme. Si c'est de Paul Gunther que vous parlez, et je pense que c'est le cas.

C'était mieux que ce que Shaw avait espéré.

— Vous le connaissez ?

— Pas intimement, mais je l'ai vu à des soirées.

— Vous savez qu'il est mort, bien sûr.

— Oui, je l'ai lu dans les journaux. Ça s'est passé dans cette vieille maison, au bout de la rue.

La brillante colonne d'huile avait laissé place à quelques grosses gouttes. Ted Therbow revissa le bouchon, émergea de dessous la voiture et s'essuya les mains avec un chiffon.

Shaw l'avait observé attentivement en fronçant les sourcils.

— Est-ce que vous savez quelque chose sur ce meurtre ?

Ted eut un petit rire gêné.

— Allons, lieutenant. Dans la vie, les choses ne sont pas aussi simples que ça, hein ?

— C'est malheureusement vrai, dit Shaw. On doit se donner du mal pour tout. Mais vous pouvez peut-être me dire quelque chose, un petit détail, qui me mettrait sur la piste du meurtrier, ou me permettrait même de comprendre pourquoi Gunther a été tué.

Ted Therbow secoua la tête.

— Je n'en ai aucune idée, lieutenant. Ç'a été une grosse surprise pour moi.

. – De quoi vous a-t-il parlé, quand il est passé vendredi ?

Ted réfléchit un instant.

— De pas grand-chose, je dirais. C'était du genre « Alors, comment ça va ? », « Tu as un bon plan pour ce soir ? », des choses comme ça.

— Et c'est la dernière fois que vous l'avez vu ?

— Oui, la dernière.

— Vous n'avez aucune idée de pourquoi quelqu'un aurait voulu le tuer ?

Ted haussa les épaules.

— Bon, il y avait sans doute des gens qui ne l'aimaient pas, tout comme il y en a qui ne m'aiment pas et qui ne vous aiment pas. Mais je n'en vois aucun qui lui aurait tranché la gorge.

— Qui sont ces gens ?

Ted secoua la tête.

— Là, n'insistez pas, lieutenant. Je ne peux vraiment pas dire.

— Et si vous le pouviez, vous ne le diriez pas quand même, hein ?

Ted sourit.

— Je ne voudrais pas désigner quelqu'un sans en être certain.

— Savez-vous où Gunther habitait ?

— Non, je ne sais pas. Je lui faisais le plein de temps en temps. Maintenant que j'y pense, il arrivait toujours par Ninth Street, si ça peut vous aider.

— L'avez-vous jamais entendu parler de Mr Big ?

— Non… Ah, attendez. Si, effectivement. La première fois que je l'ai rencontré, dans une soirée à Berkeley. On s'est mis à parler de West Oakland et des voyous qui y sévissent. Vous devez en connaître des tas.

Le nom de Mr Big est venu dans la conversation. Il n'en a pas dit grand-chose, en tout cas dans mon souvenir. (Ted plissa les lèvres d'un air mélancolique.) En parlant d'ennuis, cette soirée en a causé pas mal à Paul.

— Comment ça ?

Ted hésita, puis il haussa les épaules.

— Eh bien, c'est ce soir-là qu'il a rencontré cette petite mignonne, Barbara. Il a dû savoir s'y prendre, parce que quand je les ai revus un mois plus tard dans une autre soirée, ça avait l'air de marcher très fort entre eux. Ils ne se quittaient pas des yeux. Bon, c'était sympathique, mais Paul est vraiment un drôle de gars. Il est du genre à tomber amoureux de toutes les jolies filles qui passent. (Il secoua la tête d'un air pensif.) Je peux vous raconter comment ça s'est passé, si ça vous intéresse.

— Oh, oui, fit Shaw, ça m'intéresse. Ça m'intéresse beaucoup.

Ted jeta un coup d'œil vers le devant de la station. Debout à côté de la pompe, Nick l'observait. Ted prit son pistolet et commença à injecter de la graisse dans le train avant.

— Bon, il se trouve que je connais un type un peu beatnik, Cat Catson, qui habite dans West Oakland. Dans la journée, il travaille à la conserverie, et la nuit, il s'épanouit comme une fleur magnifique. Il joue du bongo, il peint des tableaux, il crée tout simplement une atmosphère Et ce n'est pas du tout un mauvais gars. En fait, c'est vraiment un chic type, toujours prêt à rendre service. Donc, il y a quelque temps, il a organisé une soirée, une sorte de jam session, avec des musiciens et tout. Moi, je me débrouille à la flûte, alors j'y vais toujours quand il lance ses invitations. Je suis arrivé vers 9 heures, ce qui est un peu tôt, mais j'aime bien m'asseoir tranquillement dans un coin et voir comment les choses évoluent.

« Vers 10 heures, voilà que je vois Paul débarquer en compagnie d'une petite Noire absolument craquante. J'ai été étonné, parce que la dernière fois que je l'avais vu, il avait vraiment l'air très amoureux de la jolie Barbara…

* * *

Gally vint à la soirée dans un nouvel ensemble couleur cacao qui lui avait coûté un peu moins de trente dollars chez J.C. Penney. Bien sûr, personne n'avait besoin de le savoir. Paul et elle étaient assis tout près l'un de l'autre sur un divan très bas. Gally avait les genoux tremblants d'excitation. Cat (« the Cat ») Catson et son appartement étaient pour elle une expérience toute nouvelle. Elle savait qu'il existait des gens comme ça, mais elle n'avait jamais eu l'occasion d'en rencontrer.

Elle examina les murs, du plâtre blanc à l'origine, mais à présent entièrement couvert de peintures réalisées directement : compositions abstraites, paysages surréalistes, nus de toutes sortes, motifs variés en flocons de neige ou pétales d'asclépia, dragons et monstres, ainsi que des taches et barbouillages inclassables. Fascinant ! songea Gally. Comme c'est amusant ! Elle prit la main de Paul et la serra doucement.

— Qu'est-ce que j'aimerais apprendre à peindre ! J'adore tout ça !

Elle balaya la pièce d'un grand geste pour montrer non seulement les peintures, mais aussi toutes les bricoles accumulées par Catson, livres, fétiches, totems, cruches, bouteilles, sculptures en métal, masques, cendriers et statuettes.

Paul s'abstint de lui faire remarquer que ce n'était pas de l'art qu'elle était tombée amoureuse, mais de l'atmosphère. Gally était jeune, et c'eût été dommage de doucher son enthousiasme…

Il y avait une douzaine de personnes dans la pièce. Cat Catson, un jeune homme timide aux traits délicats et au teint couleur café, était en train de placer ses bongos. Debout dans un coin, Ted Therbow tirait des sons légers de sa flûte. Un jeune Blanc courtaud et aux larges épaules, avec une barbiche en broussaille, était assis au piano et jouait distraitement des arpèges. À côté de lui se tenait Egon Briar, un Blanc d'une trentaine d'années à la tignasse noire ébouriffée. Il était maigre, avec des joues creuses et des yeux noirs qui brillaient sous d'épais sourcils. Il était vêtu d'un pantalon de flanelle marron et d'une chemise noire, et tenait un petit carnet dans ses doigts crispés comme des serres d'oiseau de proie. Il se disait poète, et Paul pensait que ce nom d'Egon Briar était un pseudonyme.

En comptant Gally, il y avait cinq filles dans la pièce, trois Blanches et deux Noires. L'une des Blanches avait apporté sa guitare, mais personne n'avait proposé qu'elle en joue. Peut-être plus tard.

La porte s'ouvrit. Deux hommes et une femme entrèrent, portant une contrebasse et un saxophone ténor. Carson leur lança :

— Où est Peynton ?

— Il ne peut pas venir, dit l'un des nouveaux arrivants.

— Ah, bon sang, marmonna Catson. J'avais vraiment envie de ce cornet.

— Oh, on a mieux que Peynton. Tu connais Chang Onsberger ?

— Le gars qui joue du saxhorn ? Il est là ?

— Il est en train de se garer.

— Génial. Vraiment génial.

La porte s'ouvrit de nouveau, et tout un groupe de gens fit irruption dans la pièce, mené par un jeune Blanc imposant, un saxhorn à la main. Il avait avec lui six personnes : deux Blanches, deux Blancs et deux Noirs.

— Salut tout le monde, dit Chang. Alors, qu'est-ce qu'on joue ?

— Pour l'instant, rien, répondit très sérieusement Catson. Je suis content que tu sois là.

— Merci, fit Chang. (Il lança un regard en coin vers Egon Briar.). C'est lui, le canari ? Je n'ai jamais joué dans ce genre de truc.

— Briar avait envie qu'on essaie, expliqua Catson. Il est pas mal connu, ça pourrait marcher.

Chang sortit son saxhorn et joua des gammes. Le piano donna le la pour que la basse s'accorde. Le sax ténor régla son anche.

Paul prit le verre de Gally et se rendit à la cuisine pour refaire le plein de vin rouge. Quand il revint, Gally leva vers lui des yeux brillants, les bras serrés autour des genoux.

— Il faut absolument que j'apprenne à jouer de quelque chose, dit-elle d'un air décidé. J'ai toujours rêvé de prendre des leçons de piano, mais Sid a jamais voulu. Il dit que les musiciens sont tous des cloches.

— Qu'est-ce qu'il dirait s'il était au courant pour nous ? demanda Paul amusé.

Gally haussa les épaules.

— Pas grand-chose.

C'était une affirmation à laquelle ni l'un ni l'autre ne croyait.

— On ne le lui dira pas, dit Paul.

— Parce qu'on allait le dire à quelqu'un ?

Paul fronça les sourcils. L'humour de Gally était parfois mordant.

D'autres invités arrivèrent. Paul perçut une odeur de marijuana, mais sans pouvoir en repérer la source.

Gally remarqua aussi l'odeur. Elle lui donna un coup de coude.

— Il y a quelqu'un qui fume de l'herbe.

— Ça t'arrive de fumer ? demanda Paul.

— Oui, bien sûr. De temps en temps.

Les dernières notes du blues en si bémol s'égrenèrent doucement. Les musiciens se regardèrent avec satisfaction. Egon Briar, qui était accoudé au piano, alla dire quelques mots à l'oreille de Catson, qui acquiesça. Briar se tourna vers les autres musiciens et s'éclaircit la gorge. Ils le regardèrent avec une curiosité un peu méfiante.

— J'ai écrit ces poèmes spécialement pour être récités en musique, dit Briar. Je vais les lire chacun deux fois. La première fois, vous pouvez jouer si vous voulez, mais vous devriez surtout vous concentrer sur l'atmosphère du poème.

— Dans quelle clé ? demanda Chang

Briar haussa les épaules avec une certaine impatience.

— Ça, c'est à vous de voir. Faites comme vous voudrez. (Il ouvrit son carnet.) Ce premier poème est une petite impression à la manière des haïkus japonais. Il n'a pas de titre, il présente simplement une scène, un état d'esprit. Je vous le lis :

Noire volute d'écume, enveloppe à moitié la pierre grise
Large et blanche vient l'aube rampante
Et frappe
Dents étincelantes
Marteau jaune flamboyant
Le monde doit à nouveau tourner.

— C'est tout ? demanda Chang.

Egon Briar hocha la tête.

— C'est juste une sensation, une expérience.

— Très jungien, déclara le sax ténor.

— Précisément, dit Egon Briar.

— Ça ne nous laisse pas beaucoup de place pour une ligne mélodique, dit Chang.

— Mais si, dit Egon Briar. Tu veux bien me prêter ton saxhorn ?

Chang le lui passa. Avec une gravité impressionnante, Egon Briar cala le carnet sur une chaise et examina le texte comme si c'était une partition. Il souffla dans le saxhorn, puis avec une facilité étonnante, il improvisa une mystérieuse mélodie. Le saxophone se joignit à lui, le pianiste commença à jouer des accords, et suivirent aussitôt les bongos, la basse et la flûte

Egon Briar ayant terminé, le saxo entama un nouveau couplet. Egon Briar leva le saxhorn et joua une note soutenue. Le solo passa à Ted, tandis que le saxophoniste et Egon Briar jouaient un accompagnement en sourdine. Chang se mit à claquer des doigts.

Solo de piano. Egon Briar s'apprêtait à jouer quand Chang lança :

— Hé, les gars ! Vous vous amusez bien, et pendant ce temps-là, vous laissez le pauvre vieux Chang avec son pantalon sur les chevilles ! Rends-moi mon saxhorn, espèce de pirate !

La musique s'arrêta, sauf les bongos et la basse qui continuaient de marteler le rythme.

— Voilà, dit Egon Briar, c'est à peu près comme ça que ça marche.

— Je vois, dit Chang. Oui, je crois que je vais y arriver.

On lut le poème, et les musiciens jouèrent, plutôt plus calmement que la fois précédente.

Il y eut des applaudissements.

— À présent, dit Briar, une autre brève impression. (Il s'adressa aux auditeurs, dans une attitude légèrement défensive.) Vous comprenez bien que j'évite délibérément toute critique sociale. C'est un flot d'images, de sensations et de mélodies. Je laisse la polémique aux géologues.

Gally chuchota dans l'oreille de Paul :

— Il laisse quoi à qui ?

Paul expliqua :

— La polémique, c'est la discussion. Les géologues, je ne vois pas... à moins qu'il ne veuille parler des Républicains.

— Ah...

Egon Briar tourna la page de son carnet.

— J'ai intitulé ce poème : « Toile de fond ».

Il lut :

Gémissement dans la forêt
Frisson et bruit sourd
Par la piste lointaine vers le nord et vers l'est
À travers le royaume des Scythes et des Cimmériens
À travers le temps des surprises et des lois
Chaque arbre un dieu immense
Avançant dans la peur, ils hachent et tranchent
Ils chassent
Ils tuent sans répit
Ces frères meurtriers des antiques tribus.

Se tournant vers les musiciens, il recommanda :

— Sur celui-là, pas de flûte, pas de piano, pas de basse. Juste les bongos, le saxhorn et le saxo. Le son doit être rude, rauque, et en même temps lent et coulant. Vous voyez ?

— En mi bémol, dit Chang au sax ténor. Tu commences, je ferai l'harmonie.

Egon Briar relut le poème :

Toile de fond

Gémissement dans la forêt...

Gally écouta attentivement.

— Oh, celui-là, il fait peur. Ça me donne la chair de poule, toutes ces tueries.

Paul vida son verre de vin.

— Tu en reveux ? dit-il.

— Non, ça va pour l'instant.

Egon Briar leva la main avec autorité.

— Le suivant est plus long. Il traite des perspectives de longévité toujours plus grandes, et s'intitule : « Quand Toi et Moi Étions Pourquoi Nous ».

Rouge comme le sang frais
Blanc comme le lait

Noir comme minuit
Vert comme la pelouse du voisin
Vert comme le soleil à travers le feuillage
Vert comme l'eau stagnante.

Jaune comme le tournesol, le sable
Jaune comme le beurre, avec de la graisse de poulet et de
*   la moutarde*
Sur le gâteau jaune, jaunes d'œufs pour les bougies
Jaune comme le plus jaune des jaunes, fromage et serviettes
*   de plage*

Marron comme le scorbut
Marron comme la glèbe
Marron comme vous savez quoi
Marron comme des chaussures neuves, avec du henné et une
*   pincée de tabac*
Marron comme un Rembrandt ivre.
Et puis : la majesté.
Les attributs de toutes choses se reconnaissent à leur gloire.
L'orange orange, le bleu de l'encre et du marbre,
*   les pyjamas violets*
Riches comme des poignées de craie fondue.

À présent ridés, rachitiques et l'œil opaque.
Vision dédaigneuse : tweed et pluie et pain complet
Une chemise propre pour le matin.
Plus de magie, mais nous avons la sagesse,
Et savons tous où nous mourons.

Seconde lecture, musique. Paul murmura :
— Ah, bon sang…
Gally se serra contre lui :
— Qu'est-ce qu'il y a ?
— Rien, dit Paul.
La sueur perlait sur son front. Du coin de l'œil, il regarda les deux

personnes qui venaient d'arriver : Jim Connor l'astronome, et Barbara Tavistock.

Barbara salua Paul d'un signe de tête, avec un léger plissement des lèvres. Connor fit comme s'il n'avait jamais vu Paul auparavant.

Paul songea : Je l'aime. Mais est-ce que je l'aime vraiment ? Il regarda les musiciens, et sentit la cuisse de Gally serrée contre la sienne. Je n'aime pas Gally. Mais je l'aime… comme je pourrais aimer un chaton. Quel salopard condescendant je peux être… Quel salopard tout à fait ordinaire… N'empêche – ça m'est assez égal. La vie est une affaire sérieuse. Chacun pour soi et Dieu pour tous. Bon, un peu de dignité. Souviens-toi de l'Article 2…

Paul se détendit. Le Credo. Rien ne pouvait lui faire de mal, rien ne pouvait l'atteindre. Tout était facile, à condition de garder le Credo à l'esprit.

Bien sûr, il y avait Jim Connor. Jim Connor, imprévisible, protéiforme, unique. Comment la Destinée, même la Destinée, avait-elle pu produire un exemple aussi spécial ? L'individualisme apparent – *apparent*, c'était bien le mot – de Jim Connor semblait parfois encore plus intense que celui de Paul. Il fallait absolument le contrecarrer.

Egon Briar termina la lecture de son poème. Les musiciens continuèrent de jouer, emportés par l'élan de leur musique. Egon Briar adressa un sourire assez niais au public et fit un geste vague avant de retourner s'accouder au piano.

Les musiciens, lassés de la poésie, continuèrent de jouer. Egon Briar alla dans la cuisine où il but plusieurs verres de vin.

Barbara et Jim traversèrent la pièce et s'arrêtèrent devant Paul et Gally. C'était à l'initiative de Barbara. Jim Connor sembla reconnaître vaguement Paul, sans exprimer aucun intérêt. Barbara fit un large sourire.

— Je ne m'attendais pas à te trouver ici, Paul.

— Il y a toujours des chances pour que j'apparaisse n'importe où. Assieds-toi. Miss Bethea – Miss Tavistock, Mr Connor. Gally, Barbara, Jim.

— Hello

— Enchanté.

— Vous avez manqué le récital de poésie, dit Paul. Mais ne partez pas, Egon Briar est dans la cuisine en train de composer une ode.

— Nous en avons entendu un petit peu quand nous sommes arrivés, dit Barbara. Ça t'a plu ?

— Oh, fit Paul en haussant les épaules. Disons que c'était intéressant. Ils n'ont pas prouvé grand-chose.

— Comment l'auraient-ils pu ? intervint Jim Connor avec dédain. Au départ, c'est une idée ridicule.

Paul réfléchit. Il ne se lançait dans une discussion que quand il se savait capable de l'emporter. Toujours, avant de s'engager dans un débat, il effectuait mentalement une reconnaissance du terrain. Dans le cas présent, il distinguait un enchaînement clair et cohérent d'idées. Il décida donc d'y aller. Il obligerait Jim Connor à reculer, à reconnaître sa supériorité, son originalité, sa singularité… Il dit lentement :

— Moyennant une ou deux conditions préalables – des musiciens intelligents, des poèmes intelligibles – les deux activités ne sont pas incommensurables.

Jim répondit avec indifférence :

— Vous êtes un humaniste. L'humanisme, le subjectivisme, le sentimentalisme – appelez ça comme vous voudrez –, c'est comme l'opium. Ça vous fausse le jugement.

Paul dit d'un ton léger :

— Le sujet exige une approche humaniste. Comment discuter intelligemment de ces gens autrement que dans leurs propres termes ?

Connor hocha la tête.

— Votre remarque est juste. Je suis dans l'erreur. J'ai sans aucun doute des préjugés. (Il jeta un coup d'œil autour de lui d'un air dégoûté.) Quel bazar. Manque total d'organisation.

Gally se tortilla sur ses coussins.

— Moi, ça me plaît bien, ici ! C'est gai, c'est lumineux. Vous le sentez pas ? Allez, vous êtes quand même pas si vieux jeu que ça. Profitez un peu de la vie ! Buvez du vin ! Détendez-vous !

Connor éclata de rire.

— Ah, l'enthousiasme de la jeunesse…

— Oui, je suis jeune, reconnut Gally, mais je suis dans le coup. J'aime bien les choses différentes. J'aime bien ces musiciens, ils swinguent.

— Tout ça, c'est très bien, dit Connor, mais il ne faut pas confondre nouveauté et originalité, activité fébrile et gaieté.

— Wouah, qu'est-ce que vous êtes ringard, dit Gally en se penchant vers Jim pour le dévisager. Où est-ce que vous habitez ?

— 1320 La Honda Road.

— Et votre piaule, comment elle est ? Vous avez des tableaux sur les murs ? Des livres ? Des petits machins qu'on accroche ?

— Vous me demandez derrière quel genre de façade je me cache ? Gally, voici la vérité : je suis un caméléon. Je prends la couleur de mon environnement. Je n'aime pas qu'on me remarque.

— Mais vous n'avez pas répondu à ma question.

Connor fit un geste signifiant que cela n'avait guère d'importance.

— Bon, d'accord, j'ai quelques livres. Ils sont rangés dans une bibliothèque, qui est peinte en blanc. Ce sont des ouvrages de mathématiques, d'astronomie, de cybernétique. Il y a à peu près deux cents tableaux sur les murs. Les murs sont peints en blanc. Les tableaux sont constitués de traits noirs sur un fond blanc. Ils ont des titres du genre $xy^3 + \sqrt{xy} = 3$.

— Ah bon ? fit Barbara. Ça a l'air intéressant. Qu'est-ce que c'est que ces tableaux ?

— Ce sont des représentations graphiques d'équations. Je les collectionne. $x^2 + y^2 = 9$. Ça, c'est un cercle de rayon 3. Vous le savez sans doute. Les autres courbes sont plus complexes. Certaines sont surprenantes. Elles sont toutes magnifiques. (Il jeta un coup d'œil vers Paul.) Pas la moindre trace de subjectivisme.

— Vous avez décidé de vous retirer de l'espèce humaine ? demanda Paul.

Il songea aussitôt avec inquiétude : Pourquoi je lui dis ça ? C'est lui qui devrait me le dire !

— Non, je suis résigné à l'espèce humaine. Je ne peux pas m'empêcher d'être humain.

— Ah, ben dites donc ! s'exclama Gally. Ringard à ce point, c'est incroyable ! Hein, Paul ?

— Oui, dit Paul. Très ringard.

Connor eut un petit rire que Paul trouva d'une suffisance détestable.

— Je suis habitué à ce qu'on me trouve bizarre.

Barbara lui dit avec indulgence :

— Ne sois pas si fier de toi. Pas quand tu es au milieu de simples mortels.

Paul ricana.

La musique s'arrêta, et les musiciens allèrent se rafraîchir. Ted traversa la pièce, sa flûte sous le bras. Il salua Paul et s'assit à côté de Gally.

— La musique t'a plu ?

Gally fit la grimace.

— Oui, géniale, mais… ça manque de swing, conclut-elle doucement.

— Ah bon ? Moi, je croyais qu'on swinguait. (Il lui ébouriffa les cheveux.) Qu'est-ce que tu veux, ma petite poulette ? Du rock'n'roll ?

— J'aime tout ce que tu pourras me donner, Papa.

— Hé là ! Tu vas m'attirer des ennuis. De gros ennuis.

Jim Connor se pencha vers lui.

— Est-ce que je peux jeter un coup d'œil à votre flûte ?

— Oui, bien sûr.

Ted la lui tendit et Jim Connor l'examina attentivement, en la soupesant. Il finit par dire d'une voix étonnée :

— Je viens juste d'apprendre quelque chose. Rien ne sort de la main des hommes qui soit aussi beau que les instruments de musique ! Regardez ce merveilleux petit objet. Regardez cette guitare, et ce saxhorn.

Ted reprit possession de sa flûte, avec un petit sourire satisfait.

— Je les aime tous. La musique tient une place importante dans la vie.

Paul se renversa en arrière, la nuque contre le dossier et les yeux fixés au plafond. Ted et Jim bavardaient, avec Gally qui mettait de temps en temps son grain de sel. Elle ne cessait de s'agiter nerveusement, pliant ses mains dans tous les sens, serrant les genoux et écartant les pieds, penchant la tête de côté, soulevant une épaule puis l'autre. Barbara restait tranquillement assise. Elle écoutait et observait.

Paul se sentait stupide, amorphe. Ce Jim Connor était un charlatan, un poseur. Mais comme les gens pouvait s'y laisser prendre ! Il ne ressemblait vraiment pas à grand-chose, avec ce visage maigre et immature, ces cheveux hirsutes. Il n'avait aucun goût pour s'habiller : ce soir, il portait une veste de sport muscade qui pendouillait, un pantalon en twill gris, des tennis noires éraflées. Avec sa poitrine creuse et ses bras maigrichons, on aurait dit un moineau trempé par la pluie.

Aucun doute qu'il éveillait l'instinct maternel chez les femmes… Paul fronça les sourcils. Il était étonné de ne pas s'être posé la question plus tôt. Comment se faisait-il que ce type sortait avec Barbara ? Elle n'avait jamais mentionné qu'il lui plaisait… ni même qu'elle le connaissait.

En tournant la tête, Paul vit qu'elle l'observait d'un air pensif. Il hésita entre un sourire penaud et un froncement de sourcils indigné. Il finit par esquisser une sorte de grimace idiote. Furieux, il reposa la nuque contre le dossier. Cette façon qu'avait Barbara de se comporter comme si de rien n'était… C'en était presque insultant. Il respira profondément. Détends-toi, mon garçon. Sers-toi de la bonne vieille psychologie. Montre-lui le Paul Gunther imperturbable et maître de lui. Il se pencha de nouveau vers elle, un sourire dégagé aux lèvres.

En croisant son regard, Barbara secoua légèrement la tête.

— Quelquefois, Paul, il vaut mieux laisser les choses se régler d'elles-mêmes.

— Que veux-tu dire ?

— N'essaie pas d'expliquer les choses. C'est trop de travail, et de toute façon, les mots ne signifient rien.

Paul garda le sourire, mais les muscles de son visage étaient tendus et douloureux. Doucement, mon garçon, se dit-il. Du calme. Réfléchis. Il trouverait bien un moyen de rattraper la situation… En avait-il envie ? Oui. Non. Oui. Il se leva et dit de son air le plus dégagé :

— Les actes parlent plus fort que les explications… Bon, si tu veux bien m'excuser…

Assez content de lui, il prit le verre vide de Gally et se rendit dans la cuisine.

À califourchon sur une chaise, les coudes posés sur le dossier et l'air morose, Egon Briar bavardait avec Cat Catson. Une jolie blonde se tenait debout, adossée à la table. Une créature ensorcelante, songea Paul, calme et heureuse comme un jour d'été. Elle se tourna vers Paul pendant qu'il remplissait les verres. Elle avait un visage limpide et confiant : des fossettes se creusèrent sur ses joues quand elle remarqua l'intérêt qu'il lui portait. Et puis elle détourna les yeux. Paul poussa un soupir mélancolique et contempla tristement sa longue chevelure ensoleillée. Cette fille avait une âme. Barbara était… Barbara. Songeuse, pensive, intense. Tantôt mélancolique, tantôt agitée d'une excitation incompréhensible. De la vitalité, oui… de la passion, non. Elle ne s'était jamais donnée à Paul avec l'ardeur poétique qu'il désirait et dont il avait besoin. Il soupira. Maintenant, il voulait rester ici, parler à cette blonde. Mais il se tourna vivement et revint dans le salon.

Gally était assise sur le canapé avec Ted. Aucun signe de Barbara et Jim Connor.

Barbara était partie.

Paul sentit sa gorge se glacer. Il rejoignit Gally et lui tendit un verre de vin. Elle fit semblant de frissonner.

— Si je bois encore une goutte de ce machin, je vais devenir toute rouge !

* * *

— Après ça, je ne sais pas, dit Ted à George Shaw. (Il secoua tristement la tête.) Le pauvre Paul avait vraiment l'air abattu. Il faut dire que Barbara est une fille très chouette. Vous la connaissez ?

— Oui, je lui ai parlé, répondit Shaw.

Il lui avait parlé, elle lui avait parlé, mais elle n'avait mentionné ni Gally ni la soirée chez Catson. Il y avait peut-être encore d'autres choses qu'elle avait gardées pour elle.

— En un sens, c'était drôle, reprit Ted. Quand Barbara est entrée avec ce Connor, j'ai jeté un coup d'œil à Paul. Je me suis dit, voilà un gars qui vient de se faire prendre avec les doigts dans le pot de confiture… J'avais raison. Barbara le lui a clairement fait sentir, mais très calmement. Elle a fait comme si de rien n'était, mais elle était furieuse. J'ai vu la façon dont elle a regardé la gamine qui accompagnait Paul. Elle se demandait : « Qu'est-ce que cette fille a de plus que moi ? »

— Vous connaissez le nom de cette petite ?

— Gally, c'est comme ça qu'ils l'appelaient. Je ne connais pas son nom de famille, mais je l'ai vue dans le quartier.

Shaw hocha la tête.

— Merci pour votre aide. Si vous pensez à quoi que ce soit d'autre, appelez-moi, voulez-vous ? Lieutenant George Shaw.

— Je n'y manquerai pas, lieutenant.

Ainsworth devait maintenant être rentré de l'école. Shaw retourna au domicile de Mrs Bethea. Il allait devoir aussi parler à Gally, parce que si Barbara Tavistock lui avait caché des informations, il en était peut-être de même pour Gally.

Shaw poussa la grille en fer et entra dans la cour des Bethea. Il grimpa les marches, traversa la terrasse et sonna. La porte s'ouvrit et le visage inquiet de Vinnie apparut.

— C'est encore moi, Mrs Bethea. Est-ce que Ainsworth est rentré ?

— Oui, ça fait quelques minutes.

— Vous ne lui avez pas dit que je voulais lui parler ?

— Non, non, je lui ai rien dit. (D'un air résigné, Vinnie s'écarta.) Vous voulez entrer, j'imagine. Je vais l'appeler.

— J'aimerais le voir seul, s'il vous plaît. Et avant de partir, je veux parler à Gally.

— Elle est pas là. Elle est partie.

— Où est-elle allée ?

Vinnie répondit d'une voix lasse :

— Ça, je peux pas vous dire. J'ai baissé les bras, avec elle. Gally est assez grande maintenant pour se débrouiller toute seule. Si elle s'attire des ennuis, ce sera sa faute, pas la mienne.

— Je vais parler à Ainsworth, dit Shaw.

Chapitre VIII

Ainsworth

Ainsworth Bethea était un gamin d'une douzaine d'années, dégingandé et aux manières furtives. Ses cheveux étaient coupés si ras qu'on voyait briller par endroits la peau marron de son crâne. Il avait un long visage mince, avec de grands yeux assez écartés – il donnait l'impression de pouvoir regarder derrière lui comme un lapin. Il portait un pantalon de velours gris assez propre, un tee-shirt blanc dans lequel il flottait, une ceinture décorée de verroterie rouge. Il se glissa dans le salon, les mains dans les poches, en regardant partout sauf vers Shaw.

Vinnie apparut sur le seuil, l'air hésitante. Shaw lui dit avec un sourire poli :

— Ce serait plus facile, Mrs Bethea, si Ainsworth et moi avions un petit entretien d'homme à homme, en privé.

Vinnie grommela sa désapprobation et repartit dans le couloir vers la cuisine.

Shaw dit d'un ton amical :

— Eh bien, Ainsworth, je suis sûr que tu veux m'aider à attraper un des gangsters du quartier.

Ainsworth se passa la langue sur les lèvres, regarda à droite et à gauche…

— Pourquoi ne pas t'asseoir ? proposa Shaw. Où vas-tu en classe ?

— Un peu plus bas dans la rue.

— Dans quelle classe es-tu ?

— En cinquième.

— Ça te plaît, l'école ?

Ainsworth haussa les épaules avec indifférence.

— Ouais, ça peut aller.

— Tu te souviens de Paul Gunther, l'assistant social ?

Ainsworth se gratta le nez et lança à Shaw un regard méfiant.

— Il a été tué, mais tu le sais sans doute déjà.

Ainsworth hocha la tête et dit avec une certaine délectation :

— Ouais, un coup de surin.

— Eh bien, je vais te dire un grand secret : il cherchait Mr Big. Nous pensons que c'est lui qui l'a tué.

Le visage du gamin afficha une rapide succession d'expressions : cynisme, scepticisme, indifférence.

— Peut-être bien, dit-il.

— J'imagine que tu as déjà entendu parler de Mr Big ?

— Ouais, je crois.

— Est-ce que tu sais qui il est ? Est-ce que tu l'as déjà vu ?

Le visage du garçon resta impénétrable.

— Non, monsieur.

— Mais après que ton père a reçu une lettre de Mr Big, tu l'as accompagné quelque part. Qu'est-ce vous avez fait ?

Ainsworth balança les jambes d'un air embarrassé.

— Oh, on s'est juste un peu baladés.

Shaw dit patiemment :

— Allez, Ainsworth, dis-moi tout. La vérité.

Ainsworth contempla le bout de ses chaussures.

Shaw décida de lui donner un petit coup de pouce.

— Ton père et toi, vous êtes partis d'ici le matin. Où êtes-vous allés ?

— Au bureau de poste.

— Celui du quartier ?

— Non.

— La poste centrale ?

— Ouais.

— Qu'est-ce que vous y avez fait ?

— On est juste entrés. Pour jeter un coup d'œil.

— Pour jeter un coup d'œil à quoi ?

— Je me souviens plus très bien. C'était il y a longtemps.

— Pas si longtemps que ça. C'était en avril.

— Non, c'était en mars.

Shaw hocha la tête avec approbation.

— Je savais que tu avais une bonne mémoire. Donc, vous êtes allés à la poste. Qu'est-ce que vous avez fait ensuite ?

Ainsworth répondit. Shaw posa une autre question, et bribe par bribe, il lui soutira son histoire. Au bout d'un moment, Ainsworth se prit au jeu de l'interview, répondant d'une façon qui fournissait le minimum d'informations sans s'écarter de la vérité.

Shaw avait de plus en plus de mal à rester patient. Ainsworth le remarqua avec une satisfaction amusée. Shaw dut faire un tel effort pour garder son calme qu'il avait la voix tremblante quand il put enfin considérer qu'il en avait fini avec lui. Et dans la pénombre du couloir, postée derrière la porte, Vinnie écoutait avec une curiosité aussi avide que celle de Shaw.

* * *

Sid ordonna à Ainsworth de le suivre en lançant un regard furieux vers la cuisine, d'où Vinnie l'appelait d'une voix stridente de colère.

Sans daigner répondre, Sid se rendit rapidement à sa voiture, une vieille Buick noire aux grosses ailes bombées. Il ouvrit la portière et fit signe à Ainsworth :

— Allez, grimpe. On va faire un petit tour.

Le gamin obéit sans enthousiasme, tandis que Sid s'installait au volant.

— Où on va, P'pa ?

— On va où je nous emmène.

Sid actionna le démarreur. Le moteur rugit et un nuage de fumée noire les enveloppa. Sid embraya et la Buick commença à rouler. À l'angle de Ninth Street et de Van Buren Avenue, Sid prit à gauche en direction du centre-ville. Il conduisait sans desserrer les dents, sauf pour laisser échapper une exclamation de rage quand des piétons ou une autre voiture prétendaient l'empêcher de passer. Alors qu'ils traversaient Broadway, Sid dit d'une voix rude :

— Écoute-moi bien, maintenant. Je veux pas que tu parles de ce qu'on va faire aujourd'hui. Ça regarde personne. C'est compris ?

— OK, P'pa.

Sid prit un cigare dans sa poche, déchira la cellophane avec ses dents, mordit le bout et le recracha par la portière. Il enfonça l'allume-cigare.

— Ce que je veux dire, c'est qu'il faut pas que ces fichues pipelettes sachent ce que je fais. Alors, tu la boucles, tu m'entends ?

— Je dirai rien à personne, P'pa, répondit stoïquement Ainsworth.

— C'est ça. C'est exactement ça.

L'allume-cigare ressortit avec un petit *plop* ! Sid en appliqua le bout incandescent à son cigare et des nuages de fumée s'échappèrent des deux coins de sa bouche.

— Tu fais comme je te dis, et tu poses pas de questions. Si tout va comme je veux, je te donnerai peut-être un dollar ou deux.

— Qu'est-ce qu'on va faire, P'pa ?

— Qu'est-ce que je viens de te dire ? Tu poses pas de questions. Quand je dis quelque chose, c'est pour de bon. C'est moi le chef ici, pas toi.

Ainsworth baissa tristement les yeux.

— Si tu veux être quelqu'un plus tard, tu dois apprendre à obéir aux ordres. Aujourd'hui, c'est ça qui est important. Le gars sur qui on peut compter, c'est lui qui rafle la mise. Et n'écoute pas toutes ces idiotes de bonnes femmes. Tu dois bien les visser. C'est ça qu'elles aiment. Et là, elles te respectent. Si tu commences à ramper et à pleurnicher, ça te mènera nulle part. Tu intéresseras personne. (Sid retira le cigare de sa bouche, l'examina d'un air dédaigneux et le remit entre ses lèvres.) Personne !

— Oui, P'pa, t'as certainement raison, dit Ainsworth.

— Bien sûr que j'ai raison.

Ils approchaient de la poste centrale. Sid gara la Buick le long du trottoir.

— Allez, viens, maintenant.

— Où on va, P'pa ?

— Où tu crois qu'on va ? T'as donc rien dans le crâne ?

Ainsworth cligna pensivement des yeux. Sid sortit de la voiture.

— Allez, grouille-toi !

Il se dirigea à grand pas vers la poste. Ainsworth l'appela :

— Hé, P'pa ! T'as rien mis dans le parcmètre !

Sid eut un ricanement méprisant.

— Il est pas encore né, le flic qui me collera une contredanse.

Mais il s'arrêta et revint sur ses pas.

— Je vais lui régler son compte, à ce machin. J'aime pas ces foutus engins. (Il sortit de la monnaie de sa poche et prit quelques pièces.) Regarde bien, je vais te montrer comment on fait.

Il inséra une pièce, puis sans tourner la manette, il en força une seconde dans la fente. Et là, il tourna la manette d'un coup sec. L'aiguille oscilla brusquement et se bloqua. Sid posa une lourde main bienveillante sur le parcmètre.

— Et voilà, dit-il. Je lui ai réglé son compte… pour de bon !

Ainsworth regarda le parcmètre d'un air médusé.

— C'est comme ça que tu fais, hein, P'pa ?

— C'est comme ça que je fais, mon garçon.

Il repartit à grands pas dans la rue, Ainsworth courant sur ses talons comme un caniche bien dressé.

Ils arrivèrent devant la poste, grimpèrent les marches de pierre et franchirent les lourdes portes. Ainsworth ne cessait de jeter des coups d'œil à droite et à gauche, et on voyait briller le blanc de ses yeux. Il régnait dans cette vaste salle une atmosphère de puissance et d'autorité. Sid fit un large geste de la main comme s'il faisait visiter les lieux.

— Ici, c'est le bureau de poste, dit-il à Ainsworth. Tu veux des timbres, tu vas voir le gars des timbres. Tu veux envoyer de l'argent, tu vas voir le gars qui envoie de l'argent. Si t'as un truc à faire qui regarde la poste, tu viens ici et tu le fais. C'est des choses qu'il faut savoir.

— Pas de doute, c'est drôlement grand, dit Ainsworth.

— Bon, suis-moi, maintenant.

Sid se dirigea vers la partie réservée aux boîtes postales. Il commença par inspecter soigneusement les lieux, puis il s'approcha de la façade en bronze et en verre pour examiner les numéros en marmonnant :

— 4912… 4912… Ah, voilà, on y est.

Ainsworth regarda à travers la paroi de verre. Un certain nombre de lettres reposaient dans la Boîte 4912.

— Tout ça pour Mr Big, dit Sid d'une voix rauque. Tu vois ces lettres ? Il y a de l'argent dedans. C'est l'argent que les tricheuses lui envoient. Tu sais quoi, Ainsworth ? On va lui mettre la main dessus, à ce Mr Big.

Ainsworth demanda avec inquiétude :

— Comment on va faire ça, P'pa ?

— Regarde cette boîte. Tu la vois ?

— Ouais, je la vois.

— Regarde-la bien. Vraiment bien, parce que si tu te trompes, ça pourrait chauffer pour ton matricule.

Ainsworth examina la boîte attentivement.

— Ça y est ? dit Sid.

— Ouais, c'est bon.

— Très bien. Viens par ici.

Sid emmena Ainsworth à un pupitre contre le mur.

— Tu te mets là. Comme ça. Fais ce que tu veux, dessine, fais tes devoirs, ça m'est égal, mais tu dois pas arrêter de surveiller. Un type va venir bientôt, et ce type, ce sera Mr Big. On veut lui parler, à ce type. T'as compris ?

Ainsworth hocha la tête d'un air résigné.

— Combien de temps je dois attendre ici ?

— Jusqu'à ce que Mr Big vienne prendre son courrier.

— Il faut que j'aille en classe.

— T'occupe pas de ça. Fais ce que je te dis. L'école, je m'en occupe.

Ainsworth regarda désespérément autour de lui.

— Qu'est-ce que je fais quand Mr Big sera là ?

— Tu le suis. Moi, je serai dehors, sur les marches. Il n'y a pas que toi qui vas devoir attendre. Moi aussi ! Tous les jours, de huit heures du matin jusqu'à la fermeture.

— Ils vont me flanquer dehors, P'pa.

— Personne va t'embêter, déclara Sid. Sauf moi, si le type vient chercher les lettres et que tu le rates. Là, je vais t'embêter pour de bon, tu peux me croire. C'est bien compris ?

Ainsworth acquiesça d'une voix faible.

— Quand le type viendra, tu dois pas sursauter. Commence pas à brailler ou à faire des grands gestes. Quand il s'en ira, suis-le tranquillement, sans te presser. Je serai sur les marches, et là, tu me feras signe. Bien compris ?

— Ouais.

— OK. Tu bouges pas de là. Tu vois la boîte ?

— Ouais. La deuxième en partant du bas.

— Tu la quittes pas des yeux, Ainsworth, tu m'entends ?

— Ouais, P'pa.

— Maintenant, je sors sur les marches. Oublie pas ce que je t'ai dit.

Sid s'éloigna, et Ainsworth entama sa surveillance.

Il surveilla toute la journée. Mr Big ne vint pas chercher son courrier. Quand le bureau de poste ferma ses portes, Sid l'emmena dans une baraque à frites et lui acheta deux hamburgers et un milk-shake.

Le lendemain matin, à 8 h 30, Sid et Ainsworth furent parmi les premiers à entrer dans le bâtiment. Sid s'assura que les lettres étaient toujours dans la boîte, puis il alla reprendre sa faction sur les marches.

Ainsworth s'agitait nerveusement devant son pupitre. Ses jambes commençaient à lui faire mal. Il se dandinait d'un pied sur l'autre. Il eut une soudaine envie de faire pipi. Profitant d'un moment où il n'y avait personne dans la section des boîtes postales, il courut jusqu'à la porte et fit un signe à Sid, qui s'approcha.

— Qu'est-ce qu'il y a ? Le type est là ?

— J'ai besoin d'aller aux toilettes.

— OK, fit Sid magnanime. Vas-y, je vais guetter à ta place. Mais fais vite.

La journée s'écoula. Des gens arrivaient, introduisaient leur clé, tournaient la poignée, prenaient leur courrier. Personne ne s'approcha de la Boîte 4912.

Une autre journée passa. De nouvelles lettres furent glissées dans la boîte. Sid dit d'une voix sombre :

— Il a intérêt à pas tarder. Les lettres vont bientôt plus pouvoir entrer.

Ainsworth ronchonna :

— Il viendra pas. Il sait qu'on est là.

— Bah, fit Sid. Tu crois que je sais pas ce que je fais ? Tu me connais mal, fiston. Ce Mr Big, c'est un vicelard, mais moi, je le suis encore plus. On me la fait pas, à moi. Je rends coup pour coup.

Ainsworth reprit son poste. Il commençait à bien connaître la routine. D'abord, la ruée matinale, suivie d'heures creuses jusqu'à midi, quand un nouveau lot de clients débarquait. Puis un flot lent et régulier jusque vers 16 heures, et une dernière pointe d'affluence jusqu'à un quart d'heure avant la fermeture. Il avait exploité jusqu'à la corde toutes les possibilités de se distraire devant son pupitre. À présent, il se tenait les épaules voûtées, plongé dans un profond ennui, le regard vague, conscient des allées et venues plus par intuition que par observation. Il faillit manquer l'homme qui vint enfin vider la Boîte 4912.

Il était 16 h 30, l'heure de pointe. Des gens arrivaient sans cesse devant la façade de verre et de bronze, introduisaient leurs clés et ouvraient leurs casiers. Ramassage de lettres, porte refermée en claquant et départ.

Un vieux Noir apparut en boitillant. Ainsworth, apathique et somnolent, ne lui prêta aucune attention. Ce n'était pas Mr Big. Mr Big était teigneux et costaud comme P'pa. Ou peut-être comme un de ces jeunes gars qu'Ainsworth voyait se pavaner le long de Seventh Street.

Il jeta un coup d'œil indifférent au vieil homme, puis il regarda le bout de ses chaussures. Il aurait bien aimé être à la maison, dans son lit. Qu'est-ce qu'il pouvait se barber... Une sorte d'instinct lui fit relever brusquement les yeux. Le vieux bonhomme était en train de refermer la Boîte 4912, et il tenait les lettres dans sa main. Le cœur d'Ainsworth se mit à battre plus fort. Mr Big ! Ce vieux croûton ? Bizarre, sacrément bizarre ! Mais c'était bien lui !

Le vieux s'approchait d'Ainsworth. Est-ce qu'il savait ? Est-ce qu'il se doutait de quelque chose ?

Ainsworth se plaqua contre le mur.

D'une voix lasse, le vieil homme dit :

— Excuse-moi, gamin. J'ai besoin du pupitre deux minutes.

— Ouais, fit Ainsworth en s'écartant.

Le vieux feuilleta le tas de lettres et sélectionna une enveloppe beige qu'il ouvrit. Il en sortit une enveloppe en papier kraft pliée, et un billet de dix dollars. Il empocha le billet et déplia l'enveloppe. Ainsworth put juste distinguer une adresse imprimée et des timbres.

Le vieux mit les lettres dans la grande enveloppe, puis il la colla et alla la glisser dans une boîte d'expédition. Ainsworth vit disparaître le tout avec un pincement de cœur.

Le vieil homme se dirigea alors vers la sortie, et Ainsworth le suivit en sautillant d'excitation.

Et derrière Ainsworth, l'air dégagé mais le regard plein de méfiance, vint Mr Big en personne. Il tenait à la main une enveloppe en papier bulle qu'il avait sortie d'une autre boîte.

Le vieil homme descendit lentement les marches. Ainsworth courut vers son père.

— C'est lui, P'pa, juste là !

— Lequel c'est ? Le vieux ?

Du haut des marches, Mr Big examinait la situation.

— Ouais ! s'exclama Ainsworth. Il a ouvert une lettre, il en a sorti dix dollars et une autre enveloppe. Et puis il a mis toutes les lettres dans l'enveloppe et il l'a postée !

— Hum… marmonna Sid. Il ressemble pas du tout à Mr Big.

C'était vrai. Mr Big, qui observait discrètement la scène, ne ressemblait pas du tout au vieux Noir.

Sid emboîta le pas au vieil homme, et Ainsworth le suivit en trottinant.

Mr Big fermait la marche d'un air dégagé.

Sid rattrapa le vieux et lui tapota l'épaule.

— Hé, papy, je voudrais te parler deux secondes.

Le vieil homme se retourna et dévisagea Sid avec une grande dignité.

— Qu'est-ce que vous voulez ?

— Comme j'ai dit, juste bavarder un peu.

— Eh ben moi, j'ai pas envie de bavarder. Alors, laissez-moi tranquille.

— Écoute, papy, gronda Sid, tu ferais mieux de faire marcher ta cervelle. C'est juste pour causer un peu. Je vais pas te faire de mal.

— Ça, c'est vrai, dit le vieux. Vous allez pas me faire de mal, parce que je vais appeler la police !

— Eh ben vas-y ! dit Sid d'un ton méprisant. Tu sais qui va avoir des ennuis ? Toi. Je t'ai vu faire des trucs sacrément louches. T'as déjà entendu parler de fraude postale ? C'est exactement ce que tu fais en ce moment.

— Je fraude personne ! rugit le vieil homme.

— Peut-être, peut-être… Appelle un agent, on verra bien. Tiens, je vais l'appeler moi-même.

— Allez-y, j'ai rien à cacher.

Sid fit signe à Ainsworth :

— Va chercher un agent et ramène-le ici en vitesse. Moi, je reste pour garder l'œil sur ce vieil escroc.

Le vieil homme regarda de tous les côtés d'un air hésitant.

— Qu'est-ce que vous me voulez ? demanda-t-il d'une voix chevrotante.

— Je veux savoir ce que tu traficotes.

— Ça vous regarde pas !

Sid dit d'un air de profond regret :

— Tu sais, je veux pas être méchant, mais tu fais vraiment pas le poids.

— Alors, P'pa, demanda Ainsworth, tu veux que j'appelle le flic ?

— Attends, déclara Sid avec magnanimité. J'explique les choses à ce vieux.

Le vieil homme, dont la détermination semblait fléchir, dit :

— J'ai pas besoin de vos explications.

Sid avança sa grosse tête d'un air menaçant :

— Tu sais ce qui va se passer si tu m'écoutes pas ? Primo, t'auras plus des billets de dix dollars qui te tombent tout chaud tout rôti dans la poche. Ça, c'est le moins pénible de ce qui va se passer. Deuxio, je vais appeler six flics. Ils vont te boucler, et ils vont attacher la clé à une de ces fusées qui vont dans la Lune. Ça, c'est pas trop pénible non plus. Le troisième truc, espèce de vieux salopard, c'est que je vais te flanquer une telle raclée que tu vas devenir tout blanc. T'as compris, maintenant ?

Le vieil homme bredouilla :

— Oui, j'ai compris, mais ça change rien. Vous vous trompez, j'ai rien fait.

Sid prit un air menaçant.

— Pense bien à ces trois trucs : plus de fric facile, la taule… et moi.

— Qui vous êtes, d'abord ?

— Je suis un des gars que tu gruges avec ta combine. Mais moi, je me laisse pas faire. Je me bats.

Le vieil homme abandonna toute résistance.

— Je sais pas si je fais quelque chose de mal, mais on m'a dit de le dire à personne.

— Et tu crois que tu fais rien de mal ? ricana Sid. T'as beau être vieux, t'es pas complètement débile.

— Non, je suis pas débile, dit le vieux d'un ton rageur. J'ai jamais fait de tort à personne de toute ma vie, et c'est pas maintenant que je vais commencer.

— Allez, vas-y, raconte.

— J'ai pas grand-chose à raconter, grommela le vieux. Il y a quelques mois, je reçois un coup de fil. Le gars me dit ce que je dois faire. Il m'envoie une clé, je la prends et j'ouvre la boîte. Dans l'enveloppe beige, je trouve le billet de dix dollars avec une autre enveloppe. Je mets toutes les lettres dedans et je la poste. Je montre l'enveloppe à personne. Je parle à personne, jamais. Sinon, je perds les dix dollars. Je vis de l'assistance, j'ai besoin de cet argent. Je fais de mal à personne.

— Ça, ça reste à voir. À qui tu envoies les lettres ?

— Je sais pas.

— Bon, écoute, papy…

— Je vous dis que je sais pas !

— Tu regardes jamais l'adresse ? Tu t'es jamais demandé à qui tu les envoyais, ces lettres ?

— Ça me servirait à rien de la regarder. D'abord, je vois pas bien clair. Tout ce que je tiens dans les mains, c'est brouillé. Et puis, même si je voyais clair, je pourrais rien vous dire. Je lis pas trop bien.

— Ah, marmonna Sid. Tu sais pas lire…

— Je suis jamais allé à l'école. J'avais bien trop à faire pour gagner ma croûte.

Sid se redressa.

— Je vais te dire ce que je vais faire, papy. Je vais te laisser partir. Mais avant, juste un dernier truc : comment tu fais pour prévenir ce gars si quelque chose va de travers ?

Le vieux prit un air hésitant.

— J'ai mes façons…

— Quelles façons ?

— Heu… vous avez peut-être raison. Ça a l'air un peu louche. J'espère que je me suis pas fourré dans un sale coup.

— Alors, comment tu fais ?

— Ben, je dois laisser la lumière allumée dans la véranda toute la nuit si quelqu'un m'embête.

— Tu vas la laisser éteinte, tu m'entends ? T'avise pas de faire des signes.

— J'aime pas trop faire ça... J'ai dit...

— Je me fiche de ce que tu as dit. Quand est-ce que tu reviens ici ?

— La semaine prochaine.

— Ha. Je viendrai aussi, et on regardera ces enveloppes ensemble.

— Ça me plaît pas trop de faire ça, répéta le vieux d'une voix faible.

— Personne te demande ce qui te plaît. Moi, je te dis ce que tu dois faire.

Le vieil homme s'en alla en marmonnant, le dos courbé de honte. Sid retourna à sa voiture d'un air triomphant, avec Ainsworth qui trottinait derrière. Sid prit le temps d'allumer un cigare avant de démarrer. Il souffla un nuage de fumée bleuâtre vers le pare-soleil et donna une grande tape dans le dos d'Ainsworth.

— Je vais te donner un peu d'argent.

Il sortit de sa poche un vieux portefeuille archi-bourré, qu'il ouvrit avec une lenteur délibérée. Il y prit un billet.

— Tiens, voilà. Deux dollars porte-bonheur. Prends-les, c'est à toi. Mais ne va pas dire à Vinnie que je te donne de l'argent, tu m'entends ?

— Ouais, P'pa.

Sid appuya sur le démarreur. La Buick rugit et s'éloigna en laissant derrière elle un majestueux nuage de fumée.

* * *

Shaw demanda :

— La semaine suivante, qu'est-ce qui s'est passé ?

— Y a pas eu de semaine suivante, marmonna Ainsworth.

— Comment ça ?

— On y est pas allés.

— Ah bon ? Pourquoi donc ? Je croyais que ton père crevait d'envie de voir ces lettres ?

— Ouais, fit Ainsworth. Tellement qu'il a failli crever tout court.

— Comment ça ?

— Y a une voiture qui lui est rentrée dedans. Il vient tout juste de sortir de l'hôpital.

CHAPITRE IX
Clyde Morrissey, George Shaw

L'inspecteur de police Clyde Morrissey était un homme d'une cinquantaine d'années, extrêmement soigné et méticuleux. Il avait une longue mâchoire fragile et des cheveux grisonnants. Son regard était direct et inquisiteur. Certains lui trouvaient un air hautain, malgré des manières douces et calmes. Un subordonné qu'il avait fait rétrograder l'avait qualifié un jour de « crâne d'œuf à deux ronds », alors qu'il n'avait pourtant que peu de prétentions intellectuelles. Il se contentait de lire les magazines d'actualité. Morrissey ne souriait jamais, mais il ne s'énervait jamais non plus. Son bureau était discrètement moderne, avec un mobilier en métal gris à la place du traditionnel chêne criblé de brûlures de cigarettes. Les murs étaient peints en gris bleuté. Un tapis en jute recouvrait le linoléum marron.

Le lundi 13 juin au matin, Shaw vint faire son rapport. Il s'installa sur une des chaises et bourra tranquillement sa pipe, qu'il alluma.

Morrissey se cala dans son fauteuil et demanda de sa voix parfaitement neutre :

— Comment ça avance ?

— À dire vrai, je ne sais pas.

Morrissey ne fit aucun commentaire.

— J'ai rassemblé une masse considérable d'informations, mais je ne sais pas très bien lesquelles touchent au rôle de Mr Big dans la mort de Paul Gunther… (Il tira une bouffée de sa pipe.) J'ai établi la méthode utilisée par Mr Big pour récolter son butin. L'argent est envoyé à destination d'une boîte postale, puis ramassé – sans doute une fois par semaine – et réexpédié par la poste. L'homme chargé de ce travail est un illettré. Il ne connaît pas la seconde adresse. Soit dit en passant, cette information vient d'un certain Sid Bethea. Bethea a fait le guet près de cette boîte postale, et il a vu l'opération de ramassage. Peu de temps après, il a été blessé – grièvement. Renversé par un chauffard qui a pris la fuite.

— Tout à fait suggestif.

Shaw acquiesça.

— Apparemment, Mr Big vient surveiller l'opération, pour s'assurer que personne n'interfère ou n'entre en contact avec son agent. C'est sa soupape de sécurité.

— Très astucieux, dit Morrissey. Mais nous pourrions déjouer sa manœuvre, en plaçant un homme derrière le comptoir pour qu'il note l'adresse sur l'enveloppe de réexpédition.

— J'en doute, dit Shaw. Il doit avoir une autre mesure de sécurité quelque part. Et maintenant que Gunther est mort, c'est même certain. Peut-être quelqu'un pour venir prendre le deuxième courrier.

Morrissey tapota des doigts sur son bureau.

— Tout ceci nous dit quelque chose de Mr Big.

— De quelle façon ?

— Cela indique que Mr Big évolue dans un autre cercle que celui des voyous de Seventh Street. Imaginez Suitcase Simpson opérant ce racket. Comment ferait-il pour récupérer le courrier ? Il enverrait un de ses coursiers. Mr Big est beaucoup plus prudent. Personne ne le connaît, il n'est en contact avec personne. Il doit avoir une réputation qu'il tient à conserver. Il est possible que ce soit un Blanc.

Shaw haussa les épaules d'un air sceptique.

— Il n'y a pas beaucoup de Blancs qui disposent du réseau d'informations nécessaire. Mr Big est au courant de tout ce qui se passe.

— Je pense néanmoins que c'est une idée à garder en tête, dit Morrissey de son ton le plus détaché.

— Entendu. (Shaw ralluma sa pipe.) En fait, je suis sur deux pistes en même temps – une concernant Paul Gunther, et l'autre Sid Bethea. Tous les deux semblent avoir réussi à s'approcher d'assez près de Mr Big, et ça ne leur a pas porté chance.

Morrissey s'accouda à son bureau et se cala pensivement le menton sur ses mains jointes.

— Toujours rien en ce qui concerne le domicile de Gunther ?

— Nous n'en sommes plus très loin. En creusant encore un peu, nous devrions y arriver. Cela étant, je ne sais pas si ça nous apportera grand-chose. Sa sacoche n'a plus tellement d'importance, puisque nous savons en gros où il s'est rendu vendredi.

— En gros, mais pas de façon précise. Apparemment, il a discuté de Mr Big avec quelqu'un d'autre que les gens que vous avez interrogés. À moins qu'ils ne mentent. (Il lança un bref coup d'œil à Shaw.) On a retrouvé la voiture de Gunther garée dans Adair Street, entre Eleventh et Twelfth : il y avait dans la boîte à gants une citation à comparaître pour conduite dangereuse.

— Tiens, tiens… Adair Street, juste une cinquantaine de mètres à l'ouest de Lily Street. Est-ce là qu'il habitait ?

— Apparemment non. L'agent de police qui a trouvé la voiture a vérifié toutes les maisons voisines.

— Et la convocation ? Elle date de quand ?

— Elle est datée du samedi 4 à 15 h 30. J'ai parlé à Robinson, l'agent responsable. Il m'a dit que Gunther a déboulé en trombe d'une petite route latérale dans Skyline Boulevard, et qu'il a failli projeter la voiture de patrouille dans le précipice.

— Hum… Gunther était seul ?

Morrissey hocha la tête.

— Bizarre, fit Shaw. (Il réfléchit un moment en mâchonnant le tuyau de sa pipe.) Nous avons interrogé toutes nos sources dans West Oakland. Pas le moindre tuyau. Personne n'a envie de parler de lui. Après ce meurtre, Mr Big est devenu un personnage respecté.

— C'est comme ça que les réputations se construisent, dit Morrissey. Alors, quel est votre programme pour aujourd'hui ?

— Le même. Aucune des personnes que j'ai interrogées ne m'a dit tout ce qu'elle savait.

— Ça vous étonne ? demanda Morrissey avec une pointe d'ironie.

— Oui, dans une certaine mesure, répondit tranquillement Shaw. En tout cas, en ce qui concerne Barbara Tavistock.

Morrissey, un misogyne notoire, eut un petit ricanement méprisant.

— Ce sont les pires du lot.

Shaw examina sa pipe en fronçant les sourcils, et il la vida dans le cendrier.

— Je veux parler à Gally Bethea et à Sid Bethea. J'aimerais aussi revoir avec Jeff Pettigrew cette histoire de maison dans Lily Street. Et puis il y a ce Jim Connor. Les gens semblent penser qu'il avait des raisons d'en vouloir à Gunther.

— Jalousie à cause de la fille ?

— Difficile à dire.

— C'est une affaire assez particulière, reconnut Morrissey. (Il posa les mains à plat sur son bureau. Comprenant le signal, Shaw se leva.) Autre chose ? Besoin d'aide ?

Shaw réfléchit.

— Gunther habitait sans doute quelque part à l'ouest de Van Buren Avenue. Ted Therbow m'a dit qu'il arrivait toujours dans sa station en venant de la même direction, Ninth Street. Nous pourrions peut-être ratisser ce secteur pour repérer son domicile ?

Morrissey fit une très légère grimace.

— Essayez d'abord avec Gally Bethea. Si ça ne donne rien, nous procèderons à un quadrillage. D'autres idées ?

— Nous pourrions interroger les voisins afin d'en savoir plus sur cette maison où Gunther a été assassiné. Pour l'instant, c'est un gros point d'interrogation. Pourquoi diable Gunther en voulait-il les clés ?

— Très bien, je m'en occupe, dit Morrissey en prenant note. Quoi d'autre ?

— Il y a le bureau de poste. L'employé qui alimente les boîtes pourrait avoir remarqué quelque chose.

— Peu probable, mais on peut toujours essayer. (Morrissey prit une autre note.) Vous voyez encore autre chose ?

— Peut-être vérifier l'état des finances de Jeff Pettigrew. Il vient d'un milieu huppé. Qu'est-ce qu'il fait avec cet agent immobilier véreux ? Une combine ? Quel genre de combine ? Est-ce qu'il dépense beaucoup ?

— C'est noté. Autre chose ?

Shaw réfléchit.

— Non, rien d'autre pour l'instant.

Il prit congé et se rendit aux bureaux des services sociaux. Il y trouva Hubbard debout près de la fenêtre, observant d'un air morose ce qui se passait dans la rue. Son large visage au teint pâle semblait flasque, les coins de sa bouche rose étaient plissés en une grimace amère. Il entendit Shaw entrer et le salua avec une jovialité peu convaincante.

— Asseyez-vous, lieutenant. (Il passa derrière son bureau et se laissa tomber dans son fauteuil en poussant un grognement.) J'imagine qu'il n'y a rien de neuf ?

Le policier le regarda un instant avant de répondre. Hubbard avait l'air d'un homme qui a mal dormi.

— Pas grand-chose, dit-il.

Hubbard secoua tristement la tête, en évitant de croiser le regard de Shaw.

— Cette histoire m'affecte beaucoup.

— Ah oui ? (Shaw sortit de nouveau sa pipe.) Pourquoi donc ?

Le directeur leva les mains au ciel.

— Où cette affaire va-t-elle nous mener ? C'est cela qui m'angoisse – l'incertitude. Jusqu'à présent, les journaux nous ont bien traités – mais on ne sait jamais.

Shaw se contenta de hocher la tête d'un air entendu, comme s'il comprenait parfaitement ce que Hubbard voulait dire.

— C'est toujours la même histoire, poursuivit Hubbard. Nous avons besoin de plus d'argent, plus de personnel. C'est une situation chronique chez nous. Mais nous sommes très exposés. Chaque fois qu'il y a un petit incident, nous avons des ennuis. Les fraudes aux allocations… Et maintenant, cette affaire de Mr Big.

— Est-ce qu'au fond, ce n'est pas un peu la même chose ?

Hubbard leva les yeux et dit avec véhémence :

— Admettons, et alors ? Nous savons bien que des gens trichent, ce n'est un secret pour personne. Nous essayons de limiter ça à des niveaux raisonnables. Et voilà qu'arrive une infâme créature comme ce Mr Big, qui exploite les fraudeurs. La nouvelle se répand, nos services sont ridiculisés, et tout notre programme de relations publiques est fichu en l'air.

Shaw tira une bouffée de sa pipe.

— Vous avez vos problèmes, mais tout le monde en a.

Hubbard se tassa dans son fauteuil, l'air maussade.

— Nous vivons sans doute dans une société de prédateurs. J'ai beau m'efforcer de penser différemment, il arrive que cela me déprime. (Il se secoua et regarda Shaw attentivement.) Vous avez quand même bien dû apprendre quelque chose de nouveau depuis hier ?

— J'ai interrogé les personnes que Gunther a vues vendredi dernier. Aucune n'avait quoi que ce soit de précis à me dire. Mr Big en faisait chanter au moins trois.

Hubbard fit la grimace.

— Soixante pour cent. Ça ne peut pas être représentatif… (Il se redressa dans son fauteuil et sembla recouvrer un peu de son énergie habituelle.) Toute cette affaire est absolument incroyable. Quand je pense à ce que la presse à sensation va nous faire…

— Nous finirons bien par attraper Mr Big, dit Shaw avec optimisme.

Hubbard manipula distraitement des papiers sur son bureau.

— Il est parfois préférable de ne pas réveiller le chat qui dort…

Shaw haussa les sourcils.

— On peut difficilement qualifier Mr Big de chat qui dort. Gunther n'est même pas encore enterré.

— C'est vrai, mais… je pense que Mr Big va se tenir bien tranquille pendant quelque temps.

Shaw fronça les sourcils.

— Je ne suis pas sûr de bien comprendre, Mr Hubbard. Vous n'êtes quand même pas en train de suggérer que nous abandonnions l'enquête ?

— Non, bien sûr que non. (Hubbard poussa un soupir.) Allons jusqu'au bout, et nous verrons bien les conséquences…

— C'est curieux que vous parliez de Mr Big qui va se tenir à carreau. Ses victimes semblent toutes avoir reçu une lettre leur disant de ne plus envoyer d'argent.

— Tiens, tiens… Ma foi, c'est encourageant.

— Disons que c'est intéressant. (Shaw jeta un coup d'œil dans la grande salle où crépitaient les machines à écrire.) Puis-je me servir d'un de vos téléphones pendant quelques instants ?

— Naturellement. Utilisez le mien, si vous voulez.

— Je ne voudrais pas vous déranger, Mr Hubbard. S'il y a un endroit un peu isolé quelque part…

Hubbard se leva aussitôt en rougissant légèrement.

— Je dois me rendre à l'étage, pour quelques affaires. Ici, vous serez tranquille.

CHAPITRE X

James Connor

Shaw téléphona au secrétariat de l'université de Californie à Berkeley, qui lui donna l'adresse et le numéro de téléphone de James Glenn Connor, de Santa Barbara, étudiant de troisième cycle en astronomie. Il appela ensuite la résidence des Tavistock à Piedmont. Ce fut la domestique qui répondit. Shaw demanda à parler à Barbara, qui vint au bout du fil.

— Miss Tavistock, j'aimerais passer vous voir. Serez-vous chez vous dans la journée ?

— Oui, je serai à la maison, répondit-elle d'une voix distraite. Mais je vous ai déjà dit tout ce que je savais.

— Vous avez pu oublier deux ou trois petites choses, Miss Tavistock, dit Shaw très poliment.

— Ah. (Il y eut un silence.) Vous savez, alors.

— Qu'est-ce que je sais ?

Barbara ne répondit pas immédiatement. Puis elle dit très vite :

— Je n'ai vraiment pas envie de vous parler aujourd'hui.

Shaw éclata de rire :

— Allons, je ne suis quand même pas si méchant que ça.

Elle demanda prudemment :

— C'est au sujet de… Paul ?

— Naturellement.

— Mon père tient à être présent si vous venez.

— Ça, c'est à vous de décider. Si votre père veut assister à notre entretien, je n'y vois aucune objection.

— Mais moi, si. Il est très borné, sous certains aspects.

Shaw dit calmement :

— Je passerai vous voir dans la matinée. Vous pouvez en informer votre père si vous voulez.

— Est-ce que je pourrais vous donner rendez-vous ailleurs ? Si vous venez à la maison, il le saura.

— Je suis prêt à vous rencontrer où vous voudrez.

— Oh… et puis non, dit-elle brusquement. Je vais appeler mon père. Si vous venez à midi, il sera là.

Shaw raccrocha et se cala dans son fauteuil en mâchonnant le tuyau de sa pipe. Puis il se redressa et appela le domicile de James Connor.

Au bout de quelques sonneries, Shaw s'apprêtait à raccrocher quand une voix revêche se fit entendre :

— Allô.

— James Connor ?

— Oui. Qui est à l'appareil ?

— Lieutenant George Shaw, police d'Oakland. Pourriez-vous me consacrer quelques minutes ce matin ?

— À propos de quoi ?

— J'enquête sur la mort de Paul Gunther.

— Je serai là un moment si vous voulez passer, concéda Connor.

— Très bien. Je vais essayer d'être chez vous dans moins de deux heures.

— OK.

Et Connor raccrocha. Shaw jeta un coup d'œil dans la grande salle. Hubbard n'y était pas. Il s'en alla.

Il repartit dans Seventh Street, tourna dans Van Buren Avenue et se gara devant la maison des Bethea. Il remonta l'allée cimentée, passa entre les palmiers poussiéreux et grimpa les marches – mais il savait déjà que la maison serait vide.

Il sonna, frappa, puis il redescendit et resta un moment sur le gazon pelé. Les feuilles des palmiers bruissaient au-dessus de sa tête. Il jeta un coup d'œil de l'autre côté de la rue, vers la vieille maison de Lily Street. Une bâtisse vétuste et délabrée, où sans doute plus personne n'habiterait jamais. La question lui revint en tête : Pourquoi Paul Gunther était-il venu dans cette maison le soir du dimanche 5 juin ?

Deux enfants approchèrent sur le trottoir, la fillette dans une jolie petit robe blanche, le garçon en blue-jean et coiffé d'un chapeau de cow-boy. Ils s'arrêtèrent devant la maison du crime et la regardèrent en échangeant des murmures.

Shaw traversa la rue.

— Hello, les enfants.

Ils le regardèrent de leurs grands yeux bruns.

— Hello, fit le garçon.

— C'est une maison qui fait peur, dit Shaw.

Les enfants acquiescèrent.

— Un homme a été tué là la semaine dernière, dit le garçon.

— C'est ce qu'on m'a dit. Je me demande pourquoi.

Les enfants regardèrent la maison. La fillette dit :

— C'est Mr Big qui l'a tué.

— Mr Big, hein ? Qui est Mr Big ?

— C'est un méchant homme, dit la fille. Il sort la nuit.

— Et il tue les gens, ajouta le garçon.

— Celui qui a été tué habitait près de chez nous, dit la fillette.

— Ah bon ? fit Shaw. Ça alors. Tu sais dans quelle maison ?

Ils secouèrent la tête.

— On le voyait, c'est tout, dit l'un des enfants. Maintenant, on le voit plus.

— Évidemment, dit l'autre, parce qu'il est mort. On peut pas voir les gens quand ils sont morts.

— Sauf à la télé.

Shaw intervint :

— Où est-ce que vous habitez ?

— Corinth Street.

— Au numéro 2626.

Shaw décida de ne pas se rendre immédiatement dans Corinth Street. Plus tard dans la journée, une heure à se balader dans le secteur lui permettrait de repérer l'adresse de Paul, mais il y avait de fortes chances pour que Gally Bethea l'y mène tout droit.

— Au revoir, dit le garçon. On rentre à la maison.

— Au revoir, dit Shaw. Faites bien attention en traversant la rue.

— Oui, monsieur.

Shaw retourna à sa voiture et prit Ninth Street, puis il tourna dans Corinth Street. Soixante-quinze ans plus tôt, cette rue avait été chic. Les maisons étaient grandes et d'une architecture recherchée, avec une profusion de balcons, coupoles, clochetons, colonnes rococo et moulures couleur pain d'épice : tous les attributs de l'élégance victorienne. Aujourd'hui, la peinture était écaillée, les jardins étaient envahis de broussailles desséchées, et du linge pendait aux balcons. Corinth Street conservait néanmoins une certaine grandeur. Shaw comprenait que Paul Gunther ait pu apprécier d'y séjourner.

Il poursuivit sa route vers le nord, jusqu'à Berkeley. Jim Connor habitait un appartement situé à l'arrière d'une vieille demeure en bardeaux marron. Il répondit sans se presser au coup de sonnette de Shaw. Il portait un blue-jean effiloché et un tee-shirt.

— Bonjour. Entrez.

Shaw entra dans un salon chichement meublé. Sur le canapé était assise Barbara Tavistock, les mains crispées sur les genoux.

Shaw la salua avec courtoisie.

— Je suis étonné de vous voir, Miss Tavistock. J'avais cru comprendre que votre père…

— Il ne sait pas que je suis ici, et je n'ai pas l'intention de le lui dire.

Shaw se frotta le menton.

— Tout cela est fort bien, mais…

— Jimmy et moi avons décidé de vous dire tout ce que nous savons. Ce n'est pas grand-chose, et je ne vois pas en quoi cela pourra vous aider, mais ça pèse sur ma conscience.

— Je vois.

Connor, une cafetière électrique à la main, demanda :

— Un peu de café ?

— Merci, dit Shaw. Noir, simplement.

Barbara se mit à parler très vite :

— Je ne vous l'ai pas dit avant, parce que ce n'est pas à mon honneur. Je me sentais très bête, gênée… Je le suis encore, mais peu importe. J'espérais que vous trouveriez l'assassin de Paul sans avoir besoin d'un autre entretien avec moi.

Elle jeta un rapide coup d'œil à Shaw, comme si elle attendait quelque chose.

Il se contenta de hocher la tête en buvant son café. Connor vint s'asseoir à côté de Barbara, et regarda Shaw avec un air de défi.

Barbara resta pensive un instant, puis elle se décida :

— Le soir où j'ai fait la connaissance de Paul, j'ai rencontré Jimmy. Il ne s'est absolument pas intéressé à moi. (Elle lui lança un regard un coin et passa la main dans ses cheveux déjà passablement décoiffés.) Paul s'est pris d'antipathie pour lui.

Connor fronça les sourcils.

— Je n'appellerais pas ça de l'antipathie.

— Ce n'est peut-être pas le mot juste, dit Barbara. (Elle se mordilla la lèvre.) Je pense que c'est une question d'intégration. Jimmy sait où il va. Paul était un vagabond.

— Non, intervint Connor, ce n'est pas ça du tout. Je pourrais vous expliquer, si ça vous intéresse.

Barbara regarda Shaw.

— Ça m'intéresse, dit-elle.

— Allez-y, dit Shaw

Connor reversa un peu de café.

— Il est venu me voir l'autre soir, assez tard. Il avait bu quelques verres, mais il n'était pas saoul. Simplement euphorique.

— Oui, fit Barbara, c'était la même chose la première fois que je l'ai vu. Quand il est comme ça, il est assez fascinant. (Elle lança à Connor un regard accusateur.) Tu ne m'as jamais dit qu'il était venu ici.

— Tu ne me l'as jamais demandé.

— Ma foi… Bon, qu'est-ce qu'il voulait ?

Connor eut un petit rire.

— Il m'a dit qu'il voulait comprendre mes « ressorts intérieurs », comment je fonctionnais. Je lui ai demandé d'où venait cet intérêt soudain, est-ce qu'il étudiait la psychologie ? Il a posé sur la table une bouteille de scotch, et il a proposé qu'on la vide. Alors, j'ai apporté des verres. Il en a bu une grande gorgée et il m'a fixé de ses yeux jaunes. Il m'a dit : "Connor, vous m'inquiétez. C'est ce que je veux dire littéralement. Si vous êtes *vous* – si vous êtes un *Je*, un individu –, alors le cosmos est plongé dans le chaos. Vous auriez le pouvoir de défier un univers entier du simple fait de votre existence. Est-ce que vous existez ?"

« Je lui ai répondu : "Vous avez versé du scotch dans deux verres.

Vous en avez bu un, j'ai bu l'autre. Il sont vides tous les deux. Je pense que ça répond à votre question."

« Il m'a dit : "C'est le subterfuge que la Destinée utiliserait pour me tromper."

« Je lui ai dit alors que la métaphysique ne m'intéressait pas, surtout quand c'était celle de quelqu'un d'autre, et je lui ai demandé s'il avait apporté le scotch pour se saouler ou simplement pour la décoration.

« "Buvons, a-t-il dit. *In vino veritas*." Il a versé le scotch et il m'a regardé d'un petit air rusé. "Vous vous intéressez donc à votre propre métaphysique. Qu'est-ce qu'elle vous dit ? Comment vous situez-vous par rapport à l'univers ?"

« Je lui ai dit que je ne possédais pas beaucoup d'éléments factuels. C'était comme s'il me demandait s'il y avait de la vie sur les planètes de Sirius. Je ne sais même pas si Sirius en a, des planètes. Pourquoi se faire sauter un fusible dans la cervelle ? S'il pouvait m'assurer que les planètes étaient bien là, me donner leurs masses et leurs orbites, me montrer quelques spectrogrammes – alors là, oui, je me lancerais comme un fou dans toutes sortes de spéculations. J'ai ajouté : "Je suis ici. Vous êtes là. Il y a une bouteille de scotch sur la table. Je déduis qu'il y en a une autre dans votre estomac."

« Il me répond : "Pragmatisme. Vous êtes un pragmatiste." Comme s'il me traitait de cannibale. Et puis il s'est repris : "Je me trompe peut-être. Si c'est le cas – alors je ne suis pas quelqu'un de très bien."

« "Et si vous avez raison ?" lui ai-je demandé.

« "Alors, je suis le Héros – la Thèse ! Je me cogne la tête contre les rochers, et l'Adversaire, l'Antithèse – la Destinée – est assise sur la véranda en train de rire et de boire de la limonade."

« Je savais très bien ce qu'il voulait dire, mais c'est un exercice futile. Je lui ai versé un peu de scotch, mais il s'est levé d'un bond et il a filé en déclarant qu'il allait éliminer Mr. Big, ou quelque chose comme ça.

Connor ouvrit un placard, d'où il sortit une bouteille et trois verres.

— Il a oublié son scotch. Ce n'est que justice d'en profiter maintenant.

Shaw fit tournoyer l'alcool dans son verre.

— Qu'a-t-il dit d'autre sur Mr Big ?

— C'est tout.

— Et ça s'est passé quand ?

— Vendredi soir.

— Vous voulez dire vendredi dernier ? Juste avant qu'il ne soit tué ?

— C'est bien ça.

— Tiens, tiens…

— Mais samedi soir, il était encore plus agité. Et il n'était pas saoul.

Barbara dit d'une voix terne :

— Il est venu à la maison à Piedmont. Mes parents étaient allés à une soirée. Jimmy et moi étions assis au coin du feu. Il y a eu un coup de sonnette et c'était Paul. Il avait l'air très… très bizarre. Agité, euphorique, plein de vitalité. Et il semblait avoir peur. Très peur. Il parlait à voix basse et se tenait contre le mur. Je lui ai fait "Hello", et il m'a dit : "Barbara – est-ce que je peux entrer ?" Il est allé s'asseoir près du feu. Je suis allée dans la cuisine chercher du café, et il m'a suivie. (Barbara frissonna.) J'étais tellement soulagée que Jimmy soit là.

« Nous avons bavardé quelques minutes. Paul m'a dit qu'il se trouvait dans une situation un peu embêtante, qu'il avait un petit problème. Il espérait que je pourrais l'aider. Je lui ai demandé quel genre de problème. Il a ri d'un air dégagé. "Il y a un homme qui m'en veut. Il me cherche. S'il me trouve, il me tuera."

« Je lui ai suggéré d'aller voir la police. Non, m'a-t-il dit, c'était hors de question. Il était à la recherche de cet homme – en fait, ils se cherchaient mutuellement.

« Je lui ai demandé s'il avait l'intention de le tuer quand il le trouverait, et il m'a répondu : "Absolument, Sinon, c'est lui qui me tuera."

« Je lui ai dit que j'étais désolée, mais qu'il n'était pas question que je l'aide à tuer quelqu'un. Il m'a alors demandé si je voulais bien lui prêter ma voiture, et j'ai refusé. Et là, je n'ai pas pu résister à lui envoyer une petite pique dont je ne suis pas fière… Je lui ai dit : "Pourquoi ne demandes-tu pas à une autre de tes petites amies ?"

« Paul savait très bien de quoi je voulais parler. Il m'a fait un de ses drôles de petits sourires, et il m'a dit : "Ce n'est pas grave, merci quand même. Au fait, tu sais où habite Jeff Pettigrew ?" "Jeff Pettigrew ?" "Oui." "Qu'est-ce que tu veux à Jeff ?" "On est sur une affaire, tous les deux."

« Je suis allée chercher l'adresse. Quand je suis revenue dans la cuisine, il n'y était plus. J'ai cru qu'il était parti, mais c'est alors que je l'ai vu dans le salon, debout dans l'ombre et observant le jardin par la fenêtre. Jimmy lisait tranquillement un magazine sans lui prêter attention.

Barbara lança à Connor un regard d'indignation amusée. Il haussa les épaules.

— Je refuse de jouer les faire-valoir pour qui que ce soit.

— Bon, toujours est-il que je suis restée là à regarder Paul, en me demandant s'il y avait vraiment quelqu'un à ses trousses. (Elle eut un sourire amer.) Grâce à mes rudiments de psychologie acquis en première année, j'ai diagnostiqué un cas de paranoïa aiguë… Il s'est écarté de la fenêtre et m'a demandé s'il pouvait sortir par l'arrière. "Bien sûr", lui ai-je dit et je l'ai raccompagné en passant par la cuisine.

« Quand je suis revenue dans le salon, je suis allée jeter un coup d'œil par la fenêtre, et j'ai eu la plus grande frayeur de ma vie : un homme se tenait de l'autre côté, et il me regardait. (Barbara rit nerveusement.) Ne me demandez pas qui c'était. Je n'ai pas pu voir son visage ni aucun détail – juste le contour de sa tête et de ses épaules. Il était grand et musclé – c'est tout ce que je peux dire. (Elle reposa la nuque contre le dossier.) Et maintenant, je vous ai tout dit. Je ne vois pas en quoi cela peut vous aider – mais enfin, voilà.

— Cela va m'aider, dit Shaw. Tout ce que j'apprends m'est utile. (Il secoua la tête.) Ce Gunther semble avoir été un étrange personnage.

— Vous pensez que… qu'il était vraiment fou ? demanda Barbara.

— Pas d'un point de vue légal. Et probablement pas non plus à d'autres points de vue. Il vivait un genre d'existence très bizarre, mais en restant parfaitement en contact avec la réalité.

Connor se versa encore un peu du scotch de Paul.

— Ce qui est la réalité pour l'un est un asile de fous pour l'autre.

Shaw se leva :

— Vous ne me cachez plus rien, c'est sûr ?

Barbara rougit.

— Rien qui me vienne à l'esprit. Rien d'important, en tout cas.

— Quoi, par exemple ?

Elle secoua la tête.

— Non, il n'y a rien.

* * *

Shaw prit par San Pablo Avenue et se gara en face de l'agence McAteel.

Une nouvelle secrétaire était assise au bureau à côté de la porte, une blonde boulotte aux sourcils épilés en accent circonflexe, ce qui lui donnait une expression perpétuellement étonnée. Elle avait dû se mettre une tonne de rouge à lèvres.

— Oui, monsieur ?

— Je voudrais voir Mr Pettigrew.

— C'est de la part de qui ?

— De la part du lieutenant George Shaw.

— Si vous voulez bien vous asseoir, je vais voir s'il est là.

Mais Shaw resta debout, et Jeff apparut bientôt, sortant d'une pièce du fond. Il salua Shaw.

— Je pensais que vous en aviez fini avec moi, lieutenant.

— Ces choses-là prennent du temps, Mr Pettigrew. Y a-t-il un endroit où nous pourrions bavarder tranquillement quelques instants ?

Jeff jeta un coup d'œil à son élégante montre à cadran noir.

— J'ai un rendez-vous dans dix minutes.

— Dans ce cas, je ne vais pas vous embêter plus longtemps, dit Shaw. Auriez-vous la bonté de passer me voir à mon bureau dans le courant de l'après-midi ? Je tâcherai d'y être vers trois heures, trois heures et demie.

Jeff grommela et s'éclaircit la gorge.

— Je vais vous parler maintenant.

— Oui, dit Shaw, ce sera plus pratique pour tout le monde.

Jeff l'emmena dans son bureau, un petit réduit assez miteux. Il se laissa tomber dans son fauteuil et fit signe à Shaw de s'asseoir. Il alluma une cigarette et exhala une grosse bouffée de fumée avant de demander :

— Qu'est-ce qui vous amène ?

— L'affaire commence à prendre tournure, dit Shaw. Je serais curieux d'en savoir plus sur vos rapports personnels avec Paul Gunther.

Jeff agita sa cigarette d'un geste désinvolte.

— Nous n'en avions pas. C'était juste un type que je connaissais comme ça.

— Vous aviez de l'amitié pour lui ?

Jeff secoua ses larges épaules.

— Disons qu'il m'était indifférent.

— Même après qu'il vous a – pardonnez-moi de dire les choses brutalement –, même après qu'il vous a fauché votre petite amie ?

Jeff se redressa sur son siège, les cheveux hérissés, les yeux ronds et durs.

— D'où sortez-vous ça ? Il n'était pas de taille à me faire un coup pareil.

— Je veux parler de Barbara Tavistock.

Jeff eut un petit rire dédaigneux :

— C'est une gentille fille, mais…

— Mais quoi ?

— Oh, « mais », tout simplement. Le genre écolière. La gentille camarade de classe. Moi, je préfère la viande saignante.

— Je vois, dit Shaw. Vous n'aviez donc aucun antagonisme envers Paul Gunther ?

Jeff le regarda fixement.

— On dirait presque que vous me considérez comme un suspect. Vous divaguez complètement, lieutenant.

— Contentez-vous de répondre à mes questions.

La voix de Jeff se fit plus âpre.

— Mettons les choses au clair, lieutenant. Je n'aime pas les cinglés. Et dans ce domaine, Gunther battait tous les records.

— Bref, vous ne l'aimiez pas.

— C'est ça. Mais je ne le détestais pas non plus. Je le voyais de temps en temps, j'étais poli avec lui. Autre chose ?

Shaw réfléchit.

— Paul est venu vous voir ici samedi.

Le ton de Jeff exprima une patience condescendante.

— Je vous l'ai déjà dit.

— Et vendredi soir ?

Les yeux de Jeff redevinrent durs et brillants.

— Quoi, vendredi soir ?

— Avez-vous vu Gunther dans la soirée de vendredi ?

— Il est passé me voir quelques minutes, oui, et alors ?

Shaw sourit.

— Vous avez omis de m'en parler.

— Ça me semblait vraiment sans importance.

— Nous aimons bien savoir ce genre de choses. Qu'est-ce qu'il voulait ?

— Il voulait se renseigner sur cette maison dans Lily Street. Il m'a demandé si nous représentions les propriétaires. Je lui ai dit que nous avions l'exclusivité, et que je l'emmènerais la visiter le lendemain. L'argent, c'est toujours de l'argent, qu'il vienne de la poche de votre meilleur ami ou de votre pire ennemi.

— C'est tout ?

Jeff détourna les yeux.

— Il est venu le lendemain, comme je vous l'ai dit.

— Et c'est la dernière fois que vous l'avez vu ?

— Oui, la dernière fois.

Shaw observait attentivement Jeff. Celui-ci tirait sur sa cigarette et soufflait la fumée par le nez d'un air de défi.

— Vous n'avez rien de plus à me dire ? demanda Shaw d'une voix douce.

— C'est tout, répondit Jeff avec une rapide crispation des lèvres.

Menteur, songea Shaw.

Il y eut un silence, puis Shaw demanda :

— Vous devez sans doute connaître West Oakland comme votre poche ?

— Oui, bien sûr. Je travaille beaucoup avec des Noirs. Pourquoi cette question ?

— Vous m'avez dit que Paul Gunther a pris les clés de la maison de Lily Street, mais que vous n'y êtes pas allé vous-même.

— C'est ce que je vous ai dit, et c'est comme ça que ça s'est passé !

— Vous n'êtes jamais entré dans cette maison ?

— Jamais. (Jeff écrasa sa cigarette dans le cendrier.) Ne me dites pas que vous y avez trouvé mes empreintes, parce que je sais que c'est faux.

Shaw se leva.

— Ce sera tout pour l'instant.

Jeff resta assis. Tout dans son attitude respirait l'antagonisme. Il prit une liasse de papiers et commença à s'intéresser à leur contenu.

Shaw eut un léger sourire.

— À bientôt, Jeff.

Jeff hocha simplement la tête et se remit à son travail.

Shaw retourna dans la rue. Il resta un moment au soleil, sur le trottoir de San Pablo Avenue. Jeff Pettigrew ne lui avait pas dit tout ce qu'il savait sur la mort de Paul Gunther. Shaw n'était ni indigné, ni déçu. Le jour où les simples citoyens diraient tout ce qu'ils savaient à la police, sans qu'il soit nécessaire d'utiliser le knout ou des tenailles chauffées au rouge, ce serait l'avènement de l'Âge d'or.

Shaw retourna à sa voiture et partit à l'ouest de San Pablo, vers Van Buren Avenue.

CHAPITRE XI

Gally Bethea

Shaw poussa la grille de fer, passa sous les palmes qui s'agitaient doucement, et grimpa les marches du perron de la maison des Bethea. Vinnie répondit au coup de sonnette. Elle ne fit même pas semblant d'avoir l'air contente de le voir.

— Ah, encore vous…

— Eh oui, fit Shaw, encore moi. Où est votre belle-fille ? Je veux lui parler.

Vinnie dit d'une voix bougonne.

— Elle se sent pas bien. Faut vraiment que vous lui parliez aujourd'hui ?

— Oui, Mrs Bethea. Vraiment désolé, mais c'est nécessaire.

Vinnie consentit à s'écarter pour le laisser passer.

— Elle veut parler à personne. Mais pour vous, ça doit pas faire de différence.

— Non, aucune.

Gally descendit l'escalier d'un pas léger. Elle portait une jupe noire et un chemisier couleur cannelle.

— Hello, monsieur le lieutenant, dit-elle avec une magnifique lassitude. (Elle se tourna vers Vinnie.) Il y a du café en route ?

— Ah, non, par exemple ! dit sèchement Vinnie. Si tu veux du café, tu sais comment en faire.

— Zut, dit Gally. C'est vraiment pas une vie. Qu'est-ce que vous voulez, monsieur le lieutenant ?

— Je veux une bonne et longue conversation avec toi, Gally. Je veux que tu me dises certaines choses. La vérité, cette fois.

— Pourquoi pas ? Je vous ai déjà dit la vérité.

— Tu ne m'en as pas dit beaucoup.

— Ce que je vous ai pas dit, c'était pas important. (Elle prit Shaw par le bras.) Venez, offrez-moi un café. Si on reste ici, la vieille va tout écouter.

— Ça, alors, c'est incroyable ! s'exclama Vinnie furibonde. Après tout ce que j'ai fait pour toi, tu me traites comme ça ? Ne t'avise plus de me demander des choses, Galatea Bethea ! Plus rien ! Rien du tout, tu m'entends ? Parler comme ça devant un étranger ! Et dans ton état !

Gally se dirigea vers la porte.

— Venez, monsieur le lieutenant, allons dans un endroit où ça sentira moins mauvais.

Shaw, que ça arrangeait plutôt, emmena Gally dans un drive-in tout proche et commanda deux cafés. Il s'installa confortablement et regarda attentivement Gally.

— Alors, comme ça, tu es enceinte.

— Juste un petit peu.

— Paul ?

Elle hocha la tête avec un petit sourire satisfait.

Shaw eut un rire cynique.

— La dernière fois que nous nous sommes parlé, tu ne m'as pas dit que tu le connaissais aussi bien que ça.

— Non, sans doute.

Gally but une gorgée de café. Ses phalanges étaient blanches sous le bronze doré de sa peau. Shaw se demanda pourquoi elle était si nerveuse.

— Bon, alors – comment tout ça a commencé ?

Elle haussa les épaules.

— Paul est passé un jour, il m'a dit qu'il voulait emménager dans le quartier. Je lui ai dit : "Vous êtes dingue ! Ici, il y a que des taudis. Vous êtes pas mieux dans votre belle maison à Berkeley ?" Il a dit qu'il aimait bien, ici, qu'il y avait des filles qui lui plaisaient. C'était de moi qu'il parlait. J'étais pas contre, j'aimais bien Paul. Je vais pas dire que c'était un chevalier en armure blanche, non, mais… (Elle s'interrompit pour boire une gorgée de café.) Je connaissais un endroit dans Corinth

Street qui allait se libérer – une sorte de garage réaménagé derrière une de ces grandes baraques. Je l'ai emmené voir, et il l'a loué.

« C'est à peu près à ce moment-là que P'pa s'est fait renverser par une voiture et qu'on l'a emmené à l'hôpital. Tout le monde a cru qu'il était fichu. Vinnie, ça lui était égal. Ça l'arrangeait, même. Elle m'a dit que si P'pa mourait, elle emmènerait Ainsworth avec elle pour habiter chez sa sœur, et qu'elle me mettrait dans un foyer de jeunes filles.

— Un peu dur de sa part, je trouve, dit Shaw.

Gally haussa les épaules :

— Ainsworth est son gamin, et je suis pas de sa famille. Moi, j'avais vraiment pas envie d'aller dans un foyer, alors je me suis accrochée à P'pa. Il est pas mort. Trop teigneux pour ça, je crois. Il restait allongé sans bouger, à réfléchir à des tas de trucs. Ça doit être ça qui l'a empêché de mourir. Il pensait à tout ce qu'il allait faire à des gens pour se venger. Oh, oui, c'est un teigneux. (Gally secoua la tête avec admiration.) Quand elle a vu que P'pa continuait de respirer, Vinnie s'est dit qu'elle allait quand même rendre visite à sa sœur avec Ainsworth. Sa sœur habite à San José. Vinnie se fichait bien de ce qui pouvait m'arriver. Elle m'a dit : "Reste ici. Quand le monsieur des allocations viendra, dis-lui simplement que je m'absente un moment. S'il fait des histoires, téléphone-moi." Et elle a dit aussi : "Ne va pas te fourrer dans des ennuis. Je veux pas que mon nom soit sali !"

« J'ai dit OK, ça me va. Et quand Vinnie est partie, j'ai emménagé avec Paul. Un mois a passé, et une partie du deuxième…

* * *

Paul s'étira sur le divan et regarda autour de lui avec satisfaction. Dans la kitchenette, Gally faisait cuire des hamburgers. Paul ne pouvait voir que son petit derrière rebondi qui se trémoussait au rythme de ses gestes.

Il leva la tête, but une gorgée de sherry dans le verre qu'il tenait en équilibre sur sa poitrine. Lorsqu'il l'avait vu la première fois, ce studio lui avait semblé parfaitement invivable. Mais Gally, par le simple fait de ramasser deux ou trois brassées de vieux journaux, de magazines et autres saletés qui traînaient et de les emporter jusqu'à l'incinérateur, l'avait poussé à décider de le louer.

La suite s'était très bien passée. Ils avaient peint les murs en bleu clair et le plafond en blanc. Le propriétaire avait fourni des dalles de linoléum rose, que Paul et Gally avaient posées eux-mêmes. Ils avaient acheté un vieux canapé, trois chaises pliantes, un lit d'occasion, une commode en bois blanc, deux tapis en coco. Gally s'était montrée d'une aide précieuse, songea Paul. Comment aurait-il pu se débrouiller sans elle ? Elle était gaie, facile à vivre. Au lit, c'était un pur délice. Paul repensa à Barbara. Que dirait-elle si elle était au courant de la situation ? Il sirota son sherry. Gally était Gally, Barbara était Barbara. Leurs univers n'avaient aucun point de contact. À part lui, bien sûr, mais Dieu sait qu'il ne les ferait jamais se rencontrer. Gally soupçonnait l'existence de Barbara. Barbara ne se doutait absolument pas de celle de Gally. Cette situation amusait Paul. Il vida son verre, tendit la main pour attraper la bouteille posée par terre, et se servit une seconde rasade. Dans la cuisine, il entendit le grésillement des hamburgers dans la poêle.

Oui, tout s'était merveilleusement bien passé. Avec Sid Bethea à l'hôpital et Vinnie à San José, il avait été tout naturel que Gally s'installe chez lui. Une situation dont ils profitaient pleinement tous les deux, sans arrière-pensée ni sentiment de culpabilité. Il n'y avait eu qu'une occasion où Gally avait manifesté de la nervosité. C'était un samedi matin, après le petit déjeuner, et Paul tirait des sons discordants d'une flûte à bec qu'il venait de s'acheter. Gally s'était mise à s'agiter, allant et venant du divan à la fenêtre pour regarder dans la cour, balançant les bras et faisant tinter son bracelet de cuivre.

Paul leva les yeux de sa méthode. La flûte n'était pas aussi facile à jouer que l'avait prétendu le vendeur. Il dit avec agacement :

— Qu'est-ce qu'il y a ? On dirait une guêpe qui essaie de sortir d'un bocal.

Gally éclata de rire.

— Je suis nerveuse. C'est idiot, je sais. Je suis une idiote. Je me dis tout le temps que je devrais être à la maison, au cas où le monsieur des allocs passerait. Et puis je me souviens que c'est pas possible, parce que le monsieur des allocs, c'est Paul.

— C'est un boulot comme un autre.

— Tu vas le garder longtemps ?

— Aucune idée. Quand je jouerai convenablement de cet instrument, je signerai peut-être un contrat avec l'Orchestre philharmonique de New York.

— Allez, Paul, sois sérieux.

— Je ne suis jamais sérieux.

Gally vint s'asseoir à côté de lui et plaça son bras foncé à côté du bras pâle de Paul.

— Glace vanille et sauce caramel, dit-elle.

— Ça va bien ensemble.

Gally eut un petit rire mélancolique :

— Pas vraiment… J'aimerais bien être blanche. Tout est tellement plus facile quand on est blanc.

— Les Blancs ne sont pas plus heureux. C'est juste qu'ils ont des problèmes différents.

— Tu ne sais pas vraiment comment c'est, dit Gally. Regarde-moi. Tu me trouves jolie ?

— Bien sûr.

— Tu sais pourquoi ? Parce que j'ai à peu près un tiers de sang blanc. Ça vient du côté de ma mère. Sid, lui, il est cent pour cent noir. Ma mère était une jolie femme, mais avec une drôle de moralité… Elle habite à Los Angeles, elle travaille dans un salon de beauté. Elle se fait appeler Rita Alvarez, elle dit qu'elle est brésilienne… Allons au Brésil, Paul.

— J'aimerais bien. Comment on fait, pour l'argent ?

— Tu ne peux pas te trouver un travail où on voyage ? Comme le service diplomatique ?

— Je pourrais m'engager dans la Légion étrangère. Ça te plairait, ça ?

— Tu me taquines, Paul. Je parle sérieusement. Il paraît que le Brésil, c'est vraiment chouette. De la belle musique, un beau climat, des gros steaks à vingt *cents*, tout le monde est très gentil avec tout le monde.

— C'est en Argentine que tu peux avoir des steaks pour vingt *cents*.

— Je m'en fiche. Paul, faisons des économies. Je vais me trouver du travail, et puis on achètera une vieille maison, on la retapera et on la revendra. Des tas de gens font ça. (Gally s'enflamma tellement à cette idée qu'elle se mit à trembler de tout son corps.) Juste en face de chez P'pa, il y a une vieille bicoque, au coin de Lily Street. On pourrait l'avoir pour pas cher, j'en suis sûre. Et d'ici un an ou deux…

Paul lui ébouriffa les cheveux.

— Quelle rêveuse tu fais…

— Non, Paul, je ne rêve pas. On pourrait le faire pour de vrai.

— Cet endroit est un nid à rats. Ça ne vaut pas le coup d'essayer de le retaper.

Gally se blottit contre lui en soupirant.

— Bon, je vais m'en contenter…

— Te contenter de quoi ?

— De rêver.

— Bien sûr, rêve. Les rêves, ça ne coûte rien.

Gally s'était levée et était retournée à la fenêtre, tandis que Paul se remettait à la flûte.

À présent, elle revenait de la cuisine avec les hamburgers et un paquet de chips. Elle déposa le tout sur la table de bridge qu'ils utilisaient pour leurs repas. Paul se leva pour aller prendre deux cannettes de bière dans le réfrigérateur. Il les ouvrit et les rapporta dans le salon.

Ils mangèrent dans un silence qui finit par frapper Paul tant il était anormal. Il regarda Gally assise en face de lui. Elle avait la tête baissée et mâchonnait distraitement sa viande. Paul lui demanda :

— Pourquoi fais-tu cette tête ? Ton père va plus mal ? Ou mieux ?

— Je crois que ça va.

— Quel est le problème ? Tu as besoin d'argent ?

Elle secoua la tête.

— Paul…

— Oui, eh bien ?

Elle mordilla son hamburger.

— Je suis enceinte.

— Quoi ?

Elle hocha tristement la tête.

— Le deuxième mois est passé. Ça a dû arriver tout de suite.

Paul dit d'une voix étouffée :

— Je croyais que tu t'étais procuré un diaphragme ?

— Oui… Mais tu sais… Il y a eu une ou deux fois, au début…

— Ah, bon dieu…

Gally tapotait nerveusement sa cannette.

— Si j'ai un bébé, ils vont me mettre dans un foyer à tous les coups.

Paul fit un petit geste de la main.

— Tu… tu en es vraiment sûre ?

— Ça fait deux mois de suite que j'ai pas mes règles.

Elle se mit à pleurer, la bouche crispée.

— Allez, allez, fit Paul d'une voix distante.

— Je suis pas une mauvaise fille, Paul. J'ai jamais fait ça avant. Je veux pas aller dans ce foyer. Ils sont très durs avec vous. C'est comme une prison.

— Allons, Gally, ils ne vont pas t'envoyer là-bas.

— Bien sûr que si, Paul. Il faut que je fasse quelque chose… Que je me marie.

Paul se figea. Gally le regarda timidement, les yeux pleins de larmes. Il eut soudain une illumination stupéfiante.

— Tu ne veux pas dire avec moi ? dit-il avec un petit rire.

— Il faut que je me marie avec quelqu'un, et c'est toi qui m'as fait le bébé.

— Écoute, Gally, je ne peux pas me marier. Je ne suis absolument pas fait pour ça. Et en ce moment, j'ai absolument besoin de toute ma liberté.

Gally dit d'un air maussade :

— Il faut quand même que je me marie.

— Doux Jésus ! soupira Paul. Regarde un peu autour de toi. Il y a des tas de types qui meurent d'envie de se marier avec une jolie poulette comme toi.

Gally grignota tristement son hamburger.

— Pas avec mon ventre comme un ballon.

Paul avait perdu l'appétit. Il alla dans la cuisine s'ouvrir une autre cannette. Il s'assit et réfléchit longuement, puis il prit son carnet de chèques et en rédigea un au porteur pour deux cent cinquante dollars. Il le tendit à Gally.

— Tiens. Il y en aura encore d'autres, si tu en as besoin.

Gally regarda le chèque.

— Pourquoi tu me donnes ça ?

— Pour te faire opérer. Tu sais où aller ?

Gally eut un mouvement de recul.

— Je pourrais me renseigner… Mais Paul, c'est très dangereux.

Il y a des filles qui en meurent... des tas de choses horribles qui se passent...

— C'est une opération toute simple. La plupart du temps, c'est fait par de vrais médecins qui se font un peu d'argent au noir.

Gally hocha la tête d'un air dubitatif.

— Je vais poser la question. J'ai une amie qui connaît ces choses-là.

Après le dîner, Paul se changea et sortit en prétextant qu'il allait voir sa mère. Gally le regarda partir, un petit sourire cynique aux lèvres.

Paul passa une excellent soirée avec Barbara. Dans une petite salle d'art et d'essai, ils allèrent voir un vieux film avec Jean-Louis Barrault, *Les Enfants du Paradis*, puis ils passèrent prendre une bière au Steppenwolf, dans San Pablo. À une table voisine, Jim Connor était installé en compagnie d'une rousse en pantalon et pull à col roulé noirs.

— Regarde ! dit Barbara. C'est Jimmy, l'astronome.

— Je m'en fiche complètement.

Barbara le dévisagea d'un air interrogateur.

— Tu ne l'aimes pas ?

— Ce n'est qu'un type parmi d'autres.

— Il est tout sauf ça, dit Barbara.

Peu de temps après, Paul suggéra de s'en aller.

Garé devant la résidence des Tavistock, il embrassa Barbara avec beaucoup plus de fougue qu'il n'avait osé en manifester jusque-là. Elle y répondit sans ferveur particulière. Paul, s'adaptant aux circonstances, tempéra ses ardeurs. Il finit par sentir que Barbara était contrariée.

— Qu'est-ce que tu as ? demanda-t-il.

— Je ne sais pas, répondit-elle en fronçant les sourcils. Je ne sais vraiment pas.

— Ça ne doit pas être bien grave, alors.

— Je ne te comprends pas.

La remarque ne fut pas pour déplaire à Paul.

— Ça n'est pas une surprise. Je ne te comprends pas non plus. Comment le pourrais-je ? Nous sommes deux personnes différentes.

Barbara eut l'air sceptique.

— Tu crois vraiment ça ?

— Évidemment.

— Je me demande... Quelquefois, avec toi, j'ai l'impression

d'être… (elle s'efforça de trouver les mots)… d'être un instrument de musique, une guitare, et que tu t'amuses à essayer d'en jouer. Tu règles les cordes, et puis quand elles ne sonnent pas comme tu voudrais, tu les tends encore plus jusqu'à ce que tu aies peur qu'elles cassent. Et là, tu les détends et tu joues des accords dissonants. Ce n'est pas tout à fait ce que je veux dire, mais ça s'en rapproche.

Paul éclata de rire.

— Tu es beaucoup trop subtile pour moi.

— C'est exactement le contraire, dit sèchement Barbara. À chaque instant, tu sais parfaitement ce que je ressens. Je le sais parce que je vois avec quelle habileté tu t'adaptes.

Paul demanda d'une voix tendue :

— C'est bien, ou c'est mal ?

— C'est la situation telle qu'elle est.

Paul essaya de plaisanter :

— Alors, ce n'est pas moi qui joue de la guitare, c'est la guitare qui joue de moi.

— Entrons, dit Barbara.

Mais sur le seuil de la porte, elle se retourna brusquement et embrassa Paul sur la joue.

— Je suis désolée d'être de si mauvaise humeur ce soir. (Elle eut un petit rire hésitant.) Je ne sais pas ce qui m'a prise… Je réfléchis trop. (Elle l'embrassa encore une fois.) Bonne nuit.

— Quand est-ce que je peux te revoir ?

— Je ne sais pas. Téléphone-moi.

Paul reprit le chemin de West Oakland, l'humeur sombre. Il se gara devant la petite maison de Corinth Street, coupa le moteur et éteignit les phares, puis il resta assis un moment dans le noir. Barbara était en train de lui échapper. C'était déjà une mauvaise chose en soi, mais en plus, elle l'avait mis sur la défensive. Il avait été irrité et mal à l'aise. Il s'était fait déloger de la solide fondation du Credo. Il se répéta l'Article 2, et sourit avec ironie tant le contraste était grand avec son comportement véritable. Ce soir, la Destinée avait remporté une nette victoire, même mineure – en fait, la journée entière avait été pour lui une défaite. Il repensa à Gally. Pauvre gamine, elle était terrifiée. Bon, puisque c'était lui qui l'avait fourrée dans ce pétrin, il l'en sortirait, quel que soit le prix à payer : Article 3. D'un autre côté, s'il décidait d'appliquer strictement l'Article 5... Paul fit la grimace. La Destinée gagnerait évidemment la partie en choisissant son heure... mais pas en posant ses conditions.

Vu sous cet angle, son problème avec Barbara devenait un simple incident, et la grossesse de Gally rien de plus qu'une petite mésaventure un peu ridicule. Paul sortit de sa voiture et respira l'air frais aux senteurs de brume. Au-dessus de lui, les maisons dressaient leurs énormes silhouettes médiévales, une longue rangée de masses sombres où ne se découpaient que quelques rectangles de lumière, comme dans un décor de théâtre.

Remonté, stimulé, presque exalté, Paul s'avança dans l'allée bordée d'hortensias qui menait à sa petite maison. Quand il entra dans la chambre, Gally leva vers lui un regard ensommeillé, puis voyant l'expression de son visage, elle soupira et s'étira voluptueusement. Paul se déshabilla rapidement, éteignit la lumière et se coucha à côté d'elle.

— Fais attention, dit Gally d'une voix chaude et rauque, ne réveille pas le bébé...

* * *

Aussitôt après le petit déjeuner, Gally sortit. C'était encore un samedi, et Paul ne travaillait pas. Tard dans l'après-midi, elle revint, resplendissante dans un magnifique ensemble en tweed beige, avec un sweater en cachemire assorti.

Paul la regarda, sidéré. Elle traversa la pièce en trottinant gaiement et lui passa les bras autour du cou.

— Je ne suis pas belle, comme ça ? Dis-moi que tu me trouves belle !

— Tu es très belle. Absolument splendide. Tu as tricoté tout ça toi-même ?

— Là, Paul, tu me fais marcher.

— Je me demande qui fait marcher qui. (Paul s'assit sur le canapé.) Alors, qu'est-ce que tu as appris ?

— À quel sujet ? demanda Gally en fronçant le nez. Ah, pour ce machin ? J'ai parlé à une copine. Elle a dit que c'est horrible. (Gally voûta les épaules en frissonnant.) Les filles meurent, elles attrapent le cancer. Leurs organes sont tout tordus. Ma copine a dit qu'ils vous charcutent avec un grand truc comme une cuillère à glace. (Elle frissonna de nouveau.) Ça fait peur, Paul. Ça fait vraiment peur. Et puis ça coûte un tas d'argent.

— Combien ?

— Oh – trois, quatre cents dollars. Quelque chose comme ça.

— Il reste combien des deux cent cinquante que je t'ai donnés ?

Gally ne répondit pas. Elle se pavana et tourna sur elle-même en lançant à Paul des œillades provocantes. Il remarqua ses nouvelles chaussures en croco.

— Tu sais quoi, Paul ? Je pourrais passer pour une Hawaïenne. Ou une Cubaine, peut-être.

Paul soupira :

— Gally, tu es une gentille gamine. Je ne peux pas t'épouser. Je ne veux pas me marier. À moins que ce ne soit avec une veuve âgée dotée d'une immense fortune.

— Tu en as repéré une, Paul ?

— Non, mais je continue de chercher. Quand je l'aurai trouvée, je n'aurai plus aucun souci à me faire.

— Tu l'as peut-être déjà trouvée, Paul. C'est pas ta mère qui laisse des traces de rouge à lèvres sur ta chemise. C'est vrai que ça n'a pas l'air d'être du rouge à lèvres de luxe, alors elle a peut-être même pas de fortune.

Paul la regarda froidement :

— Tu as l'air de t'y connaître, en rouges à lèvres.

— Évidemment. Les filles apprennent tout ça très jeunes.

— Bon, de toute façon, ça ne te regarde pas.

— Bien sûr que si, Paul ! Il faut que je pense à moi. Tu m'épouses, et ensuite, tu peux faire ce que tu veux, du moment qu'il y aura quelqu'un pour m'aider à m'occuper du petit. Si j'ai un bébé, je veux l'élever correctement, et pas le ramener dans Van Buren Avenue.

— Gally, dit Paul, je t'ai donné deux cent cinquante dollars. Tu étais censée te faire opérer. Au lieu de ça, tu as tout dépensé pour t'acheter des vêtements. Bon, ce qui est fait est fait. Je ne m'inquiète pas pour l'argent. Je vais te payer l'opération, mais s'il te plaît…

— Non, Paul, j'ai peur !

— … laisse-moi en dehors de tes projets d'avenir. Ça ne marchera pas.

Gally se laissa tomber sur le canapé.

— Va me chercher une bière, dit-elle.

Paul ouvrit deux cannettes et les rapporta. Gally but une grande gorgée.

— Je vais tout raconter sur toi à Mr Big, déclara-t-elle.

Elle avait pris un ton dégagé, mais qui contenait une nuance de menace.

— Ah, vraiment ? (Paul s'assit à côté d'elle.) Et comment vas-tu t'y prendre pour trouver Mr Big ?

Gally haussa les épaules.

— J'y arriverai. Tous les Noirs connaissent Mr Big.

— Tiens donc… Alors, qui est-ce ?

— Ça, je ne te le dirai pas.

Paul éclata de rire et lui passa un bras autour de la taille.

— Tu es une adorable petite poulette.

Gally se blottit contre lui avec un petit sourire.

— Attends, dit-elle, je vais enlever tout ça. Tu risques de tout froisser.

On ne parla plus d'opération. De temps en temps, Gally boudait, mais Paul faisait comme si de rien n'était. Le lundi soir, il téléphona à Barbara, qui l'informa qu'elle était prise toute la semaine, ainsi que le week-end. Paul raccrocha, très contrarié. De retour chez lui, il annonça à Gally que le vendredi suivant, ils iraient à une soirée dans la maison d'un artiste.

Enthousiasmée par cette perspective, Gally voulut s'acheter une nouvelle petite robe noire. Paul lui dit d'un air sévère :

— Fais-toi opérer d'abord. Après, les choses iront mieux pour nous deux.

* * *

Shaw fit signe au serveur de leur apporter du café. Gally dit d'une voix morne :

— C'était bizarre. On est allés à la soirée, et j'ai vu comment il était avec cette Barbara. C'était vraiment très drôle. Je lui ai demandé si c'était la fille qu'il visait, celle avec l'immense fortune. Il m'a dit que non, bien sûr, est-ce que j'étais folle ? (Gally eut un rire amer.) C'est vrai que j'étais folle. Folle de m'être mise avec Paul. À ce moment-là, je commençais vraiment à m'inquiéter, j'avais plus les idées très claires. J'ai su où Barbara habitait par un Noir qu'elle connaissait, Ted Therbow. Je lui ai téléphoné pour lui demander si je pouvais venir bavarder un peu avec elle. Elle m'a dit OK, et je suis allée la voir. Je crois que Paul avait raison, pour ce qui est de la fortune, parce qu'elle habite une maison vraiment chouette, à Piedmont. Ça m'a déprimée. Comparée à elle, j'avais rien du tout, à part le bébé de Paul. Et ça, ça ne valait pas un clou.

« Je dois dire que c'est une gentille fille. Elle est fière, mais pas du tout bêcheuse. Avec moi, elle a été vraiment sympa. Je lui ai demandé pour Paul, et elle m'a dit que de son côté, c'était fini, elle allait pas se marier avec lui. (Gally regarda Shaw.) Vous avez dit quelque chose ?

— Non. Je me disais simplement qu'il y a des gens incapables de dire la vérité.

Gally se froissa.

— Je vous dis la vérité.

— Ce n'est pas de toi que je parlais.

— Ah. Bon, je continue. Je suis rentrée à la maison. Paul avait sorti une bouteille de scotch et il en avait déjà bu deux ou trois verres. Il était pas de bonne humeur, je l'ai tout de suite vu. Mais comme une imbécile, je lui ai tout déballé. Je lui ai dit que j'étais allée voir Barbara, qu'on avait bavardé… Je l'avais jamais vu aussi en colère. Il a d'abord bu une gorgée de whisky, et puis il m'a flanqué deux baffes, très fort. Il est retourné à la table pour continuer de boire. Je me demandais ce qu'il mijotait. J'aimais pas du tout la tête qu'il faisait. Je ne l'aimais plus. Je lui ai demandé : "Paul, à quoi tu penses ?" Il m'a dit : "J'ai un petit système qui me permet de savoir comment gagner au Jeu de la Vie. Il faut que je trouve la solution pour cette histoire."

« Je l'ai regardé assis là, à boire son whisky. Il faisait pas attention à moi, tellement il était dans ses pensées comme vous pouvez pas imaginer. Il était pas vraiment égoïste. Il était généreux avec son argent, et poli… Mais c'était comme s'il le faisait pour s'amuser, et que personne comptait vraiment sauf lui.

« J'ai continué de rien dire, et il disait rien non plus. Juste assis là à boire son whisky et à réfléchir. Tout à coup, j'ai paniqué. Vous connaissez ces histoires de types qui tuent les filles qu'ils ont mises enceintes ?

J'imaginais tout à fait Paul faisant ça, alors je me suis levée et je suis partie. Il l'a même pas remarqué. Il était peut-être déjà trop saoul.

« Bon, me voilà dans la rue, et comme si j'avais pas déjà eu assez de chocs comme ça, voilà P'pa qui se balade tranquillement dans Corinth Street.

« "Hello, P'pa", que je lui fais. "Hello, Gally, je te cherchais. On m'a dit que tu t'es mise en ménage avec un Blanc. Qu'est-ce que je t'ai toujours dit là-dessus ?" "C'est rien de sérieux, je lui dis, faut pas en faire tout un plat." "J'en fais pas un plat, mais je vais te faire goûter à mon ceinturon. T'as pas honte ?" "J'ai rien fait de si terrible que ça", je lui réponds.

« Là, il a voulu savoir qui était ce fameux gars. Comme j'avais rien à perdre, je lui ai dit : "Tu le connais, c'est le monsieur des allocations." (Gally eut un pâle sourire.) Là, P'pa, il a vraiment été surpris. Il m'a juste regardée comme ça, sans rien dire. Alors j'ai ajouté : "Il m'a mise enceinte, et maintenant, il veut pas se marier."

« P'pa m'a regardée comme si j'étais devenue folle. "Gally, t'as vraiment rien dans le crâne. Bien sûr qu'il va pas se marier avec toi. T'es une négresse." Ça, ça m'a vraiment mise en colère. J'ai dit : "Je m'en fiche, de ça – les choses sont plus pareilles que dans le temps. Je connais des tas de couples mixtes, ils vivent ensemble comme tout le monde."

« P'pa, il a ri un bon coup. Il se fichait bien de moi, comme Paul. Je me suis dit, qu'ils aillent se faire voir tous les deux. Je me suis dit que j'allais me faire faire l'opération, pour en finir. Je voulais pas de bébé. Mais P'pa, il m'a attrapée par le bras. "C'est toi que je cherchais. Où tu habites ?" Je lui montre. Il dit : "Viens avec moi, on va aller voir ton grand amoureux."

« Bon, moi, je m'en fiche. C'est du pareil au même. J'emmène P'pa dans la maison. Paul était allongé sur le divan, ivre mort. La moitié de la bouteille y était passée.

« P'pa voulait pas que je le réveille. "Tiens-toi tranquille, il m'a dit. Je veux examiner un peu la situation."

« Alors, je me suis assise, et P'pa s'est mis à fouiller partout. Il a trouvé la sacoche de Paul, il a regardé les initiales. "C'est qui, ce G.P.G ?"

« Je lui ai dit : "C'est Paul. Garnett Paul Gunther, c'est son nom. Et tu ferais bien de pas toucher à ça, c'est un truc officiel du gouvernement

des États-Unis." "Et alors ? Est-ce que je suis pas un citoyen ? Un contri-
buable ? J'ai le droit de regarder ces machins."

« Et il s'installe pour regarder les papiers de Paul. Il y a rien
d'intéressant là-dedans. J'ai vu Paul travailler des tas de fois. C'est juste
des rapports et des questionnaires, et deux ou trois petits manuels et
modes d'emploi, des trucs comme ça. P'pa, il fait une drôle de tête en
voyant ce bazar. Ça m'a fait rire et il a été furieux. Je suis allée dans la
chambre en me demandant ce que j'allais devenir.

« Je l'ai entendu se lever, et j'ai passé le nez à la porte. Il avait trouvé
le portefeuille de Paul et il prenait tout son argent. J'ai failli crier, mais
je me suis dit que ça m'était vraiment égal.

« P'pa était prêt à s'en aller. Il m'a dit : "Viens, tu rentres à la maison."

« J'avais peur d'aller avec lui. J'aime pas être seule avec P'pa. Il
m'a jamais rien fait, mais je me dis qu'il a peut-être de drôles d'idées.
Et puis il avait dit qu'il me flanquerait des coups de ceinturon. Alors
j'ai dit : "Je remets pas les pieds à la maison tant que Vinnie sera pas
revenue." J'ai cru qu'il allait se fâcher, mais il a simplement ri. Il y avait
un truc qui l'amusait. "Te fais pas de bile pour Vinnie, qu'il dit. Elle va
rappliquer en courant une fois que je lui aurai téléphoné."

« "D'accord, je lui dis, appelle-la, et je reviendrai peut-être demain
à la maison."

« Il a commencé à se mettre en colère, mais finalement, il est parti.
Oh, j'étais vraiment déprimée. Paul était toujours sur le canapé, ivre
mort. Je trouvais que le monde entier était dégoûtant. Je me suis mise
à pleurer, et j'ai fini par m'endormir.

« Il devait être à peu près minuit quand j'ai entendu Paul dans le
salon. Il marmonnait et il cherchait partout comme un fou. Je suis allée
voir. Il avait les cheveux tout hérissés, on aurait dit un sauvage. Il s'est
mis à crier : "Qui est-ce qui m'a volé mes trucs ?"

« Je lui ai raconté la visite de P'pa. Je lui ai dit que j'avais rien pu
faire. Il m'a dit : "Débarrasse le plancher, je veux plus te voir."

« "Mais c'est le milieu de la nuit !", je lui dis. "Fiche le camp, ou je te
balance sur le trottoir."

« Là, j'étais furieuse. "J'ai besoin d'argent pour mon opération." Il
s'est jeté dans le fauteuil et il m'a fait un chèque de trois cents dollars.
Une chose qu'on peut dire pour Paul, c'est qu'il était pas radin. Il m'a

dit : "Tiens, prends ça et dégage." Bon, moi aussi, j'ai ma fierté. J'ai pris le chèque et je suis partie sans me retourner. Je n'ai jamais revu Paul.

Gally soupira tristement.

— C'était il y a une semaine. Je suis restée chez ma copine. Je lui ai demandé pour l'opération. Elle m'a dit qu'elle savait où on pouvait m'arranger ça, et que ça coûtait dans les deux cents dollars. Je lui ai dit OK, qu'elle prenne le rendez-vous. (Elle regarda Shaw, soudain inquiète.) Vous allez pas essayer de m'en empêcher ?

Shaw fronça les sourcils :

— Je vais faire comme si je n'avais rien entendu. Mais assure-toi que c'est quelqu'un de fiable.

— Ma copine dit que c'est vrai docteur.

— Vérifie bien, c'est tout… Bon, qu'est-ce qui s'est passé d'autre ?

— Oh, pas grand-chose. Pour moi, c'était la fin du monde. Maintenant, j'ai l'impression d'avoir quatre-vingt-dix ans.

Shaw s'éclaircit la gorge.

— Je dirais que tu as eu de la chance de te tirer comme ça de ce pétrin. À ta place, je ferais bien attention de ne pas me fourrer dans un autre.

— Oh, je vais faire très attention, Mr Shaw, je vous assure. J'ai bien retenu la leçon.

Et Gally hocha la tête avec une grande détermination.

— Pour en revenir à Paul, dit Shaw. Qu'est devenue sa sacoche ?

— J'imagine qu'elle est encore à Corinth Street. Sauf si le monsieur l'a prise.

— Quel monsieur ?

— Oh, un Blanc avec un gros visage tout rond.

Voyant que Shaw était interloqué, Gally expliqua :

— J'y suis retournée mardi soir pour récupérer mes affaires. Il y avait un type installé dans le salon, pas gêné du tout. Je lui ai dit "Hello !" en entrant. J'étais étonnée, parce qu'il y avait la sacoche de Paul ouverte sur la table, et il regardait les papiers.

« Il m'a demandé : "Qui êtes-vous ?", et je lui ai répondu : "C'est plutôt à moi de vous le demander !"

« Il m'a dit : "Si vous voulez le savoir, je fais partie des services sociaux, et je mets de l'ordre dans certaines affaires."

« J'ai trouvé ça bizarre que Paul ait laissé sa sacoche à la maison. Il était toujours très maniaque avec cette sacoche. Mais là, je m'en fichais. Ce bonhomme pouvait prendre tout ce qu'il voulait. J'ai plus rien dit. Je suis allée dans la chambre pour récupérer mes affaires. Quand je suis ressortie, il était plus là.

— Tu ne l'avais jamais vu avant ?

— Non, jamais.

— Il t'a dit qu'il travaillait aux services sociaux. Tu l'as cru ? Ou bien tu as pensé qu'il mentait ?

— Oh, je crois bien que c'était vrai. Au bout d'un moment, ils prennent tous un certain air. L'air de se demander si vous valez la peine que le gouvernement vous file trente dollars par semaine pour vous permettre de survivre. Sauf Paul. Lui, il a jamais été comme ça.

— Il était comment, ce type des services sociaux ?

— Eh bien, il avait une poitrine très large, un drôle de petit bedon et des jambes maigrichonnes. Des grands bras et des grandes mains avec des longs doigts blancs. Un gros visage tout rond, avec le nez, les yeux et la bouche tout serrés au milieu. Ses cheveux étaient châtain clair, mais il en avait pas beaucoup. Je crois que ses yeux étaient bleus, ou peut-être gris. Je me souviens plus très bien, mais il étaient glacés et très rapprochés. Il avait la peau très blanche, comme du papier ciré. Il avait une veste marron clair et un pantalon marron. Il avait de grands pieds, comme un vieux coq, et des souliers jaunes à bout pointu.

Shaw laissa échapper un petit rire.

— Qu'est-ce que ça a de drôle ? demanda Gally.

— Pas grand-chose, dit Shaw. En fait, ce n'est pas drôle du tout.

Il donna un coup de klaxon, paya le serveur et mit le moteur en marche.

Gally le regarda, mal à l'aise.

— Où est-ce qu'on va ?

— Je veux parler à ton père. Il est à la maison ?

— Non, il est pas revenu, mais je sais où on peut le trouver.

— Où ça ?

— Si je vous montre, vous lui direz pas que c'est moi qui vous l'ai dit ?

— Non.

— OK. Prenez à gauche.

Shaw s'engagea dans Beaumont Street jusqu'à Eighth Street, puis il tourna vers l'est. Gally lui montra un peu plus loin la façade d'une vieille maison qu'on avait agrandie et repeinte dans une affreuse couleur caca d'oie. On y avait ajouté des vitrines et une porte, et placardé diverses publicités pour de la bière et des boissons fraîches.

— Vous voyez cette baraque ? dit Gally.

Shaw lut l'enseigne :

— « La Taverne de Samphire »... C'est là ?

— Oui. Il doit être en train de jouer au poker dans l'arrière-salle, ou bien il fait la sieste à l'étage. C'est son repaire.

— OK, fit Shaw. Maintenant, je vais te ramener chez toi.

CHAPITRE XII

Sid Bethea

Shaw téléphona au QG, puis il retourna au Samphire. Quelques minutes plus tard, une voiture arriva, d'où descendirent deux policiers en civil. Shaw en posta un à l'arrière du bâtiment, et il entra dans l'établissement avec l'autre.

Une jeune femme en uniforme bleu vif était en train d'essuyer des verres derrière le comptoir. Au début, elle ne leur prêta pas attention, puis elle les examina très attentivement. Elle jeta un coup d'œil furtif par-dessus son épaule, et Shaw suivit la direction de son regard. Il vit un jeune homme de dix-huit, dix-neuf ans qui mangeait un hamburger au bout du comptoir. Une bouteille de bière à moitié vide était posée devant lui.

Shaw longea le comptoir et alla jeter un coup d'œil à la salle du fond, qui servait de restaurant. Quand il se retourna, il vit que le jeune homme au hamburger s'était levé et se dirigeait discrètement vers la sortie.

— Juste un instant, je vous prie, lui dit Shaw.

Le policier en civil barra le passage au jeune homme.

Shaw s'avança.

— Montrez-moi votre permis de conduire.

— J'en ai pas, dit le jeune homme d'un air dégoûté. Hé, pourquoi vous vous en prenez à moi ? J'ai rien fait !

— Quel âge avez-vous ?

— Vingt et un ans.

Shaw se tourna vers la serveuse qui observait la scène avec consternation.

— Où est Mr Samphire ?

— Il est à l'arrière.

— Est-ce que Sid Bethea est là ?

Elle cligna des yeux d'un air perplexe.

— Je connais pas de Sid Bethea. Et puis qui vous êtes, d'abord ? Qu'est-ce que vous voulez ?

Shaw montra son badge.

— Vous savez quoi ? dit-il. Si Sid Bethea est ici et que vous ne me l'avez pas dit, Samphire va perdre sa licence. (D'un signe de tête, il désigna le jeune homme.) Il est interdit de servir de l'alcool aux mineurs.

— Oh, eh, soyez pas bête ! dit le jeune homme d'un ton méprisant.

La serveuse s'écria d'une voix aiguë :

— Je fais que servir de la bière ! C'est pas de l'alcool ! Et puis je peux pas savoir quel âge ils ont, les gens qui viennent ici !

— Alors comme ça, vous ne connaissez toujours pas Sid Bethea ?

Elle répondit d'un ton maussade :

— Vous voulez dire un grand costaud avec un nez un peu cabossé et un menton carré ?

— Si c'est Sid Bethea, alors c'est bien de lui que je parle.

Furieuse, la serveuse lança :

— Si c'est lui que vous voulez dire, il est là-haut.

— Qu'est-ce qu'il fait là-haut ?

— Il discute, c'est tout.

— Allez me chercher Samphire. Ne parlez à personne d'autre, si vous voulez continuer de travailler ici.

— Ha ! Je m'en fiche bien si je travaille ou pas.

Le jeune homme commençait à se rapprocher furtivement de la sortie. Le policier en civil s'interposa.

— Bouge pas, fiston.

— Regardez s'il a des papiers, dit Shaw.

— Tu as un portefeuille, gamin ?

— Non, j'ai pas de trucs comme ça. J'en ai pas besoin.

Shaw s'avança et lui tâta les poches. Il sentit une bosse et sortit un portefeuille. Sans commentaire, il l'ouvrit et trouva le permis de conduire.

— Howard Ervin Biggleston. Âge : 18 ans. C'est toi ?

— Non, je me balade avec, c'est tout.

— Je vois.

Shaw lui rendit le portefeuille. La serveuse revint dans la salle et reprit place derrière le comptoir en lui lançant un regard vindicatif. Derrière elle se présenta un homme d'une cinquantaine d'années au teint café au lait, avec des bajoues et une énorme bedaine. Il regarda Shaw, le policier en civil, le jeune Biggleston, et enfin la serveuse avec un air accusateur.

— Je t'avais pas dit de jamais servir ces petits voyous ? Je t'avais pas dit que la loi, il faut la respecter ? (Il se tourna vers Shaw.) Faut l'excuser, monsieur le policier. C'est une chose qu'on fait jamais, ici. On fait super attention question alcool. On a une bonne réputation, vous pouvez demander autour de vous…

Shaw hocha la tête.

— Je veux voir Sid Bethea, mais je n'ai pas envie de devoir fouiller toute la maison.

Les lèvres molles de Samphire se mirent à trembloter.

— Sid Bethea ?

— Oui, je veux le voir.

Des gouttes de sueur perlèrent sur le front de Samphire.

— Qui vous a dit qu'il était ici ?

— Peu importe qui me l'a dit. Alors, vous allez m'emmener là où il est ?

Samphire eut un grand rire jovial.

— Oui, bien sûr. Si vous voulez voir Sid, pourquoi pas ? Sid a rien fait de mal. C'est un bon ami à moi. On était juste en train de jouer aux cartes, entre copains…

— Alors, vous faites aussi tripot, ici ? dit Shaw avec une malice amusée.

— Juste un truc entre amis. Il y a pas de mal à ça, hein ?

— Allez, Samphire, allons voir Bethea.

Le patron hésita. Il balança sa grosse bedaine comme s'il allait protester, puis il se résigna et dit d'une voix maussade :

— En haut de l'escalier. Je vais pas vous y emmener.

Shaw fit signe à son collègue en civil, qui laissa le jeune Biggleston partir. Ils traversèrent le petit restaurant plongé dans la pénombre et gravirent l'escalier en bois. Par une porte ouverte, ils purent voir une table ronde recouverte d'un feutre vert. Au-dessus, une ampoule nue se balançait au bout d'un fil électrique. Shaw s'arrêta sur le seuil et examina la pièce.

Cinq hommes étaient assis en train de jouer au poker. Deux autres, debout, regardaient la partie. Une épaisse fumée de cigare flottait dans l'air, et le sol était jonché de bouteilles de bière.

— Encaissez vos gains, Mr Bethea. J'ai à vous parler.

La partie s'interrompit brusquement. Les joueurs tournèrent la tête, le blanc des yeux luisant sur les visages foncés.

Sid fit comme s'il n'avait pas entendu. Puis il demanda :

— Qu'est-ce que vous me voulez ?

— Vous le savez très bien.

Sid jeta ses cartes sur la table. Il plia les billets qui se trouvaient devant lui et les mit sans se presser dans la poche de sa veste, puis il récupéra ses pièces de monnaie. Il posa les mains à plat sur la table et se leva lentement. Il regarda fixement Shaw pendant une bonne dizaine de secondes.

— Où est-ce qu'on va ?

— Au QG de la police.

— Vous m'arrêtez ?

— Non.

— Alors, je vais peut-être pas y aller.

Shaw comprit que Sid était soucieux de ne pas perdre la face devant ses amis.

— Il est du devoir de chaque citoyen d'aider la police, Mr Bethea. À moins, ajouta-t-il avec un léger sourire, que vous n'ayez des raisons personnelles de ne pas vouloir nous aider ?

Deux des joueurs s'esclaffèrent, mais ils se calmèrent aussitôt quand Sid les regarda.

— Les flics, dit-il lentement, ils m'ont jamais aidé. Alors je me casse pas trop la tête pour eux.

Shaw ne dit rien. Il se contenta de s'écarter pour le laisser passer. Arrivé sur le seuil, Sid se retourna vers les joueurs.

— Partez pas avec tout ce fric. Je reviens avant pas longtemps.

Shaw descendit l'escalier, et Sid le suivit en grognant à chaque pas. Le policier en civil fermait la marche.

Sid monta dans la voiture avec une dignité monumentale. Il y eut une courte attente, le temps de faire venir l'autre policier, puis ils se mirent en route.

— C'est vraiment idiot, tout ça, dit Sid. Si vous voulez savoir quelque chose, pourquoi vous me demandez pas tout simplement ? Au lieu de ça, vous gaspillez votre temps et le mien, sans compter l'essence et l'usure des pneus. Et pour quoi ? Pour rien. C'est complètement idiot.

— Quand est-ce que vous allez commencer à faire vivre votre famille ? demanda Shaw.

— C'est pour ça que vous m'avez embarqué ? J'ai pas de famille, et j'en veux pas. C'est quand même pas de Vinnie que vous parlez ?

— Si, et aussi d'Ainsworth et de Galatea.

— Bah, ils sont assez grands pour se débrouiller tout seuls.

Shaw ne fit pas d'autre commentaire. Les services sociaux pourraient le poursuivre quand ils voudraient pour non-assistance à sa famille. Aujourd'hui, il allait voir Hubbard à propos d'un autre sujet… Shaw sourit tristement. Cela prouvait une fois de plus qu'on ne pouvait se fier à personne…

On escorta Sid dans le bureau que Shaw partageait avec le lieutenant Tom Caldwell. Il y attendit pendant que Shaw buvait tranquillement une tasse de café. Quand Shaw revint, il trouva Sid en train de feuilleter un vieux numéro du *Reader's Digest*.

Il s'assit derrière son vieux bureau en chêne. Un sergent s'installa à une table avec un bloc-notes et un crayon. Un micro installé dans la lampe de bureau de Shaw était relié à un magnétophone dans la pièce à côté.

— Mr Bethea, dit Shaw, je présume que vous savez pourquoi vous êtes ici ?

— C'est encore de ma famille que vous parlez ? Ah, bon sang, fit Sid d'un air dégoûté, j'aurais jamais cru que la ville s'occuperait d'un petit truc comme ça. C'est franchement minable.

— J'enquête actuellement sur deux affaires distinctes, mais qui ont des liens entre elles : le meurtre de Paul Gunther, et le chantage exercé par Mr Big.

Sid gloussa.

— Ce Mr Big, il fait pas que s'exercer. C'est un vrai pro. Il a bien failli me tuer.

— Qu'est-ce qui s'est passé ?

Sid prit un air distant et glacé.

— Vous avez pas causé avec Ainsworth ? Il vous a tout déballé, forcément.

— Je tiens à l'entendre de votre propre bouche.

— C'est pas bien compliqué. Ce Mr Big, il m'a écrit une lettre pour essayer de me pomper du fric. Ha ! Il savait pas à qui il avait affaire ! Je lui ai dit d'aller se faire voir, ce salopard. Et puis je me suis mis à réfléchir. Qui ça pouvait être, ce gars-là ? Je suis allé à la poste avec Ainsworth. Bon, ce Mr Big, c'est un gars prudent, il est malin, mais moi aussi, je suis malin. J'ai vu ce vieux bonhomme qui venait prendre le courrier, et je me suis dit : Mr Big, il doit pas être loin. J'ai regardé un peu partout, il y avait plein de monde, mais personne que je connaissais. Je me suis dit que j'essaierais encore la semaine d'après. Alors, ce soir-là, je suis allé chez Samphire et j'ai reçu un coup de fil.

« Je dis "Allô, Sid Bethea à l'appareil." Et j'entends : "Sid, c'est Mr Big. On dirait que vous fourrez votre nez dans mes affaires." Je dis : "J'ai juste vérifié deux ou trois trucs. Vous faites une grosse erreur, Mr Big. Sid Bethea est pas du genre à se laisser déculotter. Il est trop costaud et teigneux."

« "C'est vous qui faites une grosse erreur, Sid. Je suis vraiment désolé pour vous. Vous allez avoir de gros ennuis."

« "Mr Big, que je lui fais, j'ai une proposition pour vous. Je vais vous faire une fleur. Je vais vous prendre comme associé."

Là, Sid regarda Shaw avec un sourire sardonique.

— J'en pensais pas un mot, bien sûr. Je voulais juste voir ce qu'il allait dire. Alors je lui ai dit : "À nous deux, cette combine va marcher du feu de dieu. Vous êtes malin. Moi, je suis malin et teigneux. Ça va marcher comme sur des roulettes."

« Il me répond : "Oh, moi aussi, je suis teigneux. Je suis même encore plus teigneux que vous."

« "Ça, ce serait difficile, Mr Big. Vous feriez mieux de réfléchir à ma proposition."

« "Sid, je vous ai pas appelé pour écouter des bêtises. Alors, vous allez me l'envoyer, mon argent ? Vous fraudez le gouvernement. C'est un truc à vous retrouver à Alcatraz."

« "Je fraude personne que vous, Mr Big. Je vais bien finir par vous mettre la main dessus, et alors, gare !"

Sid secoua tristement la tête.

— C'est là que j'ai fait une grosse erreur. Je croyais que Mr Big, il se frottait pas aux hommes, qu'il en avait qu'après les bonnes femmes. Ce qui s'est passé, c'est que je suis allé faire un petit poker. J'ai perdu vingt, trente dollars. Quand je suis sorti, vers deux heures du matin, j'étais vraiment furax. Je regarde de tous les côtés. Où est ma voiture ? Elle a disparu. On dirait bien que quelqu'un me l'a piquée. Bon, j'ai plus qu'à rentrer à pied. Je traverse la rue, et j'entends une voiture qui arrive derrière moi. Juste avant qu'elle me rentre dedans, je regarde : c'est ma vieille Buick. Mr Big m'est rentré dedans avec ma voiture à moi ! (Une profonde indignation se lisait dans les yeux rougis de Sid.) Qu'est-ce que vous dites de ça, hein ?

— C'est effectivement assez dur, convint Shaw.

— Je me suis réveillé à l'hôpital. Ils avaient tous l'air étonnés que je sois encore vivant. J'y ai passé trois mois. Mr Big m'a même pas envoyé de fleurs. Ils m'ont laissé sortir il y a deux ou trois semaines. Moi, je me suis dis que j'allais l'attraper, ce Mr Big, et qu'il allait passer un sale quart d'heure.

Sid s'interrompit et regarda ostensiblement autour de lui.

— Vous avez perdu quelque chose ? demanda Shaw.

— Je me disais que vous aviez peut-être une bouteille de whiskey quelque part. Je boirais bien un petit coup.

— J'ai bien peur que ce soit impossible. Nous ne pouvons pas prendre le risque que nos suspects nous accusent devant les tribunaux de les avoir saoulés.

Sid avança la tête d'un air menaçant.

— Hé là, je vous permets pas de me traiter de suspect.

— Si ça vous vexe, dit Shaw, j'arrête.

Sid se laissa retomber dans son fauteuil.

— Bon, vous avez à peu près fini ? J'ai des affaires qui m'attendent.

— Non, j'en suis même encore très loin. Vous ne m'avez pratiquement rien dit !

Sid haussa les épaules.

— Je vous ai dit tout ce que je savais.

Shaw secoua la tête.

— J'ai bien peur que non, Mr Bethea. Il y a des tas de choses que vous ne m'avez pas dites. Que s'est-il passé quand vous êtes sorti de l'hôpital ?

Sid regarda Shaw d'un air maussade.

— J'ai juste repris les choses où j'en étais resté.

— Vous avez continué de chercher Mr Big.

— Non, non. Je me suis dit que si je le laissais tranquille, il me laisserait tranquille. Ce gars est trop teigneux pour qu'on s'y frotte.

Shaw le dévisagea un moment. Sid avait une expression impénétrable. Ses yeux étaient durs et opaques comme deux scarabées. Sa bouche était lourde et crispée.

— Vous m'avez dit que vous aviez hâte de sortir de l'hôpital pour reprendre vos recherches sur Mr Big.

Sid feignit une profonde surprise.

— Je vous ai dit ça, moi ?

— Oui.

— Il faut croire que j'ai changé d'avis. On a bien le droit, non ?

— À la place, vous vous êtes lancé à la recherche de votre fille, c'est ça ?

Sid garda un silence impassible.

— Vous vous êtes rendu dans la maison de Corinth Street, et vous l'avez trouvée en compagnie de Paul Gunther.

— Qui vous a dit ça ? Gally ? Elle ment. Cette sale petite garce ment comme elle respire !

Shaw fut étonné de la virulence de cette réaction.

— Gally nous en a dit beaucoup plus. Elle est prête à témoigner sous serment.

— Elle ment.

Shaw se tourna vers le sergent :

— Vous notez bien tout ça ?

— Oui, lieutenant.

— Je m'en fiche pas mal, dit Sid. On parle, c'est tout. Parler, ça n'a jamais fait de mal à personne.

Shaw se cala dans son fauteuil.

— Gunther était en train de dormir. Vous…

— Il était bourré, oui, ricana Sid.

— Vous avez fouillé dans sa sacoche. Vous avez pris de l'argent dans son portefeuille.

— Il s'est pas plaint.

— Non. Il est mort.

Shaw se leva. Sid l'observa avec méfiance.

— Allons-y, dit Shaw.

— Où ça ?

— En bas. Je vous boucle, pour vol qualifié.

Sid se releva lentement.

— Vous êtes en train de faire une grosse bêtise.

— Comment ça ?

— C'est jamais bon de faire des ennuis à Sid Bethea.

— Vous êtes en train de me menacer, *moi* ?

Sid fit un large sourire.

— Me mettez pas les mots dans la bouche.

— Bon, allons-y, dit Shaw avec impatience.

Il sortit du bureau et s'engagea dans le long couloir sinistre. Soudain, il entendit derrière lui un cri étouffé, des bruits de lutte. Il se retourna vivement : Sid et le sergent en étaient venus aux mains. Un gros portefeuille noir était tombé par terre. Le sergent s'accrochait à l'un des bras de Sid, qui le frappait avec son bras libre tout en essayant d'attraper avec les dents un bout de papier qui dépassait de son poing immobilisé. Shaw bondit derrière lui et lui fit une clé au cou, tout en lui tordant le bras en arrière.

— Lâchez-ça, dit-il, ou vous allez le sentir passer !

Sid lui envoya une ruade, que Shaw esquiva d'un pas de côté. Le sergent frappa le poing de Sid avec le canon de son revolver. Les doigts s'ouvrirent et le papier tomba par terre. Sid essaya de poser le pied dessus, mais Shaw le tira en arrière et le sergent se baissa pour le récupérer.

— Ça va comme ça, Sid, dit Shaw. Arrêtez, maintenant, à moins que vous ne vouliez prendre un bon coup sur le crâne.

Sid s'ébroua comme un cheval essoufflé. Ses épaules se voûtèrent. Shaw dit au sergent :

— Fouillez-le.

Le sergent tâta prudemment les poches de Sid. Dans la poche arrière de son pantalon, il trouva un lourd couteau pliant muni d'une lame de quinze centimètres.

— OK, dit Shaw. On retourne dans mon bureau. On va voir ce que vous avez essayé de faire disparaître.

— C'est rien du tout, bougonna Sid. Si vous voulez m'arrêtez, allez-y, c'est pas la peine de faire tant de simagrées.

— Par ici, Mr Bethea, dit Shaw d'une voix suave. Je vous en prie, si vous voulez bien vous donner la peine…

De retour dans le bureau, Sid s'assit dans le fauteuil, l'air renfrogné. Il prit un cigare, en recracha un bout et s'y reprit à deux fois pour l'allumer.

Shaw lissa soigneusement le papier sur son bureau. C'était une feuille de classeur. Quelqu'un avait tracé un trait vertical au milieu, et avait noté de chaque côté une cinquantaines de noms et adresses.

Shaw leva les yeux.

— C'est vous qui avez écrit ça ?

Sid se contenta de regarder par la fenêtre en soufflant d'un air méprisant la fumée de son cigare vers le plafond. Shaw sourit et se pencha de nouveau sur la liste. À peu près au milieu, il repéra le nom de Wilma Smith, et un peu plus bas, celui d'Angelo Laverghetti.

Le policier leva les yeux vers Sid, qui semblait très songeur.

— Eh bien, Mr Bethea, nous commençons à y voir plus clair. Ceci semble être la liste des clients de Mr Big.

— Vous dites que je suis Mr Big ? demanda Sid.

Shaw se tourna vers le sergent :

— Voyons un peu ce couteau.

Le sergent le posa sur le bureau. Sid se gratta la tête, se frotta le menton…

Shaw ouvrit le couteau, sortit une loupe de son tiroir et examina la lame.

— Je crois qu'il y a du sang séché à la jointure, Mr Big. Nous allons vérifier ça au laboratoire. Si c'est du sang humain, et s'il correspond au groupe sanguin de Paul Gunther, vous êtes dans de sales draps.

Sid secoua la tête avec véhémence.

— Je suis pas Mr Big, pas du tout ! (Il se tassa dans son fauteuil.) Bon, je vais vous dire comment ça s'est passé. Je vais tout vous dire.

Toute l'histoire. Je vais rien vous cacher. Et après, vous me direz ce que vous auriez fait à ma place.

— Très bien, dit Shaw. Allons-y pour la vérité, ça nous changera un peu.

Sid fit délicatement tomber la cendre de son cigare dans le cendrier sur le bureau de Shaw.

— Voilà comment ça s'est passé. Comme j'ai dit, je suis sorti de l'hôpital, encore tout raide et endolori. Je suis plus le jeune coq que j'étais il y a dix, vingt ans, mais je me défends encore pas mal. Je rentre chez moi : pas de Gally. Alors, je la cherche, et voilà que cette petit garce s'est mise en ménage avec le gars des allocs. Je peux vous dire que ça, ça me plaît pas beaucoup. J'entre dans la maison. Le type est complètement saoul. Gally, elle vous a déjà raconté.

« Bon, le lendemain, c'est un jeudi, je vais à la cabine et je téléphone en prenant mon ton le plus sucré : "Mr Big, c'est Sid Bethea qui vous parle, là. Je crois que vous et moi, on ferait mieux de régler nos petites affaires."

« "Je sais pas de quelles affaires vous parlez", il me dit.

« Moi, toujours bien calme et poli : "Mr Big, vous m'avez flanqué à l'hosto. Trois mois que j'y ai passés, à me dire que quand je sortirais, Mr Big il ferait ce qu'il faudrait et qu'il me donnerait mon argent. Ou sinon, tant pis pour Mr Big."

« Là, il s'est fâché tout rouge. Il m'a dit : "Sid, je croyais que tu étais malin, mais là, on dirait que tu l'es pas du tout. Si tu continues comme ça, je vais te tuer. Je vais t'aplatir comme une crêpe, avec les yeux qui ressortiront comme des œufs durs."

« Moi, je me suis fâché aussi : "Espèce de foutu Blanc, tu me rentres dedans, tu me casses tous les os, tu t'envoies ma fille, tu la mets enceinte, et maintenant, tu dis que tu vas me tuer ? C'est pas comme ça que les choses vont se passer. Je vais te dire la différence. C'est moi qui vais te tuer. Voilà la différence. Alors, s'il te plaît, quitte pas la ville, parce que j'ai sacrément envie de te voir !"

« Il a plus rien dit. La ligne bourdonnait comme s'il était en train de réfléchir. J'entendais toutes ces machines à écrire derrière lui. Je me suis dit, maintenant qu'il a la trouille, il va me donner mon argent. Moi, je bluffais, bien sûr, Et puis il raccroche tout doucement. Je savais que je lui avais flanqué la trouille, mais peut-être un peu trop. (Sid secoua tristement la tête.) C'était pas bien malin de ma part. J'avais vu de quoi il était capable, et il a recommencé. Cet après-midi-là, vers trois heures, je suis retourné chez Samphire. Je traverse la rue, et *whoosh* ! voilà une grosse bagnole qui me fonce droit dessus. Comme la dernière fois. Sauf que c'est pas la mienne. Mais cette fois, je me méfiais. Ce Mr Big, il est passé si près qu'il a fait tomber la cendre de mon cigare. Ça m'a foutu en pétard.

« Alors je saute dans ma Buick et je commence à le courser. Il me voit pas, il croit que personne le suit. Il arrive dans MacArthur Boulevard, il s'arrête au feu. Je regarde : il y a un gros camion qui arrive au carrefour. Je me mets juste derrière Mr Big, je passe en première, j'accélère un bon coup, et je pousse sa voiture devant le camion. Il donne un grand coup de volant, le camion aussi, et ça passe de justesse… Mr Big, il a la pétoche de sa vie. Il se retourne, et maintenant, il sait que je veux sa peau. Moi, je sais qu'il veut la mienne. (Sid écarta les mains en un geste de résignation fataliste.) Ça me plaît pas du tout, mais qu'est-ce que je pouvais y faire, hein ? Ce type me court après.

— Vous auriez pu en informer la police, dit Shaw. C'est à ça que nous servons.

Sid cligna des yeux comme si cette idée était entièrement nouvelle pour lui. Il secoua la tête et dit d'un ton légèrement railleur :

— La police, je la connais. Ils m'auraient dit : « Mr Bethea, s'il vous plaît, venez pas nous casser les pieds. On a des choses plus importantes à faire. Personne vous veut de mal. Alors, rentrez chez vous, merci beaucoup. »

Shaw éclata de rire.

— Évidemment, si vous l'aviez dit à la police, vous n'auriez pas pu vous immiscer dans le racket de Mr Big.

— C'est vous qui le dites, pas moi.

Shaw secoua la tête d'un air admiratif.

— Quelle belle paire de fripouilles vous faites… Aucun de vous deux n'osait prévenir la police.

— Hé, là ! fit Sid. Vous avez pas le droit de m'insulter.

— Continuez, dit Shaw avec un geste las. Vous avez donc essayé de le faire percuter par un camion. Il s'en est tiré. Et ensuite ?

Sid se frotta le menton et les coins de ses lèvres se plissèrent en un sourire féroce.

— OK, je vais vous dire ce qui s'est passé. Il me court après, je lui cours après. C'est là qu'on a commencé à s'amuser. On a fait toute la ville. Je dois lui reconnaître une chose, à ce gars. C'était un vrai serpent à sonnettes, malin et teigneux. Avec lui, je savais jamais sur quel pied danser…

* * *

Paul n'éprouva qu'une immense surprise quand un choc à l'arrière le propulsa dans le flot de la circulation. Son cœur se mit à battre à tout rompre. Le camion qui l'avait manqué de justesse poursuivit sa course en zigzaguant tandis que le chauffeur tentait d'en reprendre le contrôle, sans doute en poussant une bordée de jurons. Le rétroviseur lui montra une vieille Buick aux ailes bombées, avec une forme anonyme tassée derrière le volant.

Dans son effort désespéré pour éviter le camion, Paul s'était retrouvé à angle droit par rapport à sa direction initiale. Encore secoué, il accéléra doucement pour s'intégrer à la circulation. La Buick le suivit. Son inquiétude laissa place à une rage bouillonnante. Dans le rétroviseur, il vit la Buick manœuvrer pour se placer encore une fois derrière lui. Il sourit. Il n'avait rien à craindre, sauf s'il était assez bête pour s'arrêter encore au premier rang à un carrefour…

Paul conduisait prudemment, changeant de file chaque fois que la Buick parvenait à se rapprocher de lui. C'était un petit jeu auquel il était prêt à jouer, et qui pouvait douter de l'issue ? Il repensa au Credo et à l'Article 6, et il se redressa sur son siège. Agir, plutôt que réagir. Paul tourna à droite dans University Avenue, et de nouveau à droite dans Grove Street. Il ne faisait aucun effort pour semer la Buick, qui ne posait pas de problème particulier. S'il voulait, il pouvait simplement continuer de se promener dans la ville jusqu'à ce que ce que ce vieux tas de ferraille tombe en panne d'essence.

Dans Grove Street, il se mit à rouler plus vite. Arrivé à Ashby Avenue, il tourna à gauche, vers les collines. Telegraph Avenue, College Avenue et Claremont Avenue défilèrent. Des pentes boisées s'élevèrent sur le côté de la route. Ashby Avenue continua de serpenter et devint

Mountain Boulevard. Paul ralentit en continuant de surveiller dans son rétroviseur. La Buick suivait, tanguant dans les virages, cahotant dans les côtes. Paul fut saisi d'un doute. Son ennemi devait avoir un plan, lui aussi. Il examina attentivement l'image dans son rétroviseur : impossible de distinguer le visage du conducteur. Paul tourna brusquement à gauche dans Tunnel Road, une vieille route secondaire qui menait nulle part en particulier. Cent mètres derrière apparut la Buick inexorable...

Ils continuèrent ainsi le long des méandres de la route, au milieu de collines boisées de pins et de sapins, sans la moindre agglomération en vue. Paul surveillait attentivement sur sa gauche, où il se souvenait que plusieurs petites routes débouchaient venant de Skyline Boulevard. Il passa devant la première, et regarda par-dessus son épaule. Il aurait pu se servir de celle-là... même si ce n'était pas encore bien clair dans son esprit. Son idée était de s'engager dans une de ces petites routes, puis de faire un brusque demi-tour et redescendre en fonçant sur la Buick... Non, pas un bon plan, conclut-il tristement. D'abord, il démolirait forcément sa propre voiture, et puis il n'y avait aucune garantie qu'il réussisse à tuer le conducteur de la Buick, à moins de le percuter avec une telle force qu'il se mettrait lui-même en danger. Bien sûr, il pourrait essayer de sauter avant le choc... Un peu plus loin, il vit une autre route étroite menant à Tunnel Road : Cornwall Way.

Paul s'y engagea et commença à grimper vers la crête sous le couvert de pins majestueux. Il passa devant une maison en verre et séquoia rouge foncé, perchée sur des pilotis, puis il prit un virage en épingle à cheveu. La Buick le suivit prudemment. Une autre maison apparut un peu plus loin, en surplomb au-dessus d'un parking. Et là – ô merveille ! –, une Dodge décapotable rouge et blanche, aux chromes étincelants, attendant le bon plaisir de Paul.

Il pila net et se précipita vers la Dodge. Il jeta un coup d'œil vers la maison, mais un mur de rétention cachait la vue du parking. Paul examina le tableau de bord rutilant : pas de clé, naturellement. Au bas de la pente apparut la Buick, dont les phares semblaient de gros yeux qui fixaient Paul.

Il desserra le frein à main et mit le levier de vitesse au point mort, puis il se plaça derrière la voiture et poussa de toutes ses forces. La

Dodge commença à rouler lentement vers la route. Paul sauta à l'avant pour donner un coup de volant. La voiture prit de la vitesse, et Paul regagna la sienne en courant.

Voyant cette voiture qui descendait vers lui, le conducteur de la Buick se rangea précipitamment sur le bas-côté. La Dodge fit une embardée à droite, à gauche, puis elle sortit de la route et alla percuter un arbre. Le choc et le bruit de tôles déchirées résonna dans la colline. Paul siffla entre ses dents. Raté… Il jeta un coup d'œil vers la maison : il était temps de partir. Il reprit la route, toujours suivi par la Buick, la Buick enragée et vengeresse…

Paul s'engagea à vive allure dans Cornwall, tourna dans Barham et déboucha dans Skyline Boulevard. Un vaste panorama s'étendait à ses pieds : la baie de San Francisco tout entière, entourée de vingt cités aux textures microscopiques. Une vue à laquelle Paul n'accorda pas un regard. Il venait de se souvenir d'une particularité de la route un peu plus loin. Après s'être assuré que la Buick le suivait toujours, il poursuivit son chemin avec un optimisme renouvelé.

L'opération devait être soigneusement minutée, avec une distance précise entre sa voiture et celle de son poursuivant. Il fallait tenir compte également de la circulation habituelle dans Skyline Boulevard. Paul regarda dans son rétroviseur : pas de Buick en vue pour l'instant, ce qui était une bonne chose. Il ne fallait pas qu'il soit vu quand il arriverait à l'embranchement… Il le repéra enfin : un raccourci, guère plus qu'un chemin de terre creusé d'ornières sur une bosse de terrain, tandis que Skyline Boulevard continuait par un virage vers l'ouest. Ce raccourci ramenait à la route à un endroit où le versant montagneux tombait à pic. S'il arrivait par ce chemin de terre pile au bon moment, il pourrait percuter la Buick sur le côté et l'envoyer dans le précipice pour s'écraser cinq cents mètres en contrebas. Sa propre voiture ne devrait pas subir beaucoup de dégâts.

Un dernier coup d'œil dans le rétroviseur : pas de Buick. Il s'engagea dans le chemin de terre, franchit la butte en cahotant et redescendit vers la route. Il s'arrêta une quinzaine de mètres avant de la rejoindre. La situation était parfaite. Le conducteur de la Buick, concentré sur la route, ne pourrait pas le voir. Paul attendit. Les secondes s'écoulèrent. Dix… vingt…. Trente… Où donc était la Buick ? Il entendit un grondement de moteur, un chuintement de pneus. Il commença à rouler dans la pente, en prenant de la vitesse. La voilà qui arrivait ! Les grosses ailes bombées, les phares ! Le capot noir, les flancs blancs, le projecteur rouge sur le toit… Paul écrasa la pédale de frein. Les roues se bloquèrent et il continua de glisser dans la pente jusqu'à la route. Son pare-chocs avant emboutit l'aile arrière de la voiture.

Paul coupa le moteur et attendit avec fatalisme. Deux policiers en uniforme sortirent lentement de leur véhicule.

Dix minutes plus tard, la voiture de patrouille repartit. Paul la suivit avec circonspection. Une convocation au tribunal pour conduite dangereuse était posée sur le siège à côté de lui. Dans quelque temps, il recevrait la facture pour la réparation de l'aile endommagée. Si les agents obtenaient gain de cause, Paul se verrait retirer son permis. Regardez donc ce précipice ! Imaginez si Paul les avait percutés de plein fouet ! Paul avait baissé la tête et reconnu une erreur de jugement, qu'il regrettait. Pendant qu'ils discutaient, une vieille Buick noire aux ailes bombées était passée à côté d'eux et avait disparu en direction du nord.

Paul rebroussa chemin. La route était dégagée, il était débarrassé de son poursuivant. Le soleil se couchait dans le Pacifique. Une brume dorée enveloppait San Francisco et en estompait les détails. Oakland et Berkeley étaient zébrées de longues trainées sombres.

Paul descendit dans le crépuscule et retourna à Berkeley. Il était profondément déprimé. Il remonta Telegraph Avenue jusqu'au campus. En observant les étudiants sur les trottoirs et dans les restaurants, il se sentit triste et seul. Il se gara et entra dans un des restaurants brillamment éclairés, où il commanda un sandwich et du café.

Il y resta assis un long moment à réfléchir au pétrin dans lequel il se trouvait. Il suffirait que Sid Bethea téléphone à Hubbard pour qu'il soit plongé dans la pire des situations imaginables. Non, il y avait encore pire : Sid pourrait même le tuer.

Paul examina la situation sous tous les angles. Il avait divers remèdes à ses ennuis, qui pouvaient se regrouper en trois catégories : retraite, esquive, attaque. Dans la catégorie 1, par exemple, il pourrait faire appel à la police pour obtenir une protection, ce qui focaliserait l'attention sur ses activités annexes au sein des services sociaux… Paul repensa à l'Article 7 : « J'ai en moi une foi inébranlable, et en rien d'autre. Il n'existe pas d'autre entité ou institution capable de m'inspirer confiance. Je n'ai confiance qu'en moi-même. Je ne peux jamais douter de l'étendue de mes capacités – car si je me mets à douter, je compromets le succès de mon assaut dynamique contre la Destinée. »

La Catégorie 1 était à exclure.

Catégorie 2 : l'esquive. Il pourrait démissionner de son poste et disparaître de la circulation pendant quelque temps. Ou bien il pourrait se soumettre aux exigences de Sid et l'accepter comme associé – auquel cas ses revenus se trouveraient réduits de moitié, et les risques multipliés par deux. Sous l'empire de l'alcool, Sid Bethea ne manquerait pas de se vanter... Paul et lui seraient arrêtés, condamnés et envoyés à San Quentin.

Catégorie 2 : rejetée.

Catégorie 3 : l'attaque... et Paul s'étonna soudain qu'il ait pu même un instant envisager de battre en retraite. Il sentit un regain d'énergie. Objectif : rechercher et détruire son ennemi. Comment ?

Paul passa en revue divers moyens. Il devait renoncer à l'utilisation de la voiture en tant qu'arme – il en avait épuisé toutes les potentialités.

Il existait d'autres armes, comme par exemple le fusil calibre .30-30 que son père utilisait autrefois pour massacrer les chevreuils. Paul hocha pensivement la tête. Le fusil, un poste d'observation, et de la patience. Une pression délicate sur la détente – et les difficultés présentées par Sid Bethea s'évaporeraient.

La première étape consistait à récupérer le fusil. Il était rangé sur une étagère du placard de son ancienne chambre, avec la veste de chasse de son père. Pendant toute son enfance, Paul s'était posé des questions sur ce fusil et cette veste, ainsi que sur les trophées dans le salon. Pourquoi son père ne les avait-il pas emportés avec lui après le divorce ? Un jour, sa mère lui avait donné une explication en choisissant soigneusement ses mots. Son père était un homme très égoïste. Il avait privé Lillian Gunther d'associations spirituelles et de beaucoup d'autres avantages. En offrant à une petite amie une certaine broche en opale, il avait commis un acte impardonnable, car c'était un bijou de famille auquel Lillian tenait par-dessus tout. Ce n'était que justice que certains des objets auxquels lui-même tenait soient mis sous séquestre... Elle lui rendrait le fusil, la veste et les trophées quand la broche lui serait restituée. Apparemment, cela s'était révélé infaisable, et les trophées étaient toujours accrochés au mur.

Paul quitta le restaurant et se rendit dans une armurerie où il acheta une boîte de cartouches.

Il retourna à sa voiture et remonta Bancroft Way, prit la transversale au nord du campus et redescendit la colline jusqu'à Halcyon Way et l'Yvanette Arms.

Il leva les yeux vers la façade de l'immeuble. Une rangée de fenêtres éclairées au deuxième étage l'informa que sa mère était chez elle. Paul repartit. C'était vraiment contrariant : sa mère, qui sortait pratiquement tous les soirs pour se rendre à des concerts, des conférences, des groupes de discussion et des réunions de son club littéraire, avait justement choisi ce soir-là pour ne rien faire…

En conduisant sans but précis, Paul se retrouva dans San Pablo Avenue. Et maintenant, où aller ? À West Oakland ? Pas dans la maison de Corinth Street, ou en tout cas, pas ce soir… Et la sacoche qu'il y avait laissée, était-elle en sécurité ? En plus des formulaires, questionnaires, justificatifs et rapports, elle contenait son carnet relié de cuir noir.

Ce serait prudent, songea Paul, de la mettre en un lieu plus à l'abri d'éventuels visiteurs. Peut-être demain, une fois qu'il aurait récupéré le fusil… À ce propos, il fallait qu'il sache si sa mère avait l'intention de quitter son appartement dans la soirée. Paul s'arrêta dans une station-service et téléphona de la cabine. Il entendit la voix de sa mère.

— Lillian Gunther à l'appareil.

— C'est Garnett, Maman.

— Garnett ! Comme c'est gentil de m'appeler ! Où es-tu ?

— En ville. Je travaille tard.

— Un samedi soir ? Comme c'est bizarre !

— Oui, c'est inhabituel. Les choses se sont accumulées. J'ai pensé que si nous arrivions à terminer à une heure raisonnable, je pourrais passer te voir. C'est-à-dire, si tu prévois de rester chez toi.

— Je serais absolument ravie, Garry ! Ça fait une éternité que nous n'avons pas pu bavarder tous les deux.

— Donc, tu ne sors pas ?

— Je suis vraiment trop fatiguée, même si c'est mon club de bridge. J'ai préféré passer une soirée tranquille à la maison.

— Excuse-moi deux secondes, Maman, je vais demander à Mr Perkins si nous en avons encore pour longtemps. (Paul posa la main sur le combiné et attendit une vingtaine de secondes avant de reprendre d'une voix chagrine :) Ah, bon sang, on dirait que je vais en avoir jusqu'à minuit. Perkins vient juste d'arriver avec toute une pile de dossiers, et on va devoir en faire la synthèse avant de partir.

— Oh, Garry ! Comme c'est dommage ! Quand est-ce que je te verrai, mon chéri ? Veux-tu venir dîner demain soir ?

— Je suis déjà pris, Maman, mais au début de la semaine prochaine – disons mardi ou mercredi –, je passerai te voir.

— Oui, Garnett, je compte sur toi. Je te vois si peu depuis que tu as emménagé dans ta maison. Tu n'imagines pas à quel point je me fais du souci pour toi.

— Je vais parfaitement bien, Maman. Absolument aucun problème. Et toi, comment ça va ?

— Oh, tu me connais, j'ai toujours mes petits soucis de santé. Rien de grave, ou du moins je l'espère. Le Dr Stannage veut que je perde trois kilos, et il m'a prescrit un régime. C'est vraiment un homme mer-veilleux.

— Bon, surtout, prends bien soin de toi, Maman, et je passerai te voir dans deux ou trois jours.

— Bonne nuit, mon chéri. Je suis si contente que tu m'aies appelée.

— Bonne nuit, Maman.

Paul retourna sur le trottoir. Il s'attendait à ce que sa mère veille jusqu'à dix heures et demie, et puis elle se ferait une tasse d'Ovomaltine qu'elle boirait dans son lit.

Tout le long de la rue, des néons colorés clignotaient, brillaient et vibraient : vermillon, vert, bleu. Le ciel nocturne était lumineux. Des voitures émergeaient d'une coulée de métal en fusion et passaient dans un chuintement de pneus, un éclat de phares. Partout il y avait de l'agitation, de la lumière, une sensation de temps et d'espace. Cet instant possédait une signification immense, juste au-delà de la compréhension de Paul. La Destinée se tenait tout près, partageant avec lui ses perceptions de couleurs et de mouvements, éprouvant peut-être le même sentiment de mélancolie... Paul se secoua. Cet état d'esprit était irréel. Il fallait qu'il s'attaque à son problème immédiat.

Bon, très bien. À 23 heures, sa mère dormirait. À minuit, il pourrait entrer dans l'appartement et récupérer le fusil.

Il avait quatre heures devant lui. Il songea un instant à téléphoner à Barbara, mais il rejeta l'idée. Il entra dans un bar pour boire une bière, mais la télévision était trop bruyante et il ressortit aussitôt. Il retourna dans sa voiture où il resta simplement assis un moment. Finalement, sans destination particulière à l'esprit, il repartit dans San Pablo. Une petite reconnaissance des lieux pourrait être utile.

* * *

Sid dit à George Shaw :

— Je suis rentré chez moi. Je me demandais ce que ce gars allait faire maintenant. Il voulait ma peau, ça, je le savais, et j'avais intérêt à faire gaffe.

— Et la police, dans tout ça ? demanda Shaw d'une voix douce. Vous nous aviez complètement oubliés ?

Sid ricana.

— À quoi elle pouvait me servir, la police ? Je vois le truc d'ici. Je dis : "Écoutez, monsieur l'agent, il y a un type qui cherche à me buter. Je veux que vous l'arrêtiez." Et lui, qu'est-ce qu'il répond ? "Mr Sid, ça vous vaut rien de boire toute cette mauvaise bibine. Rentrez chez vous, ou sinon je vous coffre." Et moi, je dis : "Monsieur l'agent, je blague pas. Ce type, il m'a écrasé avec ma Buick. Et cet après-midi, il a essayé de m'emboutir avec une grosse Dodge. S'il vous plaît, monsieur l'agent, arrêtez-le avant qu'il fasse des dégâts !" Et lui, il me répond : "Mr Sid, allez-voir ailleurs si j'y suis." (Sid écarta les mains en un geste d'impuissance.) Alors, qu'est-ce que je pouvais faire, hein ?

— Vous saviez que c'était Mr Big. Comment se fait-il que vous ne soyez pas venu nous le dire ?

— Ça aurait servi à rien.

— En fait, si vous aviez parlé à la police, ça aurait mis fin au racket, et vous, vous vouliez en profiter… Mais écoutons la suite.

Sid poursuivit sur le ton de l'homme injustement accusé.

— Comme j'ai dit, je voulais savoir ce qu'il mijotait. Une chose était sûre, il allait pas laisser tomber comme ça. Vinnie, Ainsworth et Gally étaient allées au ciné. Alors je me suis posté dans le salon devant la fenêtre, en me disant que c'est sûr qu'il va se pointer dans le coin. Je fume tranquillement mon cigare, et j'attends pas trop longtemps : le voilà qui arrive. Il roule tout doucement, en regardant de tous les côtés. Comme j'ai garé la Buick dans l'appentis, il peut rien voir. Moi, je sors en courant, je saute dans ma voiture, et je le suis.

Sid s'interrompit pour examiner son cigare. Il craqua une allumette pour le rallumer. Shaw continuait de l'observer en silence.

— Bon, reprit Sid, je l'ai suivi. Il s'est baladé ici et là, et il a fini par se retrouver à Berkeley. Il s'est arrêté devant un grand immeuble. Je me suis arrêté aussi, mais il m'a pas vu…

* * *

Paul prit San Pablo Avenue en direction du sud, vers la partie brillamment éclairée de Central Oakland. Jamais le temps ne s'était écoulé avec une telle lenteur. Quel soulagement ce serait quand il en aurait fini avec toute cette affaire : il pourrait laisser tout ce bazar derrière lui, quitter son travail et réemménager à Berkeley… Il tourna à droite dans West Oakland et roula au hasard dans des rues qu'il avait trouvées autrefois si pittoresques. Il s'engagea dans Seventh Street avec ses marchés, ses bars et ses tripots. Là : la Taverne de Samphire, le repaire de Sid Bethea. Paul ralentit et roula au pas, en scrutant la rangée de voitures garées. Pas de Buick aux ailes bombées… Il tourna dans Corinth Street et s'approcha de sa maison. Il se demanda ce que devenait Gally, mais sans vraiment y attacher beaucoup d'intérêt. Cinq cent cinquante dollars, qu'elle lui avait coûtés… Cela étant, l'argent n'était pas un souci, il savait toujours où en trouver facilement grâce à son ingéniosité. Et cet argent, il ne le laisserait à personne ! La mélancolie de Paul laissa place à la colère et au ressentiment : Sid Bethea avait été prévenu, le combat était engagé.

Mais il devait se garder de toute imprudence. Sid était à sa recherche, et lui cherchait Sid. Il était impossible de dire où Sid était allé, ni ce qu'il mijotait… Paul passa devant la maison de Corinth Street en roulant au pas. Il jeta un coup d'œil vers l'allée menant à l'entrée : elle était plongée dans le noir, et il n'y avait pas de lumière aux fenêtres. La sacoche devait être en sécurité. Et le carnet noir ? Sans doute aussi. Demain, il reviendrait le chercher.

Il tourna dans Lily Street et s'approcha de Van Buren Avenue. Là :
la vieille maison qui faisait l'angle, celle que Gally avait voulu qu'il
achète. Les murs défraîchis étaient blêmes à la lueur du réverbère, et la
maison semblait plus sinistre que jamais… Il tourna au coin de la rue
et passa devant la citadelle de son ennemi : pas de Buick en vue. Les
fenêtres étaient sombres. Où était passé tout le monde ? Paul eut une
envie soudaine de s'arrêter, d'explorer les pièces désertes.

Il continua d'avancer, avec l'impression que la maison le suivait des
yeux. Un frisson le parcourut. Bon, ça va comme ça, se dit-il, fichons le
camp d'ici. Il donna un brusque coup de volant pour faire demi-tour et
appuya à fond sur l'accélérateur.

Avec pour résultat que, quand Sid eut enfin sorti sa Buick de l'appentis, démarré dans un grondement rageur et enfilé Van Buren Avenue
dans un rugissement de moteur, la décapotable de Paul était déjà dans
San Pablo Avenue et avait disparu.

Sid poussa un juron et marmonna :

— Ce gars-là a plus d'un tour dans son sac, mais c'est pas grave. Le
vieux Sid, il en a plein dans son sac aussi.

Il s'arrêta au bord du trottoir pour réfléchir.

— Il faut bien qu'il dorme quelque part. Il va pas revenir à Corinth
Street. Pas ce soir. Il va peut-être aller dans un motel. Peut-être que…

Sid sortit un bout de papier de sa poche, la page qu'il avait arrachée
dans le carnet noir de Paul. À la faible lueur d'un réverbère, il parcourut
avec délice la liste de noms. Tout ça, c'est de l'argent… se dit-il avec
émerveillement. De l'argent facile ! Et lui qui voulait me prendre le
mien ! Pas pour deux sous de bon sens, ce gars-là !

Il retourna la feuille et contempla l'adresse :

G. Paul Gunther
Yvanette Arms, Appt. 303
600 Halcyon Way
ROsewood 4–9516

— Peut-être… dit Sid. Peut-être bien…

Il descendit de voiture et traversa la rue pour aller dans la
station-service. Devant la cabine téléphonique, il fouilla dans sa poche

et en sortit une poignée de monnaie, où il trouva une pièce de dix *cents*. Il entra dans la cabine et composa le RO4–9516

À la troisième sonnerie, une femme répondit avec une voix de pimbêche :

— Allô ?

— Allô, je voudrais parler à Mr Paul Gunther.

— Paul ? Mais il n'habite plus ici, maintenant. Je suis vraiment désolée.

— Ouais, grommela Sid, c'est pas de chance.

— Voulez-vous lui laisser un message ? Je suis sa mère, et je le vois une ou deux fois par semaine.

— Non, dit Sid, pas de message. Dites-lui juste que Mr Big l'a appelé.

— « Mr Big » ?

La voix était perplexe et hésitante.

— C'est ça, madame, Mr Big.

— Très bien, je le lui dirai. Mais je ne sais pas quand je le verrai.

— C'est pas grave, madame. N'importe quand, ça ira.

Sid retourna dans sa voiture et resta assis en agrippant le volant à deux mains. Bon, le gars a besoin d'un endroit où dormir. Où aller, sinon dans l'appartement de sa maman ? Ça coûte rien de jeter un coup d'œil. Si ça se trouve, je pourrai lui tomber dessus et lui donner une bonne leçon. Comme ce qu'il m'a fait. Trois, quatre mois à l'hôpital. Et en plus, il a essayé de me refaire le coup. Mais cette fois, on est deux à jouer à ce petit jeu… Il faut que je fasse gaffe aux flics, parce qu'ils laissent jamais aucune chance à un pauvre nègre… Je vais y aller tout doux, bien tranquille… et là, je cogne ! Comme un grand cheval qui vous balance une ruade. Prudent, mais efficace…

Sid redémarra. Il écouta un instant les bruits sous le capot, d'une oreille à la fois critique et affectueuse. Quand il serait Mr Big pour de bon, il se débarrasserait de ce tas de ferraille, et il s'achèterait une vraie voiture, toute neuve et brillante. Il se paierait aussi deux ou trois beaux costumes, un beau chapeau, des belles chaussures. Les gens le regarderaient passer en disant : « Qui c'est, ce grand mec ? » Et d'autres leur diraient : « Comment, vous savez pas ? D'où vous sortez ? C'est Sid Bethea, l'as du poker, un gros caïd… » Et en travers de son chemin, il n'y avait que ce petit morveux qui était censé être l'assistant social. Sid eut un petit rire sarcastique. Question assistance sociale, ce type l'avait bien assisté : il l'avait envoyé à l'hôpital. Il avait bien assisté Gally : il lui avait fait un gosse. Et tous ces autres gens, il les avait bien assistés en leur prenant leur argent... Enfin, bon, ce type avait besoin de dormir quelque part. Où ça ? Dans un motel ? Pas quand sa mère avait un appartement tout ce qu'il y a de plus confortable...

Sid prit sa décision. Autant aller faire un tour à Berkeley, ce serait idiot de passer à côté. Il repartit et, arrivé à San Pablo, il prit la direction du nord.

Chapitre XIII

Paul Gunther

Le plan de Paul était simple. Il allait récupérer le fusil, puis il retournerait à West Oakland où il se trouverait un endroit commode pour se mettre à l'affût. Quand Sid apparaîtrait, il l'abattrait. Ensuite, il traverserait le pont de Richmond–San Rafael et jetterait le fusil dans la baie. Ce programme ne comportait aucune complication et devrait très bien marcher. Si on lui posait des questions, il n'aurait qu'à dire qu'il dormait chez lui à ce moment-là. Qui pourrait prouver le contraire ? Ou bien il pourrait retourner dans l'appartement de sa mère. Le lendemain matin, elle serait très étonnée de le voir, et Paul manifesterait le même étonnement : « Mais voyons, Maman, on a bavardé cinq minutes quand je suis arrivé hier soir. » Sa mère ferait semblant de s'en souvenir, et la visite inventée deviendrait une réalité.

Il regarda de bout en bout le programme d'un des petits cinémas proches du campus, puis il se rendit à l'immeuble de sa mère. Selon ses habitudes, il s'en approcha en passant par Mariposa Street et se gara un peu avant le coin de la rue. Sid Bethea, posté en face de l'Yvanette Arms à l'ombre d'un chêne, faillit le manquer. Il vit apparaître une silhouette en pantalon de flanelle grise et veste foncée, qui leva la tête vers les fenêtres du deuxième étage, à présent sombres. Ce n'est que lorsque Paul pénétra dans le jardin que Sid comprit. Il traversa la rue en courant. S'il pouvait mettre la main sur ce type, juste s'en approcher... Il arriva dans le jardin juste au moment où la porte d'entrée se refermait sur Paul.

À travers le panneau vitré, il put le voir traverser le hall dallé de rouge et prendre l'escalier

Sid serra les poings. Il retourna à sa voiture tout en continuant de regarder par-dessus son épaule. Sacrément bizarre, songea-t-il. Pourquoi il allume pas les lumières ? Il en a peut-être pas besoin, il voit peut-être dans le noir…

— Je vais attendre encore un petit peu, marmonna-t-il. Je vais voir ce qu'il essaie de faire…

* * *

Paul monta l'escalier. Au rythme régulier de ses pas, il pensait à l'Adversaire. La Destinée qui approche ! Paul rejeta cette idée. Non, pas la Destinée qui approche, seulement le bruit de mes pas sur les marches ! Je suis maître de la situation ! Quand il atteignit le deuxième étage, il était dans un tel état d'exaltation qu'il faillit négliger les précautions les plus élémentaires. Mais la vue de la porte familière et l'idée de sa mère dormant dans l'appartement sombre le ramenèrent à la raison. Il s'avança à pas feutrés.

D'abord, dévisser l'ampoule sur le palier afin qu'aucun rayon de lumière ne puisse le précéder dans l'appartement. Ensuite, introduire la clé dans la serrure et la tourner délicatement. Pousser le battant de l'épaule pour l'ouvrir lentement. Entrer dans le vestibule, refermer la… Il se figea sur place. Un bruit dans la chambre de sa mère, fort et inquiétant. Un toussotement. Un autre. Un grincement de sommier.

Sa mère ne dormait pas encore.

Paul ressortit de l'appartement et referma doucement la porte. Il résista à l'envie de pousser un juron. Cela n'aurait fait que ravir l'Ennemi.

Bon, très bien. Il n'était pas pressé. Il attendrait encore une heure.

Il redescendit dans le hall, poussa la lourde porte vitrée et sortit dans la nuit. Il flâna dans le jardin, écoutant le bruit cristallin de la fontaine du bassin aux poissons, humant le parfum des cèdres. Deux jeunes filles passèrent le long de Halcyon Way, devisant et riant. Paul alla jusqu'à la grille et les suivit des yeux. Des filles… Il retourna dans le jardin et s'assit sur un banc de pierre. Une heure à attendre. Ce n'était pas bien grave. Il y avait toutes les chances pour que Sid soit encore en train de faire la fête chez Samphire. Il y aurait largement le temps de le surprendre quand il rentrerait chez lui en titubant… Paul fronça les sourcils. Sid était peut-être en train de patrouiller les rues au volant de sa Buick... Il pouvait être tout près, ou très loin...

Sid était tout près. Il avançait dans l'ombre, tenant à la main un mince câble d'acier dont il avait fait un nœud coulant. En se tenant baissé, il traversa un parterre de primevères et se cacha derrière un troène, puis il s'approcha du banc par-derrière... et se redressa brusquement en déployant son garrot. Paul, plongé dans ses pensées, sentit sa présence. Il regarda par-dessus son épaule, poussa un cri et tomba à la renverse. Sid se rua sur lui, mais rata son coup. Paul essaya de se relever, mais il retomba à terre et roula sur le côté. Avec un grognement bestial, Sid tenta de l'agripper. Paul réussit à se mettre à quatre pattes et se jeta contre Sid, qui bascula par-dessus le banc.

Paul courut à toutes jambes vers l'entrée de l'immeuble. Il sortit son trousseau de clés – quel cauchemar ! Il trouva la bonne et la mit dans la serrure, tandis que Sid accourait dan l'allée. Il ouvrit la porte, se précipita à l'intérieur et la claqua derrière lui. Une silhouette s'aplatit contre le battant vitré, et deux yeux rouges de rage se braquèrent sur lui. Paul recula en haletant, furieux contre lui-même. Pris par surprise, en embuscade ! Il avait failli se faire tuer ! Mais lui aussi pouvait jouer à ce petit jeu ! Une arme, une arme... Dans le garage ? Quel genre d'arme pourrait-il trouver dans le garage ? Un démonte-pneu ? Une manivelle de cric ? Une clé à molette ?

Sid était parti, il n'y avait plus de silhouette derrière la porte vitrée. Paul descendit les trois marches qui menaient au parking et poussa la porte. Il alluma la lumière. Trois voitures étaient garées dans leurs emplacements.

Paul ouvrit une armoire : pas d'arme. Juste quelques pots de peinture, diverses bouteilles, une pile de vieux journaux. Il allait devoir improviser. Partout dans le monde, des gens fabriquaient des engins mortels à partir de bricoles. Comme le garrot de Sid, par exemple... Paul eut une idée.

Il prit un bocal de mayonnaise dont le couvercle était intact. Sur une étagère, il trouva un ouvre-boîte qui devrait suffire pour ce qu'il voulait en faire. Il s'approcha de la première voiture et se baissa pour essayer de percer le réservoir d'essence. Ses efforts n'aboutirent à rien. En calant l'ouvre-boîte et en faisant levier, il réussit enfin à percer le métal et un flot d'essence jaillit. Paul remplit le bocal et recula. L'essence se répandit en une large flaque sur le sol, remplissant l'air d'une odeur suffocante.

Paul posa le bocal sur un établi et fit un trou dans le couvercle, dans lequel il inséra un bout de chiffon, puis il le revissa. La mèche de chiffon baignait à présent dans l'essence.

Il s'approcha de la porte donnant sur la rue. Elle était fermée de l'intérieur par un simple verrou. Il hésita. Et si Sid était de l'autre côté ? Dans ce cas, il lui jetterait le cocktail Molotov à la tête sans l'allumer et il retournerait dans le hall de l'immeuble, d'où il pourrait s'enfuir. Derrière lui, cinquante litres d'essence formaient une large flaque noire dont les vapeurs lui imprégnaient le cerveau. Il se sentait la tête légère. D'un coup sec, il ouvrit la porte du garage… Pas de Sid. Paul sortit dans la rue et courut telle une ombre jusqu'à l'angle de Mariposa Street. Là, il s'arrêta et jeta un coup d'œil vers l'immeuble.

Il repéra Sid, une silhouette postée près de la grille et observant le jardin. Puis Sid recula et leva les yeux vers les fenêtres du deuxième étage. Paul rit doucement. Tu n'en as plus pour très longtemps, Sid, plus pour très longtemps…

Un couple âgé arriva le long de Halcyon Way, en se chamaillant d'une voix lasse. Sid battit en retraite de l'autre côté de la rue et disparut dans l'ombre. Le couple entra dans le jardin de la résidence. La porte s'ouvrit, se referma, et ce fut de nouveau le silence.

Les ombres étaient épaisses sous les chênes en face de l'immeuble. Paul entendit le déclic et le claquement d'une portière de voiture. Il plissa les yeux en s'efforçant de distinguer les formes et les masses. Il finit par voir que Sid était assis à l'avant de sa Buick.

Paul réfléchit. Impossible de traverser la rue sans se faire repérer. Mais en faisant le tour du pâté de maisons, il pourrait s'approcher de Sid par-derrière… Il se retourna et partit en courant dans Mariposa Street.

* * *

Sid se pencha vers Shaw en pointant vers lui un index boudiné.

— Maintenant, je vais vous dire un truc que vous allez peut-être pas croire. Je suis là, chez moi, bien tranquille, et je réfléchis. Je me dis que je pourrais juste faire un tour à Berkeley, parler à la mère de ce type. Elle pourrait peut-être lui mettre un peu de plomb dans la cervelle – parce que si ce type me fiche pas la paix, je sais qu'il va passer un sale quart d'heure. (Sid secoua tristement la tête.) Ça, c'est un truc que j'aime pas. Je fais ma pelote sans me mêler des affaires des autres, du moment qu'ils me laissent tranquille. Mais s'ils commencent à me pousser un peu trop, alors là – gare ! C'est ça que je veux expliquer à sa mère.

« Bon, je prend ma voiture et je vais à Berkeley. Je me gare dans la rue en face de l'immeuble, et je vois arriver Paul. Il a l'air un peu dingue. Il me dit : "Qu'est-ce que tu fais là ?" Comme ça, simplement.

« Je lui dis : "Mon gars, je vais parler à ta mère. Elle arrivera peut-être à te faire comprendre où est ton intérêt."

« "Elle voudra pas te parler, qu'il me dit. Elle parle pas avec n'importe qui. Tu ferais mieux de retourner là d'où tu viens. On veut pas de gens comme toi ici."

« Je lui dis : "Toi, le Blanc, commence pas à me chercher. Je vais parler à ta mère, que ça te plaise ou non."

« "Ah bon ? qu'il me fait. Tu crois ça ?"

« "Ouais, pas qu'un peu."

« Alors il me dit : "Attends une minute, je vais voir si elle est couchée. Retourne dans ta voiture, et je viendrai te dire comment ça se présente."

« Je dis : "OK, ça me va. Du moment que je peux lui parler, c'est tout ce que je veux."

« J'avais garé ma voiture une cinquantaine de mètres plus loin. J'avise une Pontiac, et je me dis que je serai aussi bien là pour attendre. Et j'attends. Et j'attends… Qu'est-ce qu'il peut bien foutre, ce gars ? Je le vois pas sortir. Je commence un peu à m'inquiéter. Je sais que c'est un vrai teigneux, je lui fais pas confiance pour deux sous. Heureusement, je regarde dans le rétro, et je vois un type qui s'approche sur le trottoir derrière moi. Je fais pas trop attention, mais ce type, il est sacrément bizarre. Il avance tout doucement, sans bruit, et puis il gratte une allumette. Je me dis qu'il s'allume une cigarette ou un cigare. Et puis il y a une grande flamme : c'est Paul qui tient une bouteille ! Il la balance, et je me dis, ça y est, Sid, ta dernière heure est arrivée… Je me jette contre la portière, elle s'ouvre et je tombe sur la chaussée. La bouteille passe par la fenêtre, et *whoom* ! une grosse boule de feu, comme si le monde explosait. Si j'avais pas regardé dans le rétro, je serais pas là en ce moment pour vous le raconter. Je m'en suis tiré de justesse.

« Paul, il sait pas que j'ai réussi à sortir. Il peut rien voir avec toutes ces flammes. Il traverse la rue en courant, l'air drôlement content de lui. Moi, je m'éloigne en rampant. Je peux vous dire que j'ai jamais été aussi furax de ma vie. C'est à peine si je vois clair. Si j'arrive à mettre la main sur ce gars, son compte est bon.

« Je me mets à courir après lui, et au coin de la rue, je le vois qui monte dans sa voiture. Il me voit, et il a pas l'air de croire que c'est moi. Il doit me prendre pour un fantôme. Et puis il démarre et il s'en va. Je retourne récupérer ma Buick. Il y a des tas de gens autour de la Pontiac. Il y a un gars drôlement excité qui saute sur place en braillant : "Pourquoi qu'ils ont brûlé ma bagnole ?"

« Je monte dans ma voiture et je me mets à suivre Paul. Je le vois tourner dans Fulton Street. Il se retrouve coincé dans la circulation dans University Avenue, et j'arrive à me mettre juste derrière lui. (Sid secoua lentement la tête.) Pas très malin de ma part. En restant un peu à distance, j'aurais eu mes chances de l'avoir. Mais là, il m'a vu. Maintenant, il sait que je suis derrière lui avec ma vieille Buick…

* * *

Paul avait la peau moite. Ses doigts tremblaient sur le volant. Il y avait derrière lui une sombre créature maléfique et indestructible. Aussi implacable que… Les mots semblèrent se figer dans les pensées de Paul. Une nouvelle idée, étrangement effrayante, lui était venue à l'esprit.

Il inspira une grande goulée d'air et se redressa sur son siège. Non. La voiture derrière lui était conduite par Sid Bethea. Et pourtant, d'un autre côté, si le Credo était la vérité…

Il repartit en roulant aussi vite qu'il l'osait. La Buick se perdit au milieu de la masse de phares. Paul tourna à gauche vers Telegraph Avenue. Une autre voiture tourna derrière lui, qu'il ne put identifier. Dans Telegraph, il prit à droite vers Oakland. La voiture en fit autant. Plus aucun doute, Sid était sur ses traces.

Paul serra les dents. C'est le défi. Le grand défi. Je le relèverai, et je gagnerai.

Le feu se trouva au rouge pour la Buick, mais Sid le brûla sans même ralentir. Paul en fut sidéré. D'une certaine façon, cet acte lui semblait le plus grave de tous ! Il y avait des règles de base dans le Jeu de la Vie... et Sid refusait de les respecter.

— Un type comme ça ne devrait pas avoir le droit de conduire, marmonna-t-il.

Comment le semer ? Rouler jusqu'à ce qu'il n'ait plus d'essence ? Partir sur l'autoroute, où il pourrait facilement semer cette vieille Buick ? Une idée vraiment formidable lui vint à l'esprit. Formidable et simple. Elle dépendait de Barbara Tavistock.

Elle devait être chez elle, c'est ce qu'elle lui avait dit jeudi. Elle ne serait pas encore couchée. Barbara avait horreur de se coucher tôt. Est-ce qu'elle accepterait de lui prêter sa voiture ? C'est ce qui restait à voir.

Paul traversa le quartier commerçant de Piedmont par Highland Avenue, puis il arriva dans la zone des petites rues qui grimpaient au flanc de la colline et s'engagea dans Flores Way... toujours suivi de Sid Bethea. Paul tourna dans l'allée des Tavistock. Il fronça les sourcils en voyant une vieille Ford verte. Jim Connor. Qu'est-ce qu'il faisait là ? Paul freina brutalement et courut jusqu'à la porte d'entrée. Par-dessus son épaule, il vit que Sid s'était arrêté dans la rue.

Barbara vint lui ouvrir. Jamais Paul n'avait vu une telle beauté. À la fois chaleureuse et glacée, proche et distante...

— Hello, Paul.

— Je peux entrer ?

Barbara s'effaça sans un mot. Dans le salon, on entendait de la musique, le crépitement des bûches dans la cheminée. Jim Connor sortit dans le vestibule et examina Paul d'un air à peine intéressé. Mais ce soir, Connor n'était rien : une simple silhouette en arrière-plan, dénuée de couleur et d'importance. La vie consistait uniquement en Paul et la Destinée, qui avait à présent les traits de Sid Bethea.

Barbara dit avec un humour légèrement acide :

— Tu sembles agité, Paul.

— Agité ? (Paul évalua son état d'esprit.) Non, je ne crois pas.

Barbara le regarda d'un air sceptique. Connor prit distraitement un numéro de *Town & Country* posé sur un vieux tabouret en teck.

Il y eut un silence. Connor reposa le magazine et dévisagea Paul d'un air détaché. Barbara dit d'une voix faussement enjouée :

— Aimerais-tu une tasse de café, Paul ?

— Oui, volontiers, dit-il poliment.

— Allons dans le salon. Il fait bon, devant le feu.

Paul s'assit sur le canapé, tandis que Connor s'installait dans un fauteuil. Barbara partit dans la cuisine pour faire le café.

— Qu'est-ce qui vous amène par ici ? demanda Connor.

Paul réfléchit.

— C'est une longue histoire… Je dirais que c'est essentiellement l'instinct de conservation. Et vous ?

— Oh, deux ou trois petites choses. Vivacité animale. Café gratuit.

Paul se leva.

— Je vais voir où en est le café.

Il se rendit dans la cuisine. Barbara leva la tête, puis elle s'absorba dans le remplissage de la cafetière.

Paul s'adossa au mur d'un air dégagé.

— Pour diverses raisons, dit-il, ça n'a pas trop bien marché entre nous.

Barbara fit un petit geste qui se voulait désinvolte.

— Ce sont des choses qui arrivent tout le temps.

— J'imagine que tu n'as pas envie de réessayer ?

— Non.

— Tu as sans doute raison. Au fait, je me trouve en ce moment dans une situation un peu délicate. Je me demandais si tu pourrais m'aider.

Barbara le regarda fixement.

— Qu'est-ce que tu entends par « situation délicate » ?

Paul répondit en riant :

— Rien de bien grave. Un type veut me tuer. En fait, il me cherche en ce moment même.

Barbara s'efforça de garder une voix calme et impersonnelle.

— Si j'étais toi, j'irais voir la police.

— Ah, surtout pas. Ils gâcheraient tout.

Barbara se remit à la préparation du café.

— J'ai bien peur de ne rien comprendre à ton histoire.

— C'est parfaitement simple, dit Paul. Il cherche à m'attraper, je cherche à l'attraper. C'est comme au jeu des chaises musicales. Un des deux va se retrouver sur le carreau.

Barbara le dévisagea avec fascination.

— Tu veux dire que tu as l'intention de tuer cet homme ?

— C'est une façon un peu brutale de l'exprimer, dit Paul.

Barbara prit le plateau.

— Je n'ai pas l'intention d'être mêlée à une affaire comme ça. Tu ferais mieux de t'adresser à une autre de tes petites amies.

Paul haussa les sourcils d'un air sardonique.

— Mais je veux juste t'emprunter ta voiture pour une heure ou deux.

— Ce soir ? Là, maintenant ?

— Oui.

Barbara secoua la tête.

— Il n'en est pas question.

— Bon, très bien, dit Paul sans rancune. Ça n'a pas d'importance. Est-ce que tu connais l'adresse personnelle de Jeff Pettigrew ?

— Je ne la sais pas par cœur. Je l'ai notée quelque part. Je doute sérieusement qu'il accepte de te prêter sa voiture.

Paul éclata de rire.

— Non, c'est juste pour parler affaires.

— Je vais voir si je la retrouve.

Paul prit le plateau et ils retournèrent au salon. Barbara servit le café, puis elle partit chercher l'adresse de Jeff Pettigrew.

Connor prit un magazine. Paul s'approcha doucement de la fenêtre et, en se tenant dans l'ombre des rideaux, il observa la pelouse.

Barbara apparut sur le seuil.

— Où… Ah, tu es là.

Paul revint s'asseoir devant la cheminée. Il reposa sa tasse et prit l'adresse.

— Merci beaucoup. Et maintenant, je crois que je vais prendre congé. Est-ce que je peux passer par la porte de service ?

Barbara rit nerveusement.

— Si c'est ce que tu veux…

Elle l'emmena à l'arrière de la maison en passant par la cuisine. Paul entrebâilla la porte et jeta un rapide coup d'œil dehors. Il se retourna vers Barbara :

— Bonne nuit, et merci, dit-il avant de disparaître dans l'obscurité.

Barbara verrouilla la porte et sursauta en trouvant Jim Connor derrière elle.

— Oh… Tu m'as fait peur.

— Je voulais m'assurer que tu n'avais pas de problèmes.

— Oh, non, fit-elle d'une voix distante. Aucun problème.

Ils retournèrent au salon. Barbara tisonna le feu, Connor arpentait la pièce d'un air distrait.

— Je ferais peut-être bien de te laisser aussi, dit-il.

— Non, Jimmy, reste encore un peu. Papa et Maman vont rentrer d'une minute à l'autre. Et j'ai un peu peur…

— Gunther est complètement sorti des rails, dit Connor. Comment et pourquoi, je ne sais pas, mais il se passe quelque chose de très étrange.

Barbara hocha tristement la tête.

— Si j'arrivais à le comprendre, je me sentirais beaucoup moins mal à l'aise… Mais il a un comportement tellement bizarre…

Elle s'approcha de la fenêtre et poussa un cri étouffé.

Connor la rejoignit aussitôt.

— Qu'est-ce qui se passe ?

— J'ai cru voir quelqu'un dans le jardin.

— Gunther ?

— Non… Ce n'était pas Paul. Quelqu'un d'autre, beaucoup plus grand que lui.

Connor regarda à son tour par la fenêtre.

— Il n'y a plus personne, maintenant…

* * *

Paul avança à tâtons jusqu'à la clôture qui bordait le jardin, et s'arrêta sous un laurier pour tendre l'oreille. Aucun bruit. Il observa la rue à travers le feuillage. Elle était faiblement éclairée par un réverbère à l'angle de Mara Road et de Flores Way. Quelques voitures étaient garées, mais aucune ne lui était familière.

Paul enjamba la clôture et se retrouva dans Mara Road. Vingt minutes de marche l'amenèrent au centre de Piedmont, où il héla un taxi. « 600 Halcyon Way, à Berkeley », dit-il au chauffeur.

Le taxi s'arrêta devant l'Yvanette Arms. Paul examina d'abord soigneusement les alentours. La voiture incendiée avait été emportée. Pas de lumière aux fenêtres de l'appartement de sa mère. Pas de Buick en vue.

Il descendit sur le trottoir et paya le chauffeur. Le taxi repartit, et il se retrouva seul. Il faisait très frais, des volutes de brouillard flottaient dans l'air. Les rues étaient silencieuses. Paul traversa prudemment le jardin.

Le jet de la fontaine s'écoulait plaisamment dans le bassin. Il flottait une bonne odeur de terre, de géraniums et de violettes.

Paul entra dans l'immeuble et monta l'escalier jusqu'à l'appartement de sa mère. Il ouvrit la porte avec précaution et entra dans le vestibule plongé dans le noir. Il faisait chaud, tout était silencieux. Il referma la porte derrière lui.

Il attendit un instant pour s'accoutumer à l'obscurité. À travers la porte entr'ouverte de la chambre de sa mère, il lui sembla entendre le bruit de sa respiration.

À pas de loup, en suivant le mur du bout des doigts, il s'avança dans le couloir. Arrivé devant sa chambre d'autrefois, il tâtonna pour trouver la poignée. Il l'ouvrit doucement, tendit l'oreille… Silence. Paul entra dans la pièce et referma la porte. Sans allumer la lumière, il franchit la distance familière jusqu'au placard. Il tira la porte coulissante qui grinça légèrement sur ses roulements. Une bouffée d'odeurs lui vint au visage : celle des vêtements qu'on n'a pas portés depuis longtemps, celle des cartons vides, le parfum des sachets de lavande et l'odeur des boules de naphtaline. Paul recula d'un pas, le cœur battant. Et si, par quelque horrible circonstance, Sid était tapi dans le placard, une forme monstrueuse… ? Non, c'était absurde. Sid était encore dans Flores Way, attendant dans sa grosse Buick.

Paul tendit le bras et fouilla parmi le bric-à-brac accumulé sur les étagères. Là, sur la planche du haut, enveloppé dans une veste de chasse en toile, le fusil.

Il dégagea l'arme avec précaution et la sortit du placard. Sans un bruit, il la posa sur le lit qu'il distinguait à peine, puis il remit de l'ordre sur l'étagère et referma le placard. Il n'y eut qu'un léger déclic et le bruissement des petites roulettes.

Paul resta un instant debout dans le noir, vibrant d'un sentiment de puissance. C'était une sensation presque hypnotique. Il resta ainsi dix secondes, une minute, peut-être trois... puis d'un geste nerveux, il reprit l'arme et sortit lentement dans le couloir. En passant devant la chambre de sa mère, il l'entendit se retourner dans son lit, marmonner quelque chose, pousser un petit cri plaintif, puis soupirer avant de se rendormir.

Arrivé dans le hall de l'immeuble, il se glissa rapidement dehors et, une fois dans la rue, il examina son butin. Enveloppé dans la veste de chasse, il aurait pu s'agir de n'importe quoi.

Il remonta jusqu'à Euclid Avenue et trouva un taxi à la station. Il donna l'adresse des Tavistock à Piedmont. Avant de descendre, il demanda au chauffeur de longer Flores Way, de contourner l'angle et de remonter Mara Street.

Aucun signe de Sid ni de la Buick. Les rues étaient vides de toute menace. La voiture de Paul était encore garée dans l'allée des Tavistock. Apparemment, Sid en avait conclu que c'était là que Paul passerait la nuit.

Il paya le chauffeur et emporta le fusil jusqu'à sa voiture. La maison des Tavistock était sombre et hostile. Paul n'y prêta guère attention. Plus jamais il ne viendrait ici. Le nom de « Barbara », autrefois un doux parfum dans son esprit, était à présent un bruit grinçant dans ses oreilles. Et Connor, qui avait constitué autrefois un défi à sa personnalité unique, ne lui semblait plus qu'un visage sans consistance... Paul posa la main sur le fusil à côté de lui, soupesa la boîte de cartouches. Demain, demain...

Chapitre XIV

Mr Big

Paul dormit dans sa voiture, derrière un entrepôt de bois. Il fut réveillé par les premiers rayons du soleil. Il étira ses membres courbatus, frotta la peau sèche de son visage. C'était dimanche matin. Mais sans café, sans œufs au bacon, sans journal...

Il examina distraitement le fusil. À la lumière du jour, la situation dans laquelle il se trouvait semblait absurde. D'un geste impatient, Paul démarra et se dirigea vers Corinth Street. À mi-chemin, il s'arrêta le long du trottoir pour charger son arme, puis il repartit.

Corinth Street n'était pas encore éveillée quand il arriva. Il se gara, enveloppa le fusil dans la veste de chasse et s'engagea d'un pas alerte dans l'allée menant à sa maisonnette. Il mit la clé dans la serrure et ouvrit la porte toute grande.

Il se figea sur place. Il flottait dans la pièce une atmosphère chaude et humide, comme s'il y avait une présence humaine.

— Gally ?

Pas de réponse.

Paul avança lentement. Il sentit sur sa joue un courant d'air frais. Il jeta un coup d'œil dans la chambre : le lit était défait, la fenêtre ouverte. Paul passa une main sous les couvertures. Le drap était encore tiède. Qui avait dormi dans son lit ? Et s'était enfui en entendant le bruit de la clé dans la serrure ?

Le front soucieux, Paul prit un bain et se rasa, puis il se prépara son petit déjeuner.

* * *

Sid dit à George Shaw :

— Je m'étais dit qu'il reviendrait dans sa petite maison de Corinth Street. Toutes ses affaires étaient là, c'était forcé qu'il revienne. J'ai appelé Ainsworth et je lui ai dit : "Récupère la clé de Gally, va dans cette maison et pars pas avant que le type revienne dans l'allée. Et là, tu files – à toute vitesse. Viens me le dire, et je m'occuperai du reste." Alors Ainsworth y est allé, et ça n'a pas traîné. Il était encore tôt quand je l'ai vu rappliquer en courant.

« "Qu'est-ce que je t'ai dit, fiston ? Retourne dans cette maison, et bouge pas de là tant que le type sera pas revenu."

« Ainsworth, il est pas content. Il crie : "Il est déjà revenu chez lui ! Deux fois plus grand que nature !"

« "Tu vas y retourner, que je lui fais, et tu surveilles le temps que j'arrive."

« Ainsworth, il est pas d'accord : "J'y retourne pas. Le gars, il a un fusil."

« Je dis à Ainsworth qu'il va y aller, et de faire comme je lui ai expliqué.

« Bon, au bout d'un moment, je me mets en route. C'est pas que j'ai peur, mais je vais pas laisser ce gars me pointer son flingue dans la figure. Je vais d'abord voir Henry Samphire. Je lui laisse ma Buick et je prends sa camionnette. Je descends Corinth Street et je me gare à un endroit d'où je peux surveiller ce qui se passe. Je vois Ainsworth installé sur un perron de l'autre côté de la rue, comme si le quartier lui appartenait.

« Je l'appelle et je lui dis de rentrer à la maison. J'attends pas très longtemps, et voilà que le gars de l'assistance sort avec un gros paquet. La façon dont il le porte, je vois bien que ça doit être lourd. Je me baisse, il me voit pas. Il démarre, et j'attends qu'il ait tourné le coin pour qu'il sache pas que je le suis.

« Il va pas très loin. Il passe devant chez moi et je vois qu'il regarde un peu partout, en haut et en bas. Je suis bien content de pas être assis à ma fenêtre, avec ce fusil qu'il trimballe… Il tourne au coin, vers San Pablo. Il s'arrête devant l'agence immobilière, McAteel, qu'elle s'appelle. Au bout d'un moment, il ressort et il remonte dans sa voiture.

Il démarre, je démarre, mais j'arrive pas à le suivre. Il va vraiment à toute vitesse.

« Je retourne à l'agence. La fille à l'entrée me parle drôlement poli et tout. "Oui, monsieur ? Que puis-je pour vous ?" "Un ami à moi vient juste de passer, je lui dis. Il est assistant social, vous le connaissez peut-être."

« "Ah, oui, qu'elle répond, bien sûr. C'est Mr Paul Gunther, un ami de Mr Pettigrew."

« Je fais comme si j'étais un peu surpris. "Qu'est-ce que Gunther fait ici ?"

« Elle prend un air pincé : "On a pas le droit de parler des affaires de nos clients. Vous cherchez une maison ?"

« Je lui dis que oui, je veux une belle maison bien propre, dans un bon voisinage respectable et tout.

« Elle dit : "Il vaut mieux voir Mr Pettigrew, c'est lui qui s'occupe des belles maisons." Elle dit dans son téléphone : "Mr Pettigrew, j'ai ici un gentleman qui cherche une maison."

« Je vais voir ce Mr Pettigrew. C'est un grand blond. Je lui dis : "J'ai vu mon ami Mr Paul Gunther, il sortait juste d'ici. Qu'est-ce qu'il venait faire ?"

« Le blond, il me regarde sous le nez. "Pourquoi vous voulez le savoir ?"

« Je lui demande : "Mr Gunther, c'est un bon ami à vous ?"

« "Oh, pas spécialement", qu'il me répond.

« Je lui dis : "Ça vous plairait qu'il se prenne un bon coup de poing dans la figure ?"

« Ça le fait rire. Il me dit que lui, ça l'a démangé deux ou trois fois.

« Je lui dis : "Eh bien moi, c'est exactement ce que j'ai l'intention de faire."

« Là, il regarde à droite à gauche, prudent et tout. "Vous m'avez l'air d'un homme qui sait tenir sa langue."

« "Oui, je lui dis, ça, je sais faire."

« Et voilà que le blond me déballe tout. Il me dit que Mr Gunther a pris la clé de la vieille maison dans Lily Street. Il comprend pas pourquoi. Moi, je sais, mais je le garde pour moi. Je lui dis que ça pourrait peut-être bien m'intéresser de l'acheter, cette maison, et je lui demande s'il a un double des clés.

« Là, il se tortille et il se trémousse. Ça lui plaît pas trop, mais il finit par me les donner. "C'est strictement pour affaires, il me dit. N'oubliez pas, je vous ai rien dit."

« "C'est bien ça, je lui dis. Vous m'avez rien dit, j'ai rien entendu."

« "On est bien d'accord", qu'il me fait en me tendant les clés.

« Je sors de la boutique. Maintenant, je sais ce que j'ai à faire. Ce Paul, il en a après moi, avec un vrai fusil. Je me dis que je vais aller dans cette maison et je vais attendre qu'il arrive. Je lui saute dessus, je lui prend son flingue et je lui flanque une belle raclée.

« Je vais jeter un coup d'œil à cette maison, en faisant drôlement gaffe. Je vois qu'il est déjà là, assis devant la fenêtre de l'étage. Je repère une porte sur le côté. Je me dis, quand il fera noir, je pourrai passer par là, il risque pas de me voir.

Chapitre XV

L'Adversaire Final

Paul sortit de l'agence et resta un moment sur le trottoir en plein soleil. La chaleur le calma. Il se sentait à présent détendu, presque languide. Le temps était calme, sans un souffle de vent. Un voile de brume recouvrait le ciel, donnant à la lumière une teinte ambrée. Paul se dirigea à pas lents vers sa voiture, en repensant avec nostalgie à sa sérénité passée. Les choses redeviendraient-elles jamais comme avant ? Il en avait par-dessus la tête de toute cette histoire. Il y avait d'autres moyens de gagner de l'argent… Une indignation soudaine le prit à la gorge. Pourquoi devrait-il renoncer à l'entreprise qu'il avait conçue et mise en place ? C'était là le problème fondamental ! Il ne faisait que se battre pour défendre ses droits ! Paul monta dans sa voiture. Il jeta un coup d'œil dans la rue : pas de Buick en vue. Évidemment, cela ne voulait peut-être rien dire…

Il s'engagea dans le flot de la circulation, accéléra vivement, brûla un feu et nota qu'aucune voiture ne l'avait suivi. Il tourna dans une petite rue latérale, puis il fit un autre crochet : non, vraiment, personne ne le suivait.

Il déjeuna dans un drive-in. Le grand dénouement était proche. Encore quelques heures, et ce serait la fin de ce week-end de cauchemar… Il choisit un itinéraire alambiqué pour se rendre à la vieille maison de Lily Street. Il se gara à une centaine de mètres, dans Adair Street. Il prit le gros paquet posé sur le siège avant et une lampe torche dans la boîte à gants, puis il verrouilla la voiture. Impossible de dire pour combien de temps il en aurait.

Il se dirigea vers Lily Street d'un pas rapide. Il était nerveux, et s'imaginait que les gens qu'il croisait devaient le sentir. Mais personne ne sembla faire attention à lui, personne ne se retourna sur son passage.

Il approchait du coin de Van Buren Avenue et du vieux pavillon délabré. Il s'arrêta, jeta un rapide coup d'œil de part et d'autre de la rue, et gravit rapidement les marches. Il mit la clé dans la serrure, ouvrit la porte et se glissa rapidement à l'intérieur. Il repoussa le battant en continuant d'observer par l'entrebâillement. Il ne semblait avoir suscité aucun intérêt.

Il referma la porte complètement. Il était seul dans la maison, une créature séparée du reste de l'humanité. Il attendit que ses yeux s'adaptent à la pénombre et ses oreilles au silence… Il se tenait sur des dalles de linoléum bleues et blanches dans un couloir d'entrée. Les murs étaient recouverts d'un papier peint fané aux rayures dorées. Devant lui, un escalier menait à l'étage. Il flottait dans l'air une odeur de poussière, de vieux vernis, de papier journal moisi.

Paul avança jusqu'au pied de l'escalier. Un peu plus loin, une porte donnait sur une cuisine lugubre. À droite, la salle à manger avec un sol en parqueterie, du papier peint à fleurs et un lustre cassé. À gauche, le salon, jonché de vieux journaux qu'il fit bruisser sous ses pas en s'approchant de la fenêtre. De l'autre côté de la rue, la maison des Bethea était parfaitement visible. Une ombre sembla passer devant la fenêtre de la pièce de devant.

Paul recula vivement. En restant hors de vue, il continua d'observer attentivement, mais sans rien remarquer de particulier. Il monta au premier. La maison était aussi fragile qu'une vieille guitare, et résonnait tout autant : l'air vibrait de l'écho de ses pas.

Il alla directement dans la chambre d'angle. Il y avait un vieux lit cassé dans un coin, et une demi-douzaine de piles de journaux dans un autre.

Paul s'approcha de la fenêtre. On ne pouvait rêver mieux comme emplacement. Il avait non seulement une vue parfaite sur la cour des Bethea, mais également sur Van Buren Avenue dans toute sa longueur. Paul tira le moraillon de la fenêtre et souleva le panneau, qui monta d'une dizaine de centimètres avec force grincements. Paul sursauta et observa prudemment le salon des Bethea. Avait-il perçu du mouvement ? Ou était-ce simplement son imagination ? Il s'écarta de la fenêtre et déballa le fusil, qu'il posa contre le mur. Il alla chercher trois ballots de journaux et s'en fit un siège, à côté duquel il posa sa lampe torche. Il n'avait maintenant plus rien d'autre à faire qu'attendre.

Le temps s'écoula, une demi-heure, une heure. Une période assez agréable. Il faisait bon dans la pièce, l'odeur de la vieille maison avait quelque chose d'antique et de mystérieux. Paul restait aux aguets tout en rêvassant. Il leva les yeux vers le ciel, distant et lointain, où un long banc de nuages en chevrons miroitait dans le soleil. Sans bien savoir pourquoi, il éprouva un sentiment de mélancolie. Il reporta son attention sur la rue.

À 15 heures, Gally sortit de la maison – elle semblait plutôt triste, songea Paul – et remonta Van Buren Avenue vers Ninth Street. Paul pointa son fusil entre ses omoplates. Cet acte était totalement dénué de rancœur : ce n'était rien de plus qu'une façon de s'exercer… La silhouette de Gally s'amenuisa et finit par disparaître à l'angle des deux rues.

D'autres piétons apparurent, passèrent devant la maison, et disparurent. Aucun signe de Sid. Paul tira le vieux lit à travers la pièce et s'installa plus confortablement. Il ne servait à rien de s'impatienter. Tôt ou tard, Sid passerait devant la mire de son fusil, et ce bref instant serait suffisant.

L'après-midi avança, puis ce fut le soir. La lumière du jour passa par des tons jaunes, or et bronze, le ciel prit des teintes perle et citron. Quelques étoiles commencèrent à scintiller.

Les réverbères s'allumèrent. Paul observait avec une attention soutenue. C'était à présent le moment critique, où les lumières de la rue affrontaient l'ombre du crépuscule. Paul se leva et jeta prudemment un dernier coup d'œil avant de se précipiter dans la salle de bain, où il urina dans la vieille cuvette décolorée. La salle de bain sentirait mauvais pendant quelques semaines, mais cela ne dérangerait personne.

Sans perdre de temps, il retourna devant la fenêtre. La Destinée aurait pu avoir l'ironie de choisir cet instant précis pour faire apparaître Sid – une cible parfaite, mais que Paul n'aurait pas eu le temps de viser.

Van Buren Avenue était toujours déserte. Pas de Sid. L'éclairage de la rue l'avait emporté sur le crépuscule. La lumière s'alluma dans le salon des Bethea. Paul vit Vinnie entrer, se déplacer ici et là. Il l'observa sans intérêt particulier. Quand bien même Sid apparaîtrait, Paul n'oserait pas tirer à travers la fenêtre. La trajectoire de la balle pourrait être reconstituée, menant directement les policiers à l'agence McAteel, à Jeff Pettigrew et à lui-même.

Gally arriva dans la rue. Les épaules voûtées, elle semblait triste et abattue. Paul éprouva un pincement de cœur. Pauvre petite Gally, adorable petite Gally… Elle entra dans la maison, et Paul la vit dans le salon. Elle était en train de parler à quelqu'un hors de son champ de vision. Sid ? Vinnie ? Ainsworth ? Aucun moyen de le savoir.

Paul entendit des bruits derrière lui : craquements, soupirs, bruissements. La maison était sombre et perdait sa chaleur.

Mal à l'aise, Paul jeta un coup d'œil par-dessus son épaule. Dommage qu'il n'ait pas pensé à apporter une Thermos de café. Il regarda sa montre, mais les aiguilles étaient indistinctes dans la faible lueur des réverbères. Neuf heures ? Certainement pas beaucoup plus. Si Sid était chez lui, il n'allait sans doute pas tarder à sortir. Mais s'il était en train de faire la noce chez Samphire, difficile de dire quand il rentrerait…

Patience. Les paupières de Paul se fermaient toutes seules. Il se releva et marcha de long en large près de la fenêtre. Il finit par se lasser de l'exercice, et il se rassit.

Le temps passa. Une heure ? Paul bâilla. Il faisait maintenant très froid dans la pièce. La réalité s'était réduite au monde qu'il voyait par la fenêtre. Derrière lui, il n'y avait que des ombres et un chaos primitif. Il perçut des craquements. Des rats ? Les vieilles poutres qui travaillaient ? Il entendit aussi une sorte de frottement très doux. Il tourna la tête, tendit l'oreille… Il se leva et s'approcha de la porte sans faire de bruit. Plus rien. Le silence. Vaguement inquiet, Paul reprit sa surveillance à la fenêtre. Van Buren Avenue était devenue d'un ennui profond, totalement dénuée d'intérêt. Paul en avait plus qu'assez de cette histoire. Demain, il partirait pour Mexico, s'il en avait les moyens… Mais l'argent manquait, l'argent était la raison pour laquelle il était assis en ce moment dans l'obscurité. Très bien, songea-t-il, ce serait maintenant son objectif : rassembler cinq mille dollars, et partir dans des pays lointains. Il pourrait même emmener Gally avec lui… Non, ce ne serait guère pratique. Impossible, en fait…

Un bruit sourd, un raclement. Cette fois, pas d'erreur. Paul saisit sa torche et se leva d'un bond. Le bruit était venu du rez-de-chaussée, au bas des marches. Le fusil dans la main droite et la lampe dans la main gauche, il se dirigea vers la porte.

L'obscurité était totale. Mais quelque chose avait changé : il y avait à présent dans l'air une sorte d'odeur âcre qu'il ne put identifier sur le moment. Paul ressentit aussi une pression, une tension…

Un autre bruit sourd, un frottement… Paul braqua son fusil et alluma sa lampe torche. Le faisceau lumineux éclaira le lino usé du vestibule désert, et une boîte en carton vide posée au bas de l'escalier. La boîte était attachée à une ficelle qui remontait le long des marches. L'espace d'une seconde, Paul fut intrigué. Pourquoi cette ficelle ? En tirant dessus depuis le premier étage, on provoquait ce bruit et ce frottement au rez-de-chaussée… Paul pivota sur lui-même. Trop tard. Une silhouette sombre se rua sur lui et lui fit tomber des mains le fusil et la lampe, qui dévalèrent les marches et disparurent dans le noir. L'étrange odeur âcre s'identifia aussitôt : des relents de cigare froid. Des mains lui agrippèrent la taille, le cou. Paul poussa un faible bêlement. Il se débattit à coups de pied et de coude. Les deux hommes tombèrent et roulèrent au bas de l'escalier. Paul fut le premier à s'arrêter, et il se dégagea en rampant. Il tâtonna à la recherche d'un objet qui puisse lui servir d'arme. Ses doigts rencontrèrent quelque chose qu'il saisit, et il en donna un grand coup à son adversaire. C'était le carton vide, qui fit un son creux comme un battement de tambour. Paul courut s'adosser au mur. Pendant un moment, il n'y eut qu'un bruit de respirations haletantes. Paul se déplaça lentement vers la porte… mais il s'arrêta net : son ennemi était là, tout près. Paul avait les genoux tremblants.

Une voix se fit entendre :

— Sale petit Blanc, je vais te rendre la monnaie de ta pièce. T'as voulu me bousiller avec ma bagnole, et maintenant, tu sais ce que je vais faire ? Je vais te découper en petits morceaux.

Paul se précipita vers la porte. Une silhouette sombre et incroyablement massive le percuta. Des doigts le saisirent par les cheveux. Paul essaya de crier, mais il ne réussit qu'à pousser un gémissement pitoyable.

— Écoutez-le donc, ce petit coq de basse-cour, fit la voix.

Paul frappa des poings, des pieds. La main qui lui tenait les cheveux tira avec une force immense. Il sentit soudain une brûlure à la gorge, un jaillissement de liquide chaud. Sa voix ne fut plus qu'un sifflement venant de sous son menton. Il s'affaissa, s'assit par terre et se pencha en avant en se tenant la gorge. Paul ne ressentait aucune douleur, mais il savait qu'il était en train de mourir. Un peu comme quand on est complètement saoul, songea-t-il avec étonnement. L'excitation était trop forte pour laisser de la place à la peur. Ses pensées devinrent silencieuses. Pendant un moment, il vit un tourbillon de couleurs éclatantes, des motifs bleus, verts et rouges. Cela continua encore quelques minutes, alors que son corps ne lui servait plus à rien.

Les couleurs pâlirent progressivement et devinrent transparentes, tandis que les cellules du cerveau mouraient, faute d'oxygène.

* * *

Sid secoua tristement la tête.

— Comme j'ai dit, je voulais juste lui flanquer une bonne raclée. Alors je vais dans cette baraque, j'ouvre la porte, j'entre. Mais lui, il me voit et il me saute dessus. Il me balance un grand coup sur le crâne, et je tombe. Il me dit : "Espèce de foutu nègre, je vais te flinguer." Il pointe son fusil sur moi, mais je l'attrape par les jambes. Je sens mon couteau sous la main, et là, pas de chance, il se le prend dans la gorge. Je voulais vraiment pas lui faire ça. (Sid prit un air désolé.) Non, c'est vraiment pas comme ça que je voyais les choses. Quand j'ai vu ce qui s'était passé, je me suis tiré en vitesse. C'est tout ce que j'ai à vous dire.

CHAPITRE XVI

Credo

Suite à un message téléphonique de Shaw, Neil Hubbard se présenta à l'hôtel de ville et fut conduit dans le bureau du policier. Il avait l'air inquiet, soucieux. Ses joues étaient flasques, et ses cheveux aplatis sur le crâne évoquaient une feuille de chou blanchie.

— Asseyez-vous, dit Shaw.

Hubbard cligna des yeux en entendant la sécheresse du ton, mais il s'assit sans faire de commentaire.

Shaw tendit la main :

— Donnez-le-moi.

Hubbard lui passa le carnet noir à feuilles détachables.

Shaw le plaça précisément au centre de son bureau. D'un ton mesuré, il dit :

— Vous vous rendez sans doute compte que la police n'a guère de sympathie pour des comportements comme le vôtre ?

Hubbard esquissa un petit geste.

— Il s'agit ici d'une situation particulière, avec des problèmes particuliers…

— La dissimulation de preuves est un acte criminel. Vous pourriez fort bien vous retrouver en prison, si le procureur décide de vous poursuivre.

— J'ai eu le sentiment d'agir dans l'intérêt des services…

— Ceux de la police ?

— Non, des services sociaux. J'ai peut-être eu tort. Si c'est le cas, je présente mes excuses sincères.

Shaw se contenta d'un grognement sceptique.

— Essayez de comprendre mon point de vue, reprit Hubbard en écartant les mains. Pensez à la situation dans laquelle je me trouvais !

— Elle n'est pas différente de celle de tas d'autres gens.

Hubbard secoua la tête avec énergie.

— J'apprends que l'un de mes employés est un racketteur, qu'il trahit ses clients, qu'il trahit nos services. Ensuite, il est assassiné – et Mr Big est mort. Si ce meurtre peut être résolu sans porter atteinte au moral de nos services ni ruiner nos relations publiques, où est le mal ?

— Je n'ai pas l'intention de discuter avec vous de questions juridiques ou morales, dit Shaw. Vous avez fait obstruction à nos investigations, et c'est une chose que nous n'apprécions guère.

— Comme je vous l'ai dit, ma seule motivation était de protéger de mon mieux les intérêts de nos services.

Shaw demanda calmement :

— Comment avez-vous découvert l'adresse du domicile de Paul Gunther ?

— C'était le mardi soir, après vous avoir parlé. J'ai trouvé deux lettres sur le bureau de Gunther. L'une était un relevé de banque avec un certain nombre de chèques encaissés. Je les ai tous examinés soigneusement, et j'en ai trouvé un qui portait la mention : « Loyer du mois d'avril pour le 2050½ Corinth Street. »

— Et ensuite ?

Hubbard se renfonça dans son fauteuil.

— Je me suis rendu à cette adresse. Il n'y avait personne. Il n'y avait pas de verrou sur la porte, et je suis entré. J'ai trouvé la sacoche de Gunther – et ce carnet. Quand j'ai vu la liste de noms avec les paiements demandés, toute cette sordide affaire m'est apparue clairement. Le lendemain, j'ai appris que Gunther avait été assassiné. J'ai envoyé des lettres à toutes les personnes qu'il avait fait chanter, avec pour instruction de ne plus envoyer d'argent à « Mr Big ». (Hubbard secoua la tête avec indignation.) Quand je pense à la façon dont les journaux auraient pu déformer tout ça, je n'ai aucun remords d'avoir gardé ce carnet pour moi. Surtout quand on pense à ce « Credo ». (Hubbard avait prononcé le mot avec un immense dégoût.) Avez-vous vu le « Credo » ?

— Non, je n'ai encore rien vu.

Shaw ouvrit le carnet. Hubbard se pencha pour regarder par-dessus le bras du policier. Sur la première page, Paul avait collé un portrait de lui réalisé au crayon d'une main habile, quoique sentimentale. Ses yeux vous fixaient avec une expression candide, le dessin de sa bouche avait été raffermi, le petit sourire ambigu carrément ignoré. Il comportait une dédicace : *Paul, avec tout mon amour, Sandra.*

— C'est sans doute ainsi qu'il se voyait, commenta Hubbard.

La page suivante avait été arrachée : à l'évidence celle que Sid Bethea s'était appropriée. Chacune des cinquante-cinq pages suivantes était consacrée à l'un des clients de Paul : on y trouvait le nom, l'adresse, le détail des infractions commises contre les services sociaux, les sommes reçues et les dates.

— Beaucoup de clarté et de méthode, dit Shaw.

Hubbard dit d'une voix tremblante :

— C'est la trahison la plus cynique que j'aie jamais vue !

Shaw tourna quelques feuillets et en vint à une liste d'ouvrages avec l'indication des auteurs.

— Des livres dont je n'ai jamais entendu parler, déclara Hubbard d'un air pincé. *Le Tombeau de Palinure,* de Cyril Connolly ; *Poèmes,* James Oppenheim. Baudelaire – que je connais, bien sûr – et Ezra Pound… Colin Wilson… Qui est Ernest Trope ? James Dunne ? Jamais entendu parler… *Une théorie de la personnalité,* Warden Hume… *Nexus. Sexus. Plexus*… Mais qu'est-ce que c'est que tout ça ? Que de la littérature de cinglés…

Shaw tourna la page.

— Des citations, fit remarquer Hubbard. Apparemment des idées qui lui plaisaient.

— Il avait un esprit méticuleux, dit Shaw.

Il continua de tourner les pages, et arriva à une liste de prénoms féminins, chacun suivi d'une indication codée.

— « Méticuleux » est le mot juste, dit Hubbard avec dégoût. J'imagine sans peine ce que cela représente…

Une autre page, et Shaw vit un gros titre en haut du feuillet : CREDO, avec le sous-titre *Profession de Foi.*

— Nous y voilà, dit Hubbard. Lisez-le.

Et Shaw lut :

Je suis Garnett Paul Gunther. Je suis seul dans l'Univers ; telle est
l'étendue de mes perceptions ; telle est la réalité primordiale.

Je suis l'Individualité, une intensité qui requiert un univers
entier pour la contenir.

Je suis unique. L'Univers qui m'entoure est à moi, mais hors de
mon contrôle. Je contrôle mon Moi. La Destinée contrôle
l'Univers.

Conjecture : Suis-je doué de plus d'intensité que la Destinée ?
Suis-je craint ? Je n'ai droit qu'à une seule dimension dans
le temps, qu'à des perceptions réduites. Suis-je pour la
Destinée la même menace que la Destinée est pour moi ?

Conjecture : Je suis un être dynamique, masculin : c'est le
principe du Moi. La Destinée, rusée, diffuse, insidieuse,
est asexuée. Existe-t-il un principe femelle, elle et moi
formant une dualité ? Si tel est le cas, je la rencontrerai
nécessairement. Je serai vigilant. Quel miracle sera notre
rencontre ! Splendeur, or, joyaux : que sont-ils ?

Je suis Moi, parmi des formes et des ombres qui ne sont pas
réelles. Je peux faire ce que je veux de ce monde. Si j'agis
avec audace, je l'emporterai sur la Destinée. Si je bats en
retraite, je succomberai. Par conséquent : Je serai coura-
geux, rapide, implacable.

Si cette suite de réflexions est une ruse de la Destinée pour me
plonger dans la tragédie grotesque, il m'est impossible de le
savoir. Je ne le crois pas. Je suis Moi, unique. Je ne reculerai
pas devant l'action directe. Je ne craindrai rien ; rien ne peut
m'affecter, rien ne peut m'influencer. Je ne peux mourir
qu'une fois.

Article 1 : La Destinée me confronte à diverses situations, personnalités, perceptions. En dépit de l'apparente diversité, il doit exister une trame sous-jacente.
Problème : apprendre cette trame.

Article 2 : Les innombrables visages et personnalités n'ont pas d'existence réelle, à part le fait qu'ils sont des éléments de l'univers. Les attitudes, émotions, appétits, protestations de ces présences sont irréels, et n'ont pas plus de poids à mes yeux qu'un film d'huile à la surface de l'océan.
Corollaire : Ma propre personne, en tant qu'entité distincte de mon cerveau, n'est pas moins réelle ou irréelle que ces formes et ces ombres. La douleur physique est une illusion.
Tâche : surmonter la douleur. À force de concentration, la douleur s'efface.

Article 3 : Les vertus sont des règles dans le Jeu de la Vie, conçues pour m'entraver. Je dois faire attention quand je les enfreins, et ne le faire que lorsque je suis en position d'avantage sur la Destinée.

Article 4 : N'accorder ma confiance à personne, ne croire à la stabilité d'aucun fait. Derrière mon dos, en dehors de mon champ de vision, il y a – quoi ? Le chaos ?

Article 5 : Me donner du mal au bénéfice de quelqu'un d'autre, c'est réduire mes potentialités. La Destinée essaiera de m'induire en tentation, de me faire éprouver de la sympathie, de manifester une générosité irrationnelle. Attention.

Article 6 : La Destinée me confrontera à diverses situations d'urgence. C'est le Grand Jeu. L'Actif l'emporte sur le Passif. Si j'agis, je gagne ; si je réagis, je perds.

Article 7 : J'ai en moi une foi inébranlable, et en rien d'autre. Il n'existe pas d'autre entité ou institution capable de m'inspirer confiance. Je n'ai confiance qu'en moi-même. Je ne peux jamais douter de l'étendue de mes capacités – car si je me mets à douter, je compromets le succès de mon assaut dynamique contre la Destinée.

Article 8 : La Destinée : l'Ultime Adversaire. Je peux gagner. Je peux vaincre la Destinée. Comment ? Tel est mon problème.

Les pages restantes étaient vierges. Shaw leva les yeux et croisa le regard pâle de Hubbard.

— C'est complètement idiot, dit Hubbard. Un ramassis de bêtises.

Shaw relut :

— « La Destinée : l'Ultime Adversaire. Je peux gagner. Je peux vaincre la Destinée. Comment ? Tel est mon problème. » (Il prit un air songeur.) C'est un problème pour nous tous.

— Je prie afin d'être éclairé, dit Hubbard. Voilà ma réponse.

Shaw poussa un profond soupir.

— Vous avez prié afin d'être éclairé quand vous m'avez caché l'existence de ce carnet ?

— Oui.

— Si on vous envoie en prison, vous feriez mieux de changer de religion… Ce sera tout pour l'instant.

Hubbard se leva, fit mine de vouloir reprendre le carnet… Shaw leva les yeux et Hubbard retira vivement sa main.

— Bon, eh bien… bonne journée, dit-il. (Il hésita, et ajouta en bredouillant :) Je suis désolé si vous pensez que je vous ai causé des difficultés, mais je voulais seulement…

— Oui, Mr Hubbard, dit Shaw. Je comprends. Bonne journée.

Hubbard s'en alla.

Jack Vance est né en 1916 en Californie, dans une famille aisée qui a connu des revers de fortune alors que Jack était encore enfant. Jeune homme, il est donc obligé d'occuper une série d'emplois ingrats avant de pouvoir suivre des cours à l'université de Californie, à Berkeley : génie minier, physique, journalisme et littérature anglaise. À la fin de ses études, alors que l'Amérique entre en guerre, il s'engage comme simple matelot dans la marine marchande. Plus tard, il travaille comme mécanicien de chantier, arpenteur, céramiste et charpentier avant que sa production de romans et de nouvelles dans les domaines de la science-fiction, de la fantasy et du policier ne lui permette de vivre de son écriture et de s'y consacrer à plein temps.

En plus de soixante ans de carrière, sa production a été prodigieuse et lui a valu de nombreux honneurs : trois prix Hugo, un prix Nebula, un prix World Fantasy pour l'ensemble de son œuvre ainsi qu'un prix Edgar-Allan-Poe décerné par l'Association américaine des auteurs de romans policiers. L'Association des écrivains de SF et de Fantasy lui a décerné le titre de Grand Maître, et il a été admis dans le Science Fiction Hall of Fame en 2001.

Il a su explorer une variété de genres en en repoussant les limites, que ce soit de la fantasy sombre (en particulier le cycle de la Terre mourante, qui a influencé de nombreux auteurs), des space opéras interstellaires, de la fantasy héroïque (la trilogie Lyonesse), ou encore des romans policiers dont le personnage principal est shériff d'un comté rural de Californie (la série Joe Bain). Une histoire vancienne est souvent centrée sur un protagoniste extrêmement compétent plongé dans des situations périlleuses sur une planète où l'aventure est son lot quotidien, ou encore sur une jeune personne qui s'embarque pour une odyssée semée d'embûches dans des régions peuplées d'ennemis redoutables…

Vers la fin de sa carrière, un groupe de fans à travers le monde s'est constitué pour rétablir ses œuvres sous leur forme originelle, en restaurant des textes malmenés ou amputés par des éditeurs surtout préoccupés par le nombre de pages qu'ils pouvaient caser dans un magazine « pulp ». Le résultat a été la Vance Integral Edition, version définitive de l'œuvre vancienne en 44 volumes magnifiquement reliés. Spatterlight publie à présent les textes du projet VIE sous la forme d'ebooks et de livres imprimés à la demande.

Ce livre a été imprimé en utilisant Adobe Arno Pro comme police de caractères principale, avec NeutraFace pour la couverture.

Cet ouvrage a été créé à partir des archives numériques de la Vance Integral Edition, une série de 44 volumes produits sous l'égide de l'auteur par un groupe de ses lecteurs répartis à travers le monde. Le projet VIE exprime sa reconnaissance à l'aide éditoriale que lui a apportée Norma Vance, ainsi qu'à la collaboration du Département des collections spéciales de l'université de Boston, dont la collection consacrée à John Holbrook Vance a été une source importante de matériau textuel.

Remerciements particuliers à R.C. Lacovara, Patrick Dusoulier, Koen Vyverman, Paul Rhoads, Chuck King, Gregory Hansen, Suan Yong et Josh Geller pour leur aide précieuse dans la préparation des versions finales des fichiers sources.

Composition et mise en page : Joel Anderson

Direction artistique et dessin de couverture : Howard Kistler

Correction et quatrième de couverture : Patrick Dusoulier

Direction : John Vance, Koen Vyverman